로크미디어가
유혹하는
재미있는 세상

南宮魔帝 남궁마제

남궁마제 14

2022년 12월 12일 초판 1쇄 인쇄
2022년 12월 15일 초판 1쇄 발행

지은이 문운도
발행인 김정수 강준규

기획 이기헌 왕소현 박경무 강민구 조익현
책임편집 백승미
마케팅지원 이원선

발행처 (주)로크미디어
출판등록 2003년 3월 24일
주소 서울시 마포구 마포대로 45 일진빌딩 6층
Tel (02)3273-5135 Fax (02)3273-5134
홈페이지 rokmedia.com E-mail rokmedia@empas.com

ⓒ 문운도, 2021

값 9,000원

ISBN 979-11-354-8064-5 (14권)
ISBN 979-11-354-7200-8 04810 (세트)

차
례

나아갈 진進 꽃다울 화花 : 혼돈의 중원

신 제국.

한 황실의 반역자들이 세운 나라로 한때는 한을 멸하고 중원을 차지하는가 싶었다.

하지만 현 황제의 활약으로 한 황실이 복권되고 작금에 이르러서는 명실공히 중원의 지배자로 이전의 성세를 되찾자, 반대로 신 제국은 급격하게 쇠퇴하기 시작했다.

한때 익주의 대부분을 차지하던 영토는 한중과 파군 일대를 한 제국에 완전히 빼앗기고, 운남 일대는 이민족에게 지배권을 넘겨주었다.

아직 성도와 익주군 일대의 풍족한 평야와 폐쇄적인 지형이 신 제국의 중앙만큼은 흔들림 없이 지키고 있었지만, 갑작스러운 귀천성의 반정으로 그마저도 흔들리고 있는 실정이었다.

혼현마제는 흔들리는 신 제국의 실정이 그렇게 나쁘지 않았다.

"중산 일대에 반란이 일었다고 합니다."

"반란이라기보단 그쪽 호족이 군량미를 내놓길 거부한 거지요. 본래 호족의 힘이 강한 동네가 아닙니까."

"하지만 당장 중앙의 군을 움직이기도 힘듭니다. 지난 전쟁으로 성도의 호족들도 큰 피해를 보았으니 군사를 더 내놓으라면 들고일어날 수도 있습니다."

신료들의 말을 들으며 혼현마제는 차를 마시는 척 찻잔으로 입꼬리를 감추었다.

성도 호족 출신의 신료들은 열심히 혼현마제의 눈치를 살폈지만, 누구 하나 그의 속내를 읽어 내진 못했다.

'큰 피해를 본 것 좋아하시네.'

혼현마제가 설레발치듯 미리 군사 차출을 거부 의사를 표하는 신료들을 보며 고소를 삼켰다.

'예상대로 되어 가고 있군. 호족들이 이탈 조짐을 보이고 있어.'

무엇보다 폐쇄적인 지형으로 각 호족들의 세력이 어느 때보다 강한 곳이 익주였다.

식량과 재화, 유통부터 군사까지 호족들이 쥐고 있지 않은 것이 없었다.

본래 전 황제 또한 이곳의 호족 중 하나였다.

중앙 성도의 호족들 입장에서 귀천성 세력은 그야말로 집안 안방에 들어온 힘센 강도들이라, 지금은 역천마제의 무력에 겁을 먹고 엎드려 있지만 그들이 언제까지 인내할지 아무도 확신할 수 없었다.

지금도 은근히 혼현마제를 압박하고 있지 않은가.

지난 전쟁에서 군사를 잃었지만 얻은 것이 아무것도 없으니, 앞으로는 군사를 내놓지 않겠다는 압박이었다.

하지만 혼현마제야말로 그들이 이렇게 나오기를 기다리고 있었다.

'중산이 움직였으니, 이제 월수와 운남이 남았군.'

지방의 호족들은 처음부터 충성심과는 거리가 멀었다.

정통성조차 없는 신 제국과 그 황실은 그들과 서로 이익과 보호를 주고받는 계약 관계라 보는 것이 옳았으니. 그들의 안전과 이익을 보장한 황실이 물러가고 귀천성이 그 자리를 대신한다고 한들 귀천성의 지시에 순순히 따라 줄 리 만무했다.

앞으로 귀천성은 지방 호족의 통제는 물론 제국군을 유지하는 것조차 힘들지도 몰랐다.

"가뭄이 길어지고 있어서 올해는 수확도 적을 듯한데 농사를 지을 인력과 땅마저 부족하니. 백성들의 생활이 도탄에 빠지고 유리걸식하는 이들이 늘어날 듯하여 큰일입니다. 걱정이에요. 쯧쯧쯧."

누군가 혀 차는 소리가 들렸지만 혼현마제는 모르는 척 시선을 돌렸다.

'누가 들으면 꽤 민생을 챙기는 줄 알겠군.'

혼현마제가 속으로 신료들의 작태를 꼬집었다.

식량이 부족해진 것은 사실이나, 백성들의 생활이 힘들어지고 유리걸식하는 자들이 늘어난 것은 호족들 탓이 컸다.

가뭄과 전쟁으로 이득이 줄어들 것 같자, 호족들이 점점 제 이문만을 좇아 이기적으로 변했기 때문이다.

'역천마제는 신경도 쓰지 않는 일이지. 멍청한 무림 놈들은 힘만 있으면 지배가 가능할 거라고 생각하니까. 저놈들이 지금도 내 앞에서 마음껏 지껄이는데, 앞으로는 어찌할지 뻔하구나!'

힘 있는 호족들의 수탈을 제어할 중앙의 힘이 없어졌으니.

인도와 윤리는 땅에 떨어지고, 유학은 유명무실했으며, 백성들의 삶은 갈수록 피폐해져 갔다.

신 제국이 바닥부터 무너지고 있었다.

이제 겨우 이틀 뒤 새로운 황제가 등극식을 하는데, 제국은 벌써 무너지고 있는 것이다.

"오, 이런, 이만 자리를 파해야겠군요. 등극식 준비로 중요한 일정이 있어서 말이오."

혼현마제의 말에 신하들이 의아한 얼굴로 고개를 돌렸다.

그곳엔 독부 은요가 야릇한 미소를 띤 채 안으로 들어오고 있었다.

독부 은요는 역천마제의 측근으로 알려져 있었지만, 여인을 무시하는 사고방식이 고착화된 신료들 사이에선 혼현마제의 첩실이라는 소문이 자자했다.

그래서일까.

혼현마제를 주축으로 세력을 만들까 하여 신건궁에 찾아온 이들은 혼현마제의 축객령에 불쾌한 표정을 지었다.

'내가 만만해서 찾아온 주제에, 버선발로 환영할 줄 알았나?'

혼현마제는 속으로 그들을 향해 코웃음을 치면서도 겉으로는 웃으며 그들을 배웅했다.

'흔들려라! 뿌리부터 흔들려라. 이제 곧 끝이 난다. 역천마제는 나를 결코 쫓을 수 없을 것이다!'

돌아가는 신료들의 뒷모습을 보는 혼현마제의 미소가 짙어졌다.

"완성되었다고?"

혼현마제가 실로 오랜만에 자애로운 목소리로 물었다.

독부의 얼굴에 은은한 화색이 돌았다.

"겨우 두 개예요."

독부는 아쉽다며 애교 부리듯 말했지만, 만년독수에 독부의 혈독이 들어간 필멸독(必滅毒)이었다.

수많은 정파 고수들을 암살하고 천수현인마저 쓰러뜨리며 결코 해독제가 있을 수 없다던 독.

독부의 기와 혈독을 받아 그녀의 손톱과 함께 자라나야 하는 그것은, 지난번 남궁진화에 의해 남은 것들이 부서지면서 하나밖에 남지 않았었다.

그때 이후 독부는 새롭게 독을 만들어 내느라 폐관하다시피 했다.

이제 보니 그녀의 얼굴이 파리하게 질려 있었다.

"두 개면 충분하다. 이제 곧 모든 귀천성도와 만인을 모아 놓은 등극식인데, 등극식에서 황제가 황관을 안 쓸 수는 없을 테니."

혼현마제가 황관을 쓴 역천마제를 상상하며 만면에 미소를 감추지 못했다.

"수고했다."

"아아, 가가!"

혼현마제가 만족스러운 얼굴로 독부의 공을 치하하자, 독부는 창백한 얼굴이지만 더할 수 없을 정도로 환하게 웃었다.

이틀 뒤, 등극식 날이 되었다.

역천마제는 귀천성 성도와 만인이 보는 앞에서 황관을 쓰기 위해 과감하게 황궁을 개방했다.

수천 개의 깃발이 중원 각지에서 모여들었다.

심상치 않은 기세를 풍기는 무림인들의 등장에 예복을 입은 신료들이 불편한 기색을 풍겼지만, 역천마제는 귀천성 주요 문파의 수장들에게 등극식 제일 앞자리를 내주었다.

등극식을 진행하는 복건주와 몇몇 신료들을 제외하면 최측근 자리는 모두 귀천성의 인사들이 차지하면서, 역천마제의 우선순위가 어디에 있는지 보여 주는 듯했다.

"황제 등극식에 개나 소나…… 쯧쯧."

"확실히 시끄럽긴 하군요. 격식 없는 출신이시라 그런지……."

한 신료가 말끝을 흐리며 뒤를 돌아보았다.

귀천성 무인들부터 성도 백성들이 황궁이 미어터질 정도로 들어왔다.

이제까지 이런 적이 없을 정도로 어수선한 분위기 속에 신료들은 못마땅한 기색을 풍기며 자리에 시립했다.

붉은 옷을 입고 허리를 낮춘 그들의 모습은 자신들의 자리에서 한 발자국도 양보하지 않을 거라 주장하고 있는 듯했다.

그때.

"황제 폐하 납시오-!"

황궁 태감의 우렁찬 목소리가 울려 퍼졌다.

그 뒤로 검은 비단에 황룡이 새겨진 화려한 용포와 금빛 면류관을 쓴 역천마제 파륜이 등장했다.

한 걸음 한 걸음 태산이 움직이는 듯한 존재감이 황궁에 들어온 모두에게 전해졌다.

분명 출신도 알 수 없는 무림인이라 들었건만, 지금 역천마제의 모습은 마치 날 때부터 황제로 태어난 사람처럼 여유와 위엄이 넘쳤다.

마침내.

"황관을 받으시지요."

복건주가 역천마제의 머리 위에 화려하기 그지없는 황금관을 씌워 줬다.

"와아아아아———!"

아직 등극식이 끝나지 않았건만, 이제까지 중 가장 큰 환호가 터졌다.

환호를 뚫고 복건주의 목소리가 울려 퍼졌다.

"천제고변―! 이 해 하늘을 새로 열어 하늘에 고변하니, 신제국의 황제로 널리 알리나이다. 제국에 광영이 있으라!"

"제국에 광영이 있으라!"

복건주의 개천사를 따라 대소 신료들이 복창하였다.

이윽고 궁중 악사들의 연주와 함께 역천마제가 천로를 걸어 용좌에 앉고, 그 앞에 오체투지 한 대소 신료들의 축사와 충성 맹세가 이어졌다.

이번에는 특별하게 귀천성 휘하 주요 문파 수장들의 충성 맹세도 이어졌다.

흉흉하긴 하지만 용맹한 기세의 무인들의 충성 맹세는 신제국의 강건함을 보여 준 듯하여 백성들의 호응이 좋았다.

그렇게 등극식이 점점 끝을 향해 가고.

보통 이런 등극식이 끝이 나면 성대한 연회가 베풀어지기에, 분위기는 점점 기대감으로 달아올랐다.

그런데 그때.

"천제는 역적의 황위 찬탈을 용납하지 않으신다ー!"

오체투지 하던 신료들 사이에서 누군가 벌떡 일어나 소리쳤다.

"천하의 역적! 황제 폐하의 시해범! 천벌을 받으리라!"

챙ー! 챙ー!

황궁을 경비하던 군사들이 돌변하여 검을 빼 들었다.

"까아아아악ーーー!"

"아아악!"

놀란 백성들이 혼비백산 자리를 피해 황궁을 뛰쳐나가기 바빴다.

이런 건 전혀 예상하지 못했던지, 역천마제도 놀란 얼굴로 자리에서 벌떡 일어섰다.

그 순간, 역천마제의 신형이 휘청거렸다.

"이…… 윽!"

"주군!"

놀란 검마제가 급히 역천마제의 곁으로 다가왔다.

잠깐 사이 역천마제의 얼굴은 창백하다 못해 새파랗게 질렸고 간신히 용좌를 붙잡고 선 몸에선 땀이 비 오듯 흘러내렸다.

하지만 그 와중에도 역천마제는 눈을 부릅뜨고 누군가를 찾았다.

"너, 너⋯⋯!"

역천마제의 시선이 혼현마제를 향했다.

검마제가 역천마제의 시선을 따라 혼현마제를 보았다.

갑작스러운 아수라장 속에서 혼현마제는 조용히, 서늘하다 싶을 정도로 덤덤한 얼굴로 역천마제를 보고 있었다.

'설마⋯⋯ 혼현마제!'

이상하다 했다.

전 황제에게는 목숨을 걸고 복수를 해 줄 신하도, 인망도 없었다.

게다가 전 황제가 죽은 것은 벌써 수십 일이 지난 일.

등극식을 기회로 역천마제의 목숨을 노린 것이다.

'등극식으로 달라질 만한 것!'

검마제의 눈에 역천마제의 황금 관이 들어왔다.

검마제가 다급하게 황관을 역천마제의 머리에서 치웠다.

챙-그랑!

멀쩡해 보이던 황금으로 된 관이 산산조각으로 부서졌다.

검게 삭아 버린 시커먼 속이 드러나며, 황금 관이 순식간에 재가 되어 흩어졌다.

그것을 본 검마제가 살기를 담아 소리쳤다.

"광-마, 배신이다-! 혼현 놈을 죽여라-!"

검마제의 외침에 광마제가 곧바로 좌수를 휘둘렀다.

쏴아아아아----!

불길할 정도로 검은 기운이 번개처럼 쏘아져 나갔다.

채-앵!

혼현마제를 노리던 검은 기운은 그에게 닿기도 전에 뱀처럼 날아든 사슬에 찔려 흩어졌다.

"호오, 네놈도 넘어갔던가?"

광마제가 흥미롭다는 표정으로 이번에 새롭게 소리마제의 자리를 차지한 살각주 보곡성을 보았다.

살각주 보곡성은 광마제를 보며 긴장감을 키웠다.

'이, 이자가 유일하게 역천마제와 적수를 이룬다는 광마제 구훤이란 말인가!'

번들거리는 눈빛과 마주한 보곡성은 그럴 리 없겠지만 제 등 뒤의 암림혈귀갑이 겁을 먹은 것 같다고 느꼈다.

그때, 광마제의 시선이 보곡성의 뒤에 있던 혼현마제를 향했다.

"쥐새끼처럼 계산하고 있더니 겨우 이거였나? 소리마제를 회유한 뒤 역천마제를 쓰러뜨리면, 나와 검마만 상대하면 된다? 허!"

광마제가 혼현마제의 생각을 읽으며 코웃음을 쳤다.

실제 그의 추측이 맞았든 아니든, 혼현마제는 광마제의 말에 반응하지 않았다.

어쨌든 지금 상황은 혼현마제와 독마제, 소리마제 거기에 소리마제가 확보한 한수림까지, 역천마제가 쓰러지고 검마제와 광마제만 남은 저들에 비해 확실히 유리한 상황이었다.

하지만 혼현마제의 안배는 거기서 끝나지 않았다.

"세상에 내 편은 없다고 했던가? 네놈이 틀렸다."

뻣뻣하게 굳어 있던 혼현마제가 처음으로 광마제를 향해 웃어 보였다.

"새 하늘은 누구에게나 열려 있다! 그렇지 않은가!"

"와아아아아아———!"

혼현마제가 목소리를 높여 소리를 지르자 뒤에 있던 귀천성 휘하 주요 문파 수장들 중 거의 반수 이상이 호응했다.

쉐에에에에———!

"크아아악!"

"이 새끼들! 이 배신자!"

챙! 챙!

"죽어라! 배신자!"

"닥쳐!"

귀천성 휘하 무인들이 반으로 나눠 싸우기 시작했다.

그들을 등 뒤에 두고 혼현마제가 의기양양하게 광마제를 보았다.

"어떤가? 다 나의 편이다."

"뭐? 너의 편? 허! 푸하하하하하!"

광마제가 혼현마제의 말에 파안대소를 터뜨렸다.

예상과 다른 광마제의 반응에 혼현마제가 사나운 눈빛으로 그를 노려보았다.

한참을 웃은 광마제가 비웃는 기색이 역력한 얼굴로 혼현마제와 눈을 마주하고 물었다.

"정녕 저놈들이 너의 편인가? 너를 따르는 자들이 맞더냐?"

"……."

광마제의 물음에 혼현마제는 잠시 말문이 막혔다.

그때였다.

"이게 웬 떡이냐-! 가자-!"

"씨발, 우리 애 내놔!"

이질적인 목소리와 함께 전혀 예상치 못한 자들이 끼어들었다.

"저…… 허!"

"……?"

소란도 소란이었지만 저의 어떤 말에도 흔들리지 않던 광마제가 어딘가를 정신없이 좇는 모습에, 혼현마제의 시선도 덩달아 광마제의 시선을 좇았다.

그곳엔 혼현마제의 악몽에 등장하는 푸른 번개가 내리치고 있었다.

콰과광————콰—앙!

"남궁, 진, 화!"

혼현마제가 한 자 한 자 짓씹듯 악몽의 이름을 불렀다.

신 제국 황궁을 코앞에 둔 한 객관.

"정의맹은 본래 임무를 이렇게 하나?"

강무련이 창밖을 보며 조용히 물었다.

그러자 진화도 창밖에 시선을 둔 채 답했다.

"아니요. 우리도 늘 이렇게 하는 것은 아닙니다."

적진의 한복판.

내일 그들의 적이 저 화려하고 거대한 황궁을 제 편으로 가득 채우고 황제에 등극한다.

그런데 자신들은 그 황궁의 코앞에 와 있는 것이다.

창을 열어 밖을 보면 귀천성 무인들이 우글거리고, 한 걸음만 내디뎌도 자신들의 원수를 만날 가능성이 높았다.

다행하다면 다행한 것이, 남궁진휘가 이 객관을 통째로 빌렸다는 사실이랄까.

등극식을 앞두고 값이 오를 대로 오른 곳을 말이다.

강무련이 알 수 없는 무력감에 젖은 이유였다.

"정의맹은 참 돈이 많군."

"형님 사비로 하신 것으로 압니다."

"이런 곳을 사비로 빌리다니, 남궁세가 소가주는 돈이 많군."

"제가 알기로 형님께서 여길 사신 것으로 압니다."

"······!"

휙!

강무련이 찢어질 듯 눈을 크게 뜨고 진화를 돌아보았다.

진화는 영문을 모르는 얼굴로 강무련을 향해 눈을 끔벅거렸다.

그런 진화를 보며 강무련은 내심 크게 놀랐다.

'도, 돈이 너무 많아서 이런 객관 하나 사는 건 아무렇지도 않은 건가?'

강무련은 진화가 부족한 경제관념 때문에 '상하하하!'를 받은 전설의 만두공자라는 걸 알지 못했다.

'그러고 보니, 남궁 공자는 그 남궁세가의 막내이자 한 제국의 적통 황자······ 헉! 지금 적성국 한복판에서 창문 열고 저러고 있던 거야?'

진화가 만두공자인 것은 모르지만, 잊고 있던 진화의 신분을 떠올린 강무련은 다시 한번 놀란 눈으로 진화를 보았다.

한 제국의 유일한 적통 황자이자 유력한 황태자 후보로서, 진화는 귀천성 이전에 적성국에 와 있는 것이었다.

그 적성국 황궁을 코앞에 두고 여유로운 진화의 모습에 강무련은 감탄을 금치 못했다.

'놀라운 배포로군. 저 정도는 되어야 약관에 경지를 넘을 수 있단 말인가!'

"허어, 흠…… 과연."

진화는 저를 두고 나른했다, 놀랐다, 감탄했다를 반복하는 강무련을 보며 조용히 생각에 빠졌다.

'한수림에 대한 걱정으로 불안정한가 보군.'

진화는 한수림을 아끼던 강무련의 우애를 떠올리며 그의 상태를 모르는 척하기로 했다.

등극식이 있기 하루 전 남궁진휘가 일행을 불러 모았다.

"뭐야? 이제 작전 회의 같은 걸 하는 건가?"

"정파 놈들은 무슨 생각인지."

사패천의 이천평과 황청산이 투덜거리며 자리에 앉았다.

말끝마다 '정파'를 운운하며 시비조로 구는 것에 대해선,

유감스럽게도 아무도 신경 쓰지 않았다.

일행의 인솔자이자 임무의 책임자인 남궁진휘가 전-혀 신경 쓰지 않았기 때문이다.

"자, 작은 이들, 어서 자리에 앉게."

"이……!"

"이 덩치를 봐! 대체 뭐가 작다는 거야!"

"하하하! 우리 소(小)호와 소(小)녹군의 덩치는 물론 크지만, 앞으로 상황이 급박하게 돌아갈 때 짧게 줄인 말은 유용하지 않겠나? 우리만의 암호일세."

흑수파 소호 이천평과 녹림의 소녹군 황청산의 항의는 씨알도 먹혀들지 않았다.

언뜻 남궁진휘가 그들을 놀리는 듯하기도 했다.

이천평과 황청산이 씩씩 콧김을 뿜으며 자리에 앉자, 남궁진휘가 모두 자리한 것을 둘러보며 말문을 열었다.

"자, 내일 드디어 등극식인데, 우리 임무에서 제일 중요한 것이 무엇이겠나?"

"무사 탈출?"

"아니, 그 전에 임무 완수부터 해야지."

"귀천성 놈들이 바글바글한데, 아무나 죽여도 귀천성에 타격을 줄 수 있겠군요."

남궁진휘의 말에 일행이 말 잘 듣는 학생들처럼 한마디씩 꺼냈다.

강무련은 물론이고 이천평과 황청산도 투덜거리긴 했지만 그런 것치고는 남궁구, 남궁교명, 팽가 형제와 거리낌 없이 어울리고 있었다.

초서비도 당혜군, 나하연과 어울려 의견을 나누고 있었다.

그동안 남궁진휘에게 팔려 온 노예부터 힘센 무희, 짐짝, 하인 등등 두루두루 하찮은 취급을 당하느라, 나름 유대감이 쌓인 듯했다.

남궁진휘가 그들의 모습을 흐뭇하게 지켜보았다.

"모두 틀렸네."

얄미운 한마디에 모두가 주목했다.

"그럼 뭡니까?"

"한수림."

남궁진휘의 대답에, 곳곳에서 김샌 소리가 새어 나왔다.

"아니, 그건 당연한 이야기 아닙니까?"

"애초에 우리 애를 구하러 여기 온 건데요?"

"그러니까. 한수림이 어디에 있는지 파악하는 것이 가장 중요한 일이 아니겠나?"

"아!"

"그걸 알아낸 겁니까? 어떻게요?"

이제야 크게 감탄하는 소리.

저들은 설마, 그냥 황궁에 쳐들어가서 한수림을 찾을 생각이었던가.

남궁구와 남궁교명이 당연한 말에 감탄하는 사패천 무인들을 한심하다는 눈빛으로 보았다.

　어쨌든 남궁진휘는 원하는 답을 얻은 듯 씨익 웃어 보였다.

　"마제들이 한 공자를 돌보고 있을 리 없고, 궁녀들이 신건궁 모처에서 어린아이를 돌보고 있다는 소식을 알아내었네."

　"그걸…… 알아내었다고요?"

　"후후, 애 키우기가 그렇게 쉬운 줄 아나? 신건궁에도 한바탕 소란이 있었나 보더군. 한 공자가 잘해 준 덕에 알아내는 게 쉬웠어."

　남궁진휘가 그렇게 말하면서 은자 주머니를 흔들었다.

　그 모습을 보며 강무련을 비롯한 사패천 무인들은 '아, 저자가 무슨 짓을 했든 또 돈으로 해결했구나.' 생각했다.

　"그런 걸 보면 세상에 우리 진화 같은 아이는 참 흔치 않아. 우리 진화야 내 품에서 떨어지지 않는 것까지 완벽한 아이였으니까."

　"……."

　그런 적 없었다.

　진화에게 사람들의 시선이 몰려들었다.

　하지만 귀가 붉어진 진화가 뭔가 부정하기도 전에 남궁진휘가 먼저 화제를 돌렸다.

　"나와 소천주가 한 공자를 구할 것이네. 신 제국 황궁의 기강이 무너질 대로 무너진 덕에, 한 공자가 있는 곳을 찾아 데려 나오는 것은 어렵지 않을 듯하네. 자네들은 그 잠깐 동안만 등극식에서 모두의 시선을 잡아 두면 되는 것일세. 다만 한 공자를 구한 즉시 백성들 틈에 숨어 탈출해야 하니, 너무 깊게 들어가지는 말 것. 무엇보다 퇴로를 만들어야 하는 그대들의 역할이 중요할 것이네."

"결국 정신없게 깽판 치고 있으라는 거네."

남궁구가 깔끔하게 임무 내용을 정리했다.

"에이, 깽판이라면 우리 특기지!"

"치고 빠지는 거라면 우리도 어디 가서 지지 않는 편이다."

황청산과 남궁교명이 경쟁적으로 말하며 자신감을 보였다.

남궁진휘가 한수림의 위치와 호위 상태에 대해 알아 온 덕에 임무는 몹시 수월할 듯 보였다.

다들 의욕적인 모습으로 흩어졌다.

그때, 남궁진휘가 막 자리에서 일어서는 진화를 붙잡았다.

"몰래 잠입해서 한 공자를 구하려다가 놈들의 집중 공격을 받는 것보다, 등극식이라는 소란을 이용하는 편이 좋다. 하지만 이 작전에서 중요한 건, 한 공자를 구하는 즉시 빠져나올 수 있어야 한다는 거다."

남궁진휘가 걱정스러운 눈빛으로 진화를 보았다.

그의 눈빛이 마치 '할 수 있지?' 하고 묻는 듯했기에, 진화는 그저 고개를 끄덕였다.

"걱정 마십시오."

진화의 대답에 남궁진휘가 안심한 듯 웃으며 진화의 머리를 쓰다듬었다.

이미 제 키만큼 다 자란 동생이었지만 남궁진휘의 손길은 언제나처럼 애틋했다.

물론 소란을 일으키려 준비했던 진화 일행도 이런 걸 예상했었던 건 아니었다.

너무 당연하고 여유롭게 '이게 웬 떡이냐 하고 가야지!'라던 남궁진휘의 모습이 머릿속에 남았다.

'설마 형님께선 알고 계셨나?'

그런 생각을 진화만 한 것은 아닌지, 남궁구와 초서비가 눈을 마주쳤다.

하지만 이내 말도 안 된다며 털어 버렸다.

어쨌든 중요한 건, 그들이 난리를 피우지 않아도 난리가 저절로 일어났다는 것이었다.

남궁진휘의 주장대로 일단 등극식장으로 뛰어들었다.

남궁진휘와 강무련은 어느새 한수림을 구하기 위해 움직

였고, 이제 진화 일행이 움직일 차례였다.

쉐에에엑――!

챙챙! 채―앵!

등극식장은 이미 아수라장이었다.

군사들은 군사들끼리 싸우기 시작하고, 거기에 귀천성 무인들까지 한데 섞여서 전투를 시작했다.

진화의 눈이 부지런히 상황을 파악했다.

"일단 우리의 퇴로를 확보할 수 있도록 백성들이 빠져나가는 속도를 통제한다."

"어, 어떻게?"

진화의 말에 이천평이 되물었다.

잠시 생각하던 진화가 팽가 형제를 보았다.

"……팽수, 팽신, 이곳에 남아 문을 열지 말고 버텨."

"알겠다."

"충."

남궁진휘가 없을 때 적호단 일행은 자연스럽게 진화의 명을 따랐다.

그러다 보니 사패천 무인들도 강무련이 없을 때는 진화의 생각을 우선했다.

"나머지는 상황을 잘 보고 움직인다. 시선을 끌 필요가 없어진 만큼, 적당히 끼어들어서 놈들의 싸움이 한쪽에 유리하지 않도록 전부 죽인다."

"충!"

"그럼……."

진화의 시선이 등극식 제일 앞줄에 있는 광마제를 향했다.

마침 광마제의 손에서 검은 기운이 뿜어져 나오고, 앞줄에서 큰 소란이 일었다.

"가지."

"오오—! 가자아—!"

"우리 애 내노라—! 이 쉐끼들아—!"

이천평과 황청산이 검을 들고 사람들의 주의를 끌었다.

당혜군과 나하연, 초서비가 귀천성 무인들 사이를 파고들고, 남궁구와 남궁교명은 그저 닥치는 대로 귀천성 무인들을 죽이기 시작했다.

그리고 진화는.

콰과광————콰—앙!

다짜고짜 역천마제가 있는 단상으로 천뢰제왕검법 천뢰우전을 떨어뜨렸다.

쉐에에엑—!

퍽! 퍽!

"막아!"

"젠장, 저놈들은 대체 뭐야!"

진화 일행, 아군이 없는 자들은 그야말로 깽판을 부리듯 귀천성 무인들을 몰아붙였다.

그들은 전략적으로 밀리고 있는 귀천성 무인들의 상대방을 공격하면서, 그들에게 구함을 받은 귀천성 무인들이 당황하기 시작했다.

이런 사태는 결코 반란을 계획한 혼현마제가 예상한 혼란이 아니었다.

혼현마제와 광마제, 검마제는 귀천성 무인들을 상대하는 진화를 금방 알아보았다.

마치 귀천성 무인인 양 흔한 잿빛 무복을 입고 있었지만, 화려한 외모와 그보다 더 화려한 푸른 뇌전이 눈에 띄지 않으려야 그럴 수 없었기 때문이다.

검마제가 진화의 검기를 막고 역천마제의 곁을 지킨 사이.

"푸하하하하! 이놈! 제 발로 내 손에 들어왔구나!"

광마제가 광기 어린 웃음을 터뜨리며 진화에게 날아가듯 다가갔다.

"이놈——!"

광마제의 목소리에 진화가 그를 보았다.

차분한 표정과 달리 진화의 눈에도 불꽃이 튀었다.

쉐에에에엑———!

"허! 제법이구나!"

퍼—엉!

진화가 마음을 먹고 매섭게 날린 검기를 여유롭게 쳐다본 광마제가 손짓 한 번으로 그것을 흐트러뜨렸다.

하지만 진화도 그에 아랑곳하지 않고 다시 공격을 퍼부었다.

쉐에에에엑――!

쉐엑! 쉐엑! 쉐에에에엑!

천뢰제왕검법 낙엽이 빛처럼 빠르게, 사방으로 날아갔다.

펑! 펑! 펑!

"크하하하핫! 제법이구나!"

광마제는 뭐가 그렇게 유쾌한지 웃음을 터뜨리며 진화의 뇌기를 막았다.

하지만 그사이, 진화는 광마제의 코앞까지 거리를 깎아 먹었다.

"즐겁나?"

진화의 눈에 푸른 번개가 치고, 광마제가 놀란 얼굴로 진화를 보았다.

광마제의 앞으로 번개가 떨어졌다.

하나둘이 아니라 수천 개의 번개가.

쉐에에에엑――!

섬전십삼검뢰 여여일식-!

펑! 퍼버버버버펑-! 펑!

채 한 호흡을 내쉬기도 전에, 광마제는 안계를 넘어 쏘아
지는 뇌전에 정신을 차릴 수 없었다.

수백의 허초와 수천의 실초가 사정없이 날아들고.

광마제의 얼굴에 희열감이 차올랐다.

'네가 여기까지 왔구나!'

"크하하하하―!"

광마제는 참을 수 없다는 듯 웃음을 터트렸다.

그리고.

퍼―엉!

광마제의 온몸에서 폭발한 기운이 진화의 뇌전을 모두 터
뜨려 버렸다.

그리고 광마제의 양손에서 피어오른 검은 실타래들이 점
점 커지더니, 마침내 수천 마리의 뱀처럼 사악한 기운을 뿜
으며 꿈틀거렸다.

"좋아! 좋아!"

광기로 물든 얼굴.

검게 변한 눈동자가 진화를 향하고.

광마제가 진화를 향해 좌우로 입을 찢듯이 웃어 보였다.

"와라! 내게 와라―!"

광마제가 진화를 향해 양팔을 펼치자, 그의 손에 있던 수
천 마리의 뱀들이 독니를 드러내고 진화를 향해 날아들었다.

소름 끼칠 정도로 집요하고 잔인할 정도로 폭력적인 소유

욕이 진화를 향했다.

저마다 다른 전투를 하는 와중에도 사람들의 시선이 진화와 광마제를 향해 모여들었다.

혼현마제는 여전히 충격에 빠진 듯.

"저놈이 왜!"

표정 관리도 하지 못한 채 사납게 일그러진 얼굴로 소리를 지르는 혼현마제의 모습이 낯설었다.

"저자를 아시오?"

소리마제 살각주 보곡성은 진화와 일면식이 없었다.

"남궁진화!"

"남궁?"

"정의맹 놈들이 대체 왜! 설마……?"

혼현마제는 보곡성의 물음에 대답을 한 것이 아니었다.

그는 그저 남궁진화의 이름을 곱씹은 것이다.

그리고 뭔가 떠오른 것이 있었던지, 혼현마제의 안색이 돌변했다.

"한수림! 한수림이구나!"

반복적으로 소리를 지른 혼현마제가 신건궁을 향해 고개를 돌렸다.

그때.

쉐에에에엑———!

검마제의 검기가 혼현마제와 소리마제의 발밑을 갈랐다.

"네놈들은 주군의 허락이 있기까지 한 발자국도 움직일 수 없다."

검마제가 역천마제의 앞을 가리며 그들을 향해 살기를 뿜었다.

온 사방이 적으로 가득한 혼돈의 아수라장이었다.

강무련이 불안한 듯 뒤를 돌아보았다.

남궁진휘와 달리 강무련은 역천마제의 등극식이 내분으로 아수라장이 된 게 그들에게 좋은지 나쁜지 확신할 수 없었기 때문이다.

아수라장이 된 적진 한복판에 동료들을 남겨 두고 온 강무련은 걱정스러운 기색을 감추지 못했다.

하지만 그런 강무련과 달리 남궁진휘는 거침없이 신 제국 황궁 안으로 들어갔다.

한 번도 신 제국에 와 본 적 없으면서 일행을 황도까지 안내하던 때처럼 그는 망설임이라곤 없었다.

'황궁에도 와 본 적 있는 거 아니야?'

강무련이 남궁진휘의 뒷모습을 보며 고개를 갸웃거렸다.

하지만 내내 일행과 함께 있던 남궁진휘가 혼자 황궁을 와

봤을 리 없었다.

그게 아니라는 걸 알면서도 의심이 들게 만드는 남궁진휘가 신기할 뿐이었다.

'묘하게 능숙하다니까. 참 이상한 사람이야.'

수상쩍을 정도로 요령이 좋고 능청스러웠지만 그게 밉기는커녕 믿음직스러워 보일 정도라. 강무련은 자신도 모르는 사이에 남궁진휘를 따라 신 제국 황궁 깊숙이 신건궁까지 왔다.

신건궁 현판이 보이기 시작했을 때.

남궁진휘가 전음을 보냈다.

─이제 날아오르는 까마귀는 모두 죽여야 합니다.

'까마귀?'

단둘만 있어서일까.

남궁진휘가 강무련에게 존대를 했다.

하지만 진지하고 단호한 말투 때문인지, 강무련은 그 어느 때보다 남궁진휘의 말을 진지하게 받아들였다.

강무련의 눈이 신건궁 주변을 매섭게 향했다.

그때.

쉐에에에엑───!

"큭!"

남궁진휘가 검기를 날리자, 신음과 함께 누군가 지붕에서 떨어지고.

파팟! 팟! 팟!

서너 명의 교성흑오대원이 하늘로 날아올랐다.

"하앗!"

강무련은 망설이지 않고 그들을 향해 강기를 날렸다.

퍼—엉!

강무련의 강기를 피해 교성흑오대원들이 순식간에 흩어졌다.

동시에 강무련이 땅을 박차고 지붕 위로 올랐다.

쉐에에엑—!

깊게 찔러 들어오는 검.

강무련이 당황하지 않고 몸을 회전해서 그 검을 피했다.

휘익! 쉭! 쉭!

검을 피한 강무련에게 순식간에 여섯 명의 교성흑오대원이 달려들었다.

툭.

깊게 디딘 한 발.

그리고 체중과 내공이 함께 실린 주먹이 따라 나갔다.

가장 자연스러운 움직임으로 전신의 기운을 담은 주먹이 교성흑오대원들을 때리기 시작했다.

퍽! 퍽!

퍼—억!

우각살호권은 미친 소가 뿔을 흔들어 호랑이를 죽이는 모습을 본떠 만든 무공이었다.

미친 소의 움직임에서 어떤 규칙을 찾은 것이 아니라, 미친 소가 흥분한 상태로 치명적인 상처를 만들어 낸 움직임을 그대로 모방하여 전투 중 투기와 혈기를 전부 쏟아 내게 하는 것이 핵심이었다.

퍼억! 퍼억!

강무련이 뻗은 주먹이 더할 나위 없이 힘차게 교성흑오대원의 머리에 꽂혔다.

뻐—억!

주먹질 한 번에 두개골이 움푹 함몰되고, 그 모습을 본 다음 사람이 머리를 숙이자 주먹이 늑골을 부수고 명치 깊숙이 박혔다.

적이 한 번이라도 주춤대면 끝이었다.

강무련의 주먹은 인정사정없이 인간의 약한 부분을 깨부쉈기 때문이다.

퍽! 퍽!

퍼——억!

"후우."

마지막 교성흑오대원을 쓰러뜨리고 강무련이 얼굴에 튄 피를 닦았다.

그리고 더 이상 교성흑오대원이 나타날 것 같지 않자, 지붕 밑으로 내려갔다.

남궁진휘는 이미 안으로 들어갔는지 보이지 않았고, 강무련도 서둘러 안으로 들어갔다.

신건궁 안에는 남궁진휘가 한 것인지 병사 넷이 쓰러져 있는 것 외에 궁인들은 한 사람도 보이지 않았다.

"수림⋯⋯!"

"아주버님, 잠시만 기다리세요!"

야무지게 들리는 목소리.

한수림을 부르며 뛰어든 강무련이 멈칫한 사이, 한수림과 남궁진휘가 그를 돌아보았다.

"형-아!"

한수림이 해맑은 얼굴로 강무련을 맞았다.

"뭐 하다가 이제 온 거야! 하여튼 꾸물대지! 그래서 장가는 제때 가겠어?"

제 유모처럼 자연스럽게 늘어놓는 잔소리가 전혀 납치당해 있던 인질답지도, 어린아이답지도 않았다.

"⋯⋯한 공자 좀 챙기시겠소?"

"아앗! 아주버님, 저 다 했어요. 이제 가면 돼요!"

"⋯⋯."

어쩐지 남궁진휘의 한숨 소리가 들린 것 같았다.

강무련은 저도 모르게 남궁진휘를 향해 꾸벅 고개를 숙였다.

　강무련이 한수림을 안아 들고 뛰어나오는 길.

　품에 안긴 작은 몸뚱어리와 제 목을 꼭 잡은 짧은 팔, 어린
아이 특유의 살냄새와 뜨끈한 입김을 느끼며, 강무련이 힐끗
한수림을 내려다보았다.

　"괜찮으냐? 다친 곳은 없고?"

　"……."

　강무련의 물음에 한수림은 몸을 움찔할 뿐 답이 없었다.

　'녀석…… 아무리 괜찮은 척해도 어린아이가 귀천성 마제
들에게 잡혀서 얼마나 무서웠을까.'

　강무련은 한수림을 더 꼭 안아 들고 등을 토닥여 주었다.

　야무지게 싸서 둘러맨 봇짐이 먼저 느껴졌지만 모르는 척
했다.

　남궁진휘와 강무련이 신건궁을 벗어나려는 찰나, 갑자기
앞서 달리던 남궁진휘가 멈춰 섰다.

　"멈춰라―!"

　"하아, 이미 멈췄잖아."

　갑자기 나타나 앞을 가로막은 사내의 말을 남궁진휘가 전
혀 놀라지 않은 듯 태연하게 받아쳤다.

　"닥쳐! 그 아이를 노리고 온 걸 보며 사패천의 개로군. 쥐
새끼 같은 놈들이 감히 폐하의 등극식에 황궁으로 들어와?"

"사패천의 개 다음에는 개새끼가 와야 자연스럽지 않나?"

"젠장! 닥쳐!"

사내가 버럭 화를 내자, 남궁진휘가 어깨를 으쓱해 보였다.

서글서글하게 웃는 얼굴, 허름한 옷차림으로도 감출 수 없는 귀태. 그리고 조곤조곤 타이르는 듯한 여유로운 말투.

'재수 없군.'

강무련은 사내가 화를 내는 이유를 이해할 것 같았다.

척. 척. 척. 척.

어느 순간 나타난 신 제국 병사들이 남궁진휘와 강무련, 한수림에게 창을 겨누었다.

그러자 사내가 의기양양한 태도로 남궁진휘를 비웃었다.

"이 몸은 신 제국 황궁 경비대장 장형방이다! 순순히 오라를 받으면 다치게 하지 않으마."

이제 보니 사내는 신 제국군의 비장과 같은 복장을 하고 있었다.

물론 갑주를 걸친 밖으로도 느껴질 만큼 우람한 근육과 두둑한 뱃살, 구레나룻부터 연결된 턱수염이 덥수룩한 외모는 신 제국 하급 장수라기보다 녹림의 채주에 더 어울릴 법했지만 말이다.

"다치게 하지 않는다라…… 후후."

남궁진휘가 경비대장의 말에 웃음을 흘렸다.

전혀 순순히 오라를 받을 생각이 없어 보이는 모습에, 경비대장이 사나운 눈으로 남궁진휘와 강무련을 노려보았다.

보이는 외모와 달리 남궁진휘와 강무련을 살피는 태도가 몹시 신중했다.

"무림인들이다. 섣불리 다가서지 마라."

경비대장은 남궁진휘와 강무련을 에워싸고 있는 상황에서도 손짓으로 병사들을 한 걸음씩 물리고, 서서히 움직여서 신건궁을 빠져나가는 문 쪽을 병사들로 가렸다.

강무련이 한수림을 안고 남궁진휘의 뒤로 물러섰다.

그리고 잔뜩 기운을 벼르고 병사들을 노려보았다.

그때, 남궁진휘가 신 제국 황궁 경비대장과 병사들을 향해 싱긋이 웃어 보였다.

"더 도와주러 올 병사들은 없나 보군. 하긴 등극식에 그 난리가 터졌으니……."

그 말을 끝으로 남궁진휘가 땅을 박차고 나갔다.

순식간에 일어난 일이라 강무련도 놀란 눈으로 남궁진휘의 신형을 좇았다.

"조심해……!"

쉐에에에——!

말이 끝나기도 전에 푸른빛이 번뜩이고.

남궁진휘의 검이 순식간에 병사 셋의 목을 갈랐다.

그 뒤로 병사들의 비명이 이어졌다.

"크아아악!"

붉은 피가 사방으로 튀었다.

강무련은 도와줄 생각도 못 하고 멍하니 그 광경을 보았다.

남궁진휘의 검은, 적호단 부단주 남궁진혜나 남궁진화와 달랐다.

남궁진혜의 검보다 날카롭고, 남궁진화의 검보다 무거웠다.

그래, 중검(中劍).

어느 것에도 치우치지 않은 누구보다 남궁의 검다운 검이었다.

쉐에엑!

챙! 샤-악!

"크악!"

"으아아악!"

"젠장, 물러서라!"

경비대장이 소리쳤을 땐 이미 병사들 대부분이 쓰러졌다.

"이놈-!"

채-앵!

경비대장이 분노를 폭발하며 남궁진휘의 검을 막아섰다.

하지만 검을 맞부딪히고 남궁진휘와 눈이 마주친 순간, 경비대장은 머리털이 쭈뼛 설 정도로 섬뜩한 느낌을 받았다.

"본 적 있지. 신 제국 황궁 경비대장 장형방. 신 제국 서한 군 비장 출신으로 석 달 전, 전 경비대장 황우찬을 밀어내고 새롭게 승차한 젊은 장수. 힘이 좋은 편이고 지략은 고만고만, 우직하고 인내심이 좋아 수하들에게 신망이 높은 편."

남궁진휘의 입에서 자신에 대한 말이 줄줄 나오자, 경비대장이 놀란 듯 눈을 커다랗게 떴다.

남궁진휘가 그런 경비대장을 보며 피식 웃음을 흘렸다.

"그것이 다였다. 내 책장 위에 올라온 흔하디흔한 다섯 줄짜리 인적 보고서. 고작 다섯 줄짜리 주제에 감히 대남궁세가 소가주를 향해 개새끼를 운운해?"

웃음기가 사라진 남궁진휘의 눈빛에 살기가 번뜩였다.

사아아악.

경비대장 장형방은 머리부터 발끝까지 피가 식어 내린 듯 서늘한 기운을 느꼈다.

그 순간.

끼이이⋯⋯!

경비대장의 눈이 찢어질 듯 커졌다.

남궁진휘의 검이 새파란 빛을 내며 점점 그의 검을 잘라 들어가고 있었기 때문이다.

온몸의 털을 곤두세우던 서늘한 기운이 어디서 나온 건지 알 것 같았다.

"역적 집 개 주제에 짖을 곳을 잘못 찾았구나."

채──앵!

"……아!"

눈앞에서 새파란 빛이 번뜩였다.

경비대장이 생전에 마지막으로 본 것이었다.

파팟──!

피가 폭포처럼 흘러내렸다.

찢어질 듯 크게 뜬 눈이 먼저 땅에 떨어지고, 머리를 잃은 턱과 몸뚱어리가 바닥에 허물어졌다.

'저, 저것이 남궁세가 소가주, 남궁진휘의 본모습인가!'

강무련이 할 말을 잃고 그 광경을 보았다.

남궁진휘가 검에 묻은 피를 털어 내고 뒤를 돌아보았다.

"서두르지. 우리 진화가 많이 기다리면 곤란하니까."

평소와 같은 남궁진휘의 팔불출 발언임에도 강무련은 웃으며 답할 수 없어 그저 고개를 끄덕였다.

"형아, 예쁜 형아도 왔어?"

"쉿! ……지금은 아니다."

강무련이 진화의 이름에 반응하는 한수림을 품에 더 꼭 껴안았다.

남궁진휘와 강무련이 단둘만으로 한수림을 쉽게 데리고

나올 수 있었던 만큼.

등극식이 벌어지던 대전 앞은 그야말로 아수라장이었다.

"죽어라――!"

챙! 챙!

쉐에에에엑!

"이 천하의 역도들! 내 칼을 받아라!"

"감히 주군을 배신하다니!"

쉐에에엑!

"누구든 죽어라!"

혼현마제의 편을 든 귀천성 세력, 신료들, 장군들과 여전히 역천마제를 따르는 귀천성 세력, 신료들, 그리고 등극식을 하고 황관을 쓴 황제를 따르기로 한 본래 신 제국 장군과 병사 들. 거기에 어느 쪽이든 상관없이 망나니 칼춤 추듯 검을 휘두르고 다니는 정의맹 첩자들까지.

적아를 제대로 구분할 수 없는 아수라장은 결국 살아남기 위해 주변 모든 것을 향해 검을 휘두르는 지옥도를 연출했다.

하지만 그 속에서도 가장 눈에 띄는 것은.

퍼―――엉!

파파파파파팟―――!

하늘에서 내리치는 벼락.

땅에서 솟구치는 검은 흑룡.

파―팟!

흑룡이 벼락을 삼키고.

퍼엉! 펑! 펑!

흑룡을 터뜨리고 번개가 사방으로 뿜어져 나왔다.

인세의 경지를 넘어선 광경에, 성문 쪽에 매달려 바둥거리던 사람들마저 그쪽으로 한눈을 팔고 말았다.

"진화야—!"

남궁진휘가 다급한 목소리로 진화를 불렀다.

하지만 그와 동시에 광마제의 기운이 진화를 덮치면서, 남궁진휘의 목소리가 진화에게 닿았는지 확신할 수 없었다.

"크하하하핫! 이놈! 네놈이 아무리 발버둥 쳐도 결국은 내게 삼켜지고 말 것이다—!"

광마제가 벌겋게 달아오른 눈으로 진화를 향해 손을 뻗었다.

진화는 광마제의 손을 피하지 않고 그 손을 잡았다.

"웃기는 소리군."

쉐에에엑—!

광마제의 손목을 당겨 반대쪽 손에 들고 있던 검으로 그의 팔을 내리치려 했다. 하지만 그 순간.

"헛!"

광마제가 황급히 다른 쪽 팔을 휘둘러 진화를 때리고 검을 피했다.

둘이 서로를 밀어내며 거리가 벌어졌다.

하지만 두 사람의 눈은 서로에게서 조금도 떨어지지 않았다.

"운명을 받아들여라!"

"운명? 하하하!"

광마제의 말에 진화가 웃음을 터뜨렸다.

진화가 웃는 모습에 광마제가 놀란 눈으로 진화를 보았다.

차분한 듯하면서도 제 말이라면 발작을 하던 제물이, 진심으로 재밌다는 듯 웃고 있었다.

악의나 분노를 담은 반항이 아니라, 정말로 대등하게 눈을 마주치고 저를 비웃고 있는 것이다.

이래서야…… 완전히 저를 벗어난 것 같지 않은가!

"네놈……!"

광마제의 얼굴이 붉게 달아올랐다.

달라졌다.

제 제물이 달라졌다.

그 사실이 광마제를 그 무엇보다 분노하게 만들었다.

"그럴 수 없다! 넌 날 벗어날 수 없다!"

광마제의 전신에서 뿜어져 나온 기운이 입을 벌리고 진화를 집어삼킬 듯 맹렬하게 달려갔다.

"벗어나지 못하는 건 당신이겠지."

진화의 눈동자에 천둥 번개가 내리쳤다.

진화의 온몸에서 푸른 아지랑이가 피어오르고, 검강과 같은 푸른빛이 온몸에서 번쩍거렸다.

진화는 마치 광마제의 흑룡을 반기듯 검을 들고 그 입속을 향해 달려들었다.

"진화야———!"

남궁진휘가 이전보다 다급한 목소리로 소리쳤다.

진화는 광마제를 죽이고 싶었다.

이전 생에 제 몸을 터뜨려 광마제를 집어삼켰듯이, 어떤 대가를 치르더라도 그를 죽이고 싶었다.

남궁세가를 몰살시켰던 광마제에게 복수하고 싶었다.

광마제를 없앤다면 남궁세가의 위험도 없어지는 거라 생각했다.

하지만 지금은 생각이 달라졌다.

광마제가 사라진다 해도 남궁세가를 위협하는 위기는 계속 닥칠 것이다.

귀천성은 계속해서 무림을 노릴 것이고 남궁세가는 그 대척점에 있을 테니까.

광마제는 여전히 죽이고 싶었지만…… 이전처럼 그와 함께 죽고 싶진 않았다.

이전 남궁세가의 복수를 하는 것만큼, 지금 남궁세가와 함께하고픈 마음이 커졌기 때문이다.

광마제가 쏘아 보낸 흑룡귀기(黑龍鬼氣)를 향해 뛰어들면서도, 진화는 그 속에서 죽을 생각 따윈 전혀 하지 않았다.

"트아아아압———!"

진화가 온몸의 기운을 쥐어짜 내며 기합성을 질렀다.

조금이라도 힘을 푸는 순간, 광마제의 흑룡귀기가 사정없이 저를 집어삼키고 사나운 이빨로 갈가리 찢어 놓을 것만 같았다.

진화는 기합 한 번으로 거대한 힘과 엄습하는 공포를 물리쳤다.

그리고 고슴도치처럼 온몸을 천뢰기로 둘러쌌다.

쉐에에엑——! 쉐에에엑!

파파파파팟—!

진화의 검에서 번개가 쏘아져 나오고, 진화는 사방을 둘러싼 흑룡귀기를 향해 번개를 휘둘렀다.

"크아아아악!"

흑룡의 것인지, 광마제 것인지 모를 비명이 울렸다.

"으드득!"

진화가 이를 악물었다.

흑룡은 고통에 몸부림쳤지만 여전히 사납게 진화를 공격

하고 있었다.

사나운 기운이 날아들며 진화의 피부를 찢었다.

그러면 진화도 지지 않고 천뢰기로 흑룡귀기를 긁어내렸다.

파파파파팟---!

새파란 뇌전에 흑룡귀기가 거칠게 찢어졌다.

그리고 점점, 진화의 뇌전이 흑룡귀기를 뚫기 시작했다.

"너……!"

새까만 흑룡귀기가 깨어지며 푸른 뇌전이 새어 나오자, 광마제가 믿을 수 없다는 눈으로 그것을 보았다.

그리고 마침내.

파지지지직-!

파팟--!

흑룡귀기가 흑룡의 머리부터 갈라지기 시작하더니 그대로 양쪽으로 쪼개졌다.

꺄아아아아아---!

퍼---엉!

흑룡이 긴 비명을 울며 터져 나갔다.

흑룡귀기가 사라진 자리에서 푸른빛이 번뜩였다.

진화가 새파란 광채를 뿜으며 광마제를 노려보고 있었던 것이다.

스륵.

저도 모르는 사이, 광마제의 발끝이 흔들렸다.

"……이 정도였군."

감탄? 한탄?

진화가 천천히 고개를 까딱이며 나지막하게 말했다.

혼잣말을 한 건지, 아니면 광마제에게 말을 한 것인지 알 수 없었다.

그 속에 담긴 감정이 뭔지도 알 수 없었다.

다만 광마제는 제물의 내면에서 뭔가가 변했다는 걸 느꼈다.

저를 보는 눈빛, 얼굴 표정이 달라졌다.

"운명? 거기서 벗어나지 못하는 건 당신이야. 이제 알겠어, 당신이 왜 거기에 그렇게 집착하는지."

진화가 광마제를 향해 자신만만하게 웃어 보였다.

"알았다……고? 네가? 무엇을!"

광마제가 소리치듯 물었다.

저래서는 안 된다.

저를 보는 눈이 저렇게 빛이 나선 안 되었다.

제물은 저를 보며 지난날의 고통을 떠올려야 했다.

고통을 고스란히 기억하는 눈빛으로 저를 향해 복수심을 불태워야 마땅했다.

분명, 분명 공산 절벽에서 만났을 때만 해도 그런 얼굴이었는데…….

제물이 달라졌다.

"대체 왜! 왜 달라진 거지!"

광마제가 화를 주체하지 못하고 소리를 질렀다.

"너는 안 돼! 네가 달라지는 건 용납할 수 없어! 너는 내가 만들었다! 세상에서 오로지 나, 구원을 위해 내가 만든 존재라고! 너는 달라져선 안 돼! 그런데 왜! 뭐 때문에 달라진 거냐! 언제부터지? 원래 이렇지 않았는데, 대체 언제부터 바뀐 거야—!"

광마제가 미친 사람처럼 떠들어 댔다.

그의 눈은 광기로 붉게 물들고 표정은 잔뜩 일그러졌다.

그는 정말로 진화가 뭔가 큰 잘못을 했다는 듯, 진화를 추궁하듯 노려보았다.

"쿳!"

광마제가 광기와 함께 발산하는 기운에 주변에 있던 귀천성 무인들이 신음을 뱉었다.

사방을 향해 번들거리는 검은 기운이 공포스러울 정도로 거대했다.

하지만 이전과 달리, 진화는 더 이상 광마제의 광기에 겁을 먹지 않았다.

용기를 내고 힘을 내고 어쩌고가 아니라, 이제는 정말로 광마제에게 두려움을 느끼지 않게 된 것이다.

진화가 광마제를 향해 환하게 웃었다.

"언제?"

푸-욱!

진화가 땅속에 검을 박았다.

그리고.

쏴아아-!

파파파파팟----!

땅을 파헤치며 거대한 뇌전이 광마제를 향해 쏘아져 나갔다.

"언제, 그건 참 중요한 거야. 안 그래? 시간이 흐르면 무엇이든 언젠가는 반드시 달라지지. 그런데 당신은 그걸 참 싫어해. 아니, 두려워하는 건가? ……죽어 가고 있으니까."

진화의 눈이 오롯이 광마제를 향했다.

시간이 흐르고 언젠가 광마제가 달라진다면, 그건 죽음일 것이다.

"이놈-!"

진화의 말이 광마제의 정곡을 찌르는 것과 동시에, 분노한 광마제가 제게 닿을 뻔한 뇌전을 발 앞에서 짓눌렀다.

쿠---웅!

광마제의 앞에 거대한 구덩이가 파이며 땅이 가라앉고, 사방으로 거미줄처럼 뇌전의 흔적이 남았다.

하지만 진화는 광마제가 제 공격을 막아 냈다는 것에 전혀 개의치 않았다.

"이제 확실히 알았어. 당신은 이전과 전혀 달라지지 않았다는 걸."

광마제는 강했다.

현경을 넘어서면서 광마제를 이길 수 있겠다고 생각한 것이 우스울 정도로.

지금도 광마제는 광기를 넘실거리며 여유를 부리고 있었지만, 진화는 온몸의 기운을 한 수, 한 수에 끌어모아 광마제를 상대하고 있었다.

하지만 그럼에도 진화가 웃을 수 있는 것은.

"시간이 흘러 내가 이만큼 강해질 동안, 당신은 그대로야. 당신은 이제 죽어 가고 있는 늙은 몸뚱어리뿐이니, 앞으로도 더 이상 약해지지 않는 것이 고작이겠지."

시간은 진화의 편이었다.

"허, 그래서? 네놈이 날 이길 수 있을 것 같으냐! 천지간이 개벽하지 않는 한 그런 일이 없을 것이다!"

쉐에에에에에엑――!

거대한 악의가 진화에게 날아갔다.

진화가 땅에 박은 검을 빼 들고 날을 세웠다.

"큿!"

지금은 이렇게 버거웠다.

압도적인 힘 앞에 속도나 정확도는 중요하지 않았다.

무공 초식조차 무색할 정도로 기운을 내던진 공격이었을

뿌이었지만, 진화는 온 힘을 다해 그것을 막아 내는 것이 고작이었다.

거대한 기운 속엔 더 거대한 악의가 응축되어 진화의 기운을 죽이며 점점 진화를 짓눌렀다.

까득.

'시간을 거슬러, 천지간은 이미 새롭게 열렸다.'

진화가 이를 악물었다.

"난 당신을 이기는 것이 아니라 죽일 거다!"

파————팟!

진화의 검이 불같은 뇌전을 뿜었다.

제왕무적검법 천하(天下)-!

진화의 검에서 펼쳐진 제왕무적검법이 그 증거였다.

이제 진화는 타고난 혼돈지체나 광마제가 없앤 혈맥에 구애받지 않고, 남궁세가의 모든 검술을 펼칠 수 있었다.

혼돈지체가 가진 천뢰기와 천뢰제왕신공이 결코 다르지 않다는 걸 깨달으며 벽을 넘어섰고, 진화는 드디어 남궁세가의 다른 검술을 펼칠 수 있다는 데에 기뻐했다.

하지만 중요한 것은 진화가 자신이 한계라고 생각했던 모든 것을 넘어섰다는 사실 그 자체였다.

진화도 이제 그것의 의미를 알았다.

퍼-----엉!

광마제의 기운이 사방으로 흩어지며, 거대한 기운의 여파가 등극식장 전체로 흩어졌다.

"크엇!"

땅이 흔들리고, 다수의 무인들은 내장이 진탕된 듯 몸을 비틀거렸다.

거대한 힘과 힘의 충돌.

이번에는 천뢰기가 번뜩이지 않았다.

아니, 빛을 뿜을 새도 없이 모든 충돌의 힘을 광마제의 기운과 맞서는 데 쓴 것이었다.

진화는 이제 자신의 힘이 번뜩이는 뇌전만이 아니라는 걸 알았다.

"진화야!"

남궁진휘의 간절한 목소리가 들렸다.

남궁진휘가 저를 기다리고 있었다.

약속된 시간이 된 것이다.

"당신은 내 인생을 망치려 했던 악당이지. 단지 그것뿐이야."

광마제를 죽이고 싶지만, 광마제와 함께 불행해질 필요는 없었다.

지금 당장은 동귀어진의 수(手)밖에 떠오르지 않았지만, 시간은 자신의 편이었으니.

"다음엔 반드시 죽여 주지."

진화는 이제 광마제의 죽음이나 그의 불행보다 저와 제 사람들의 행복이 더 중요하다는 것을 알았다.

"이놈---!"

진화가 도망치려 하자, 광마제가 진화를 붙잡을 듯 손을 뻗었다.

쏴아아아아아--!

수십, 수백 갈래의 흑룡이 진화를 붙잡기 위해 달려들었다.

진화가 서늘하게 가라앉은 눈으로 그 광경을 보았다.

그리고 광마제의 집착을 베어 내듯 검을 휘둘렀다.

쉐에에에에엑--!

제왕무적검법 불위--!

진화는 남궁세가가 제게 준 자유를 마음껏 휘두르며 광마제의 흑룡귀기를 베었다.

그리고 새파란 검기가 광마제를 향해 쏘아졌다.

퍼-엉! 펑펑!

광마제가 진화의 검기를 튕겨 내며 사방으로 그 여파가 튀었다.

"으아아악!"

"아악!"

본래도 아수라장이었던 등극식장이 더 혼란에 빠졌다.

그 틈에 진화는 남궁진휘가 있는 곳으로 갔다.

"형님-!"

진화를 본 남궁진휘가 환하게 웃으며 진화를 맞았다.

"어서 가자!"

"팽수, 팽신, 문 열어!"

"작은 이들이 길을 트게!"

"아오, 젠장-!"

"우아아아아아----!"

팽수와 팽신이 막고 있던 문을 열자, 그 앞에 바둥거리고 있던 백성들이 썰물처럼 쏟아져 나갔다.

진화와 일행은 그 틈으로 함께 사라졌다.

"크아아아아---!"

등 뒤로 분노한 광마제의 목소리가 들리는 듯했다.

한편.

챙! 챙챙!

성문이 열리기 전까지 소리마제가 된 살각주 보곡성은 검마제의 검기를 막아 내고 있었다.

단지 그뿐이었다.

검마제는 역천마제의 곁을 지키면서도 혼현마제와 소리마제의 동선을 조종하며 그들의 발길을 붙잡았고, 소리마제와 혼현마제는 그런 검마제의 검을 막아 내는 것이 고작이었다.

혼현마제도 검마제의 검기를 쳐 냈다.

챙-!

현홍사가 끊어지면서 혼현마제의 볼을 할퀴었다.

혼현마제가 신경질적으로 피를 닦았다.

"젠장!"

본래의 계획이라면 벌써 군대가 들어와서 힘을 쓰지 못하는 역천마제와 그를 따르는 무리를 몰아내었어야 할 시간.

하지만 와야 할 군대는 오지 않고, 오히려 혼현마제 자신의 군대와 맞서 싸우고 있었다.

모든 것은…… 대사마 복건주 때문이었다.

"어째서 배신한 거지! 애초에 역천마제를 싫어한 것이 아니었나!"

혼현마제가 역천마제의 곁에 선 복건주를 노려보며 말했다.

그러자 복건주가 그런 혼현마제를 향해 코웃음을 날렸다.

"싫었지! 우리가 만든 제국에 갑자기 끼어든 자들이니까. 그런데 네놈은 역천마제와 다른 자인가? 제국을 노린 도둑인 건 마찬가지 아닌가?"

"그런데 왜 역천마제를 택한 거지?"

"허! 그거야 당연한 일이 아닌가. 겁이 많든 적든, 여우가 어찌 호랑이가 될 수 있을까!"

복건주의 말이 비수처럼 혼현마제를 찔렀다.

혼현마제의 머릿속에 광마제가 했던 말이 스쳐 지나갔다.

"약한 놈의 편을 드는 사람은 아무도 없다."

혼현마제가 분한 얼굴로 복건주와 검마제, 그리고 아직 용좌에 쓰러진 듯 앉은 역천마제를 노려보았다.

하지만 군대마저 반으로 나뉜 이상 상황은 자신들에게 불리했다.

신 제국의 대소 신료와 장수는 혼현마제보다 복건주를 더 따랐다.

게다가 지금은 광마제가 남궁진화에게 정신을 쏟고 있지만……

'한수림! 놈을 빼앗기는 것도 문제지만, 놈을 뺏기고 정파 놈들이 물러서면 광마제의 분노가 우리를 향할 거다. 그 전에 물러서야 해.'

혼현마제의 눈이 부지런히 상황을 살폈다.

아니나 다를까.

그의 눈에 남궁진휘와 한수림을 안은 강무련이 보였다.

이젠 어쩔 수 없었다.

"차선을 택할 수밖에 없군. 이만 물러나지."

"괜찮소?"

"이미 계획이 서 있으니 걱정 마시오."

혼현마제의 말에 소리마제 보곡성이 고개를 끄덕이고, 혼현마제는 하늘 위로 기운을 쏘아 신호를 보냈다.

퍼-엉!

혼현마제 쪽 사람들이 서 있는 뒤편으로 혼현마제의 기운이 부딪히고, 신호처럼 그곳에 굳게 닫혀 있던 문이 열렸다.

기다렸다는 듯 싸우고 있던 귀천성 무인들과 군사들이 성문 밖으로 나갔다.

"은요, 그년이 준비하고 있었던가!"

검마제가 살기를 뿜으며 성문 쪽을 노려보았다.

파앗--!

소리마제가 흑 가루가 담긴 암기를 역천마제를 향해 던지고, 검마제는 그것이 시간을 벌기 위한 유인이라는 것을 알면서도 분한 얼굴로 그것을 막았다.

그때.

검마제의 뒤편에서 무언가, 섬뜩한 빛이 번뜩였다.

섬뜩한 기운.

등 쪽에서 오싹할 정도로 불길한 기운을 느낀 혼현마제가 뒤를 돌아보았다.

그리고 혼현마제의 눈이 찢어질 듯 커졌다.

"역천마제……!"

혼현마제의 얼굴이 삽시간에 창백하게 굳었다.

"서, 서둘러라─! 서둘러 나가──!"

혼현마제가 혼비백산한 얼굴로 소리를 지르고는 몸을 날렸다.

소리마제도 영문을 모르는 얼굴로 그의 뒤를 따라 몸을 날렸다.

그와 동시에.

우─────────웅!

거대하고 압도적인 기운이 그들의 등 뒤를 덮쳤다.

중독된 역천마제를 검마제가 급하게 데리고 떠나고, 포섭된 귀천성의 무인들과 소리마제로 하여금 적당히 광마제를 상대하게 하다가 놓아준다.

그리고 혼현마제는 황궁을 차지하고 남은 대소 신료들과 장수들을 설득한 후 신 제국을 수습한다.

……계획은 실패였다.

갑자기 끼어든 정의맹의 기습에 광마제의 주의를 돌린 대신 한수림을 빼앗겼다.

거기에 복건주가 배신을 하면서 신 제국 중앙 관리들과 황궁 장수들이 역천마제의 편으로 돌아섰으니, 신 제국 황성을 차지하는 것도 불가능한 일이 되었다.

역천마제가 중독된 마당이니 계속 싸워 볼 수도 있겠지만, 결정적으로 광마제와 검마제의 힘이 혼현마제의 예상을 웃돌았다.

그것이 혼현마제가 지금 아군을 이끌고 후퇴해야 하는 이유였다.

❦

혼현마제가 쏘아 올린 신호를 보고 독마제 은요가 움직였다.

"열어!"

스르르릉————!

독마제의 명에 따라 성문이 열리고, 미리 준비해 둔 말들도 모두 나와 있었다.

독마제가 성문을 열자 계획한 순서대로 귀천성 무인들이 성문으로 빠져나왔다.

"빨리 나가!"

"갑니다—!"

가장 먼저 나간 야필문 문주가 독마제와 눈을 마주치고 고개를 숙여 보였다.

독마제도 여상하게 고개를 끄덕였다.

그리고 새초롬하게 접힌 눈매에 살기가 번뜩였다.

쉐에에에에엑———!

파삭—! 퍽!

"크어어억!"

"커억! 독…… 컥!"

독마제의 살초가 빠져나가는 야필문 무인들의 뒤를 쫓던 귀천성 무인들의 가슴에 적중했다.

비명을 지르며 피를 토하며 쓰러지는 이들의 모습에, 그들의 뒤를 따르던 이들이 주춤거렸다.

"멈춰! 독마제의 독이다—!"

"성문에 독마제야!"

몇몇 이들이 성문 위에 있는 독마제를 발견했다.

독마제의 시선이 그들에게 닿자, 겁을 먹고 뒷걸음질 치기 시작했다.

그 모습에 독마제가 비릿하게 입꼬리를 올렸다.

더 이상 성문으로 후퇴하는 이들의 뒤를 쫓는 귀천성 무인들은 없었다.

여유가 생기자, 독마제의 시선이 반대쪽을 향했다.

"그나저나 정의맹 녀석들 때문에 후퇴 시점이 가가가 원하는 때와 어그러졌네."

정문으로 우르르 빠져나가는 백성들은 혼현마제의 계획이

아니었다.

'그 녀석…… 남궁진화!'

독마제가 미간을 구기며 입술을 깨물었다.

이제 단 두 개밖에 남지 않은 독조(毒爪).

본래도 전쟁을 거치며 많이 허비했지만, 독마제가 독을 쓰기도 전에 독조를 깨뜨린 것은 남궁진화가 처음이었다.

게다가 오늘, 약관도 넘지 않은 남궁진화가 광마제와 대등하게 맞선 것은 큰 충격이었다.

'대체 어떻게 생겨 먹은 기운이기에 내 독조를 깨뜨리고 흑룡귀기를……'

그때.

독마제는 더 이상 생각을 이어 가지 못했다.

"은요---!"

다급하게 저를 부르는 목소리에, 독마제가 퍼뜩 고개를 돌렸다.

창백하게 질린 혼현마제의 얼굴과 그 뒤로…….

'여, 역천마제!'

대낮에도 선연한 붉은색 안광이 번뜩이는데, 가슴이 쿵-하고 내려앉았다.

모골이 송연하고 온몸의 피가 바닥으로 얼어붙는 기분이었다.

"문을 닫아! 어서!"

독마제가 비명을 지르는 듯 소리를 질렀다.

"예? 아직 다 나오지 못했는데……."

"어서 닫아!"

독마제의 명령에 수하들이 급하게 성문을 닫기 시작했다.

스르르-릉, 덜-컹!

혼현마제와 소리마제가 제일 나중에 나오다시피 했지만, 여전히 안에는 그들을 따르던 무인들과 병사들이 많이 남았다.

하지만 혼현마제와 소리마제가 성문을 지나자마자, 성문은 굳게 닫혔다.

"달려라! 최대한 멀리 달려라-!"

다급하게 도망쳐 나온 것도 모자라 혼현마제가 계속해서 수하들을 재촉했다.

혼현마제의 다급한 명에 따라 귀천성 무인들과 군사들은 영문도 모르고 앞으로 달려 나갔다.

독마제도 성문에서 몸을 던졌다.

그 순간.

우----웅.

"……!"

몸을 날리던 독마제 은요는 뭔가 거대한 기운이 등 뒤에서 그녀를 밀어낸다는 느낌을 받았다.

그와 동시에.

퍼------엉!

단단한 성문과 성벽이 터져 나갔다.

"꺄———악!"

독마제 은요는 그녀의 몸을 밀어내는 충격과 함께 성문 앞에 있던 마장에 처박혔다.

쿠—웅!

저항할 수도, 도망칠 겨를조차 없는 압도적인 힘.

"커헉! 아, 안…… 돼…….."

피를 토하며 일어난 독마제 은요는 몸을 추스르거나 고통을 느낄 새도 없이 필사적으로 몸을 숨겼다.

성문과 성벽이 터져 나갔지만 흔한 바위 조각, 흙먼지 하나 날아들지 않았다.

남은 것은 숨소리조차 들리지 않는 적막함뿐이었다.

대전 앞에 마련된 황좌로부터 혼현마제 일파가 빠져나간 성문까지.

거대한 산사태가 휩쓸고 지나간 것 같았다.

"……."

용의 발톱이 긁고 지나간 듯 거칠게 헤집어진 땅과 그 위에 있던 모든 이들이 죽었다.

남아 있는 시체만 족히 수백 명은 되어 보였다.

아마 시체도 남기지 못하고 사라진 이들 또한 그 정도는 되었을 것이었다.

압도적인 광경 앞에 모두가 숨을 죽인 가운데, 역천마제가 가볍게 한숨을 쉬었다.

"기껏해야 몰래 도망가거나 뒤를 노리겠거니 생각했는데, 설마 짐의 황관에 독을 바르고 내 제국을 통째로 훔치려 할 줄이야. ……허허허! 혼현 놈의 욕심이 내 예상을 웃돌았구나."

역천마제가 낮게 웃음을 흘렸다.

"주군, 몸은……."

"독기를 제어한 정도다. 독부 년이 독조를 침으로 만들어 머리에 꽂아 넣게 했구나."

"……."

역천마제의 말에 검마제의 턱이 꿈틀거렸다.

어금니를 꽉 깨물고 조용히 숙인 고개 아래로 살기 어린 눈빛이 번들거렸다.

독기 혹은 이질적인 기운이 조금이라도 남아 있었다면 황관을 쓰기 전에 역천마제가 알아챘을 것이다.

하지만 독부의 독조는 말 그대로 그녀의 피와 살, 기가 뭉친 손톱이었다.

세상에서 가장 자연스럽게 존재하는 생명체의 부산물이니, 향도 없고 맛도 없고 이질적 기운 또한 있을 리 없었다.

그러니 천하의 역천마제조차 꼼짝없이 당한 것이다.

역천마제는 그 사실이 재밌다는 듯 크게 웃음을 터뜨렸다.

"허허허허허, 며칠은 꼼짝없이 정양해야겠군."

역천마제의 웃음에 검마제와 광마제 그리고 복건주가 조용히 고개를 숙였다.

곧 웃음소리가 멈추고.

역천마제가 남아 있는 등극식장의 모습을 둘러보았다.

아수라장이 끝이 나고 엉망진창이 된 곳에는 피투성이가되어 눈에 독기가 가득 찬 수하들이 그의 명을 기다리고 있었다.

"재밌는 등극식이었어."

엉망이 된 등극식과 뼈 아픈 수하들의 배신에 대한 감상으로 하기엔 너무도 짧은 소회였다.

역천마제는 남은 귀천성 수하들과 대소 신료, 군사 들을보며 인자한 미소를 지었다.

"남은 이들을 치료하고 모두 황궁에서 불편함 없이 조치하게."

"황명을 받드옵니다! 황제 폐하, 만세 만세 만만세!"

복건주가 새로운 황제의 명을 공손하게 받았다.

자비로운 첫 황명에 남아 있는 신료들과 병사들, 귀천성수하들이 모두 자리에서 부복했다.

"황제 폐하, 만세 만세 만만세!"

"황제 폐하, 만세 만세 만만세―!"

끝까지 그의 편에 남은 충성스러운 신하들의 목소리를 뒤로하고, 역천제가 대전 안으로 들어갔다.

그 뒤를 검마제와 광마제가 따르고.

복건주와 남은 신료들은 아수라장의 흔적을 정리하기 시작했다.

"……허!"

남은 흔적을 바라본 복건주가 저도 모르게 허탈한 듯 한숨 소리를 크게 뱉고 말았다.

다른 이들도 숨을 죽이고 있을 뿐 복건주와 같은 마음이었다.

왜 아니 그렇겠는가.

세 곳의 세력이 얽혀서 벌어진 아수라장이었다.

그런데 남은 것이 너무 없었다.

역천마제의 가공할 한 수에 쓸려 나간 자리에는 핏자국도, 상처도, 죽음의 끔찍한 흔적 따윈 아무것도 남지 않았다.

겨우 시체를 남긴 이들조차 팔, 다리 혹은 머리가 원래부터 없었던 것처럼 그 자리가 텅 비어 있을 뿐이었다.

마치 죽음이 본래 그러하다는 듯.

"하늘이 거두어 간 것 같군."

복건주의 말에 몇몇 이들이 소리 없이 동의했다.

번쩍————!

심상치 않은 기운에 뒤를 돌아본 진화 일행은 강렬한 빛에 인상을 찌푸렸다.

멀리 떨어져 있는데도 가슴 한구석이 서늘하게 내려앉는 느낌.

광마제나 검마제의 기운을 아는 진화조차 처음 느껴 보는 기운이었다.

'역천마제인가.'

멀리서도 느껴지는 기운의 여파에 진화가 눈매를 좁혔다.

귀천성의 진짜 힘은 역천마제의 무위라 했던 제왕검의 말이 떠올랐다.

아무래도 그들이 도망친 뒤 신 제국 황궁에 뭔가 큰일이 있었던 듯했다.

그때.

"자, 자!"

남궁진휘가 신 제국 황궁 쪽에서 눈을 떼지 못하는 일행의 주위를 환기했다.

"일단 우리는 가는 길 가자고. 저들에게 무슨 일이 벌어지든 우리에게 그리 나쁜 것은 아닐 테니까."

남궁진휘가 일행을 다독이며 발길을 재촉했다.

갑작스러운 혼현마제의 반란으로 그들의 일이 수월해지긴 했지만, 신 제국에서 무사히 빠져나가는 일이 아직 남아 있었기 때문이다.

"남궁 소가주는 저런 것을 보아도 아무렇지 않나 보군."

"뭔들, 저자가 놀랄 일이 있겠습니까?"

강무련의 감탄과 같은 말에 이천평이 입을 삐죽이며 대꾸했다.

신 제국에 와서 한수림을 구해 내기까지 내내, 남궁진휘의 모습은 얄미울 정도로 능숙하고 여유가 있었으니. 이천평이 느끼는 불만은 그저 질투 날 정도로 잘났다는 것 하나였다.

강무련도 그저 씁쓸하게 웃고 말았다.

그 또한 남궁진휘에게 질투심을 느끼고 있었기 때문이다.

다만 강무련은 겉으로 자신의 졸렬함을 드러내는 대신 제 품에 있는 한수림에게 눈을 돌렸다.

"고생했지?"

강무련의 따뜻한 말에 무엇이 불만인지 볼을 부풀리고 있던 한수림이 스르륵 표정을 풀었다.

그리고 천천히 고개를 저었다.

"별로 고생은 안 했어. 오랜만에 옆집 망나니 노릇도 해 보고 재밌었어."

한수림의 말에 일행 모두가 안도한 듯 작게 미소를 지었다.

이제 겨우 열 살도 넘기지 못한 어린아이가 죽을 고비를 넘기자마자 납치까지 당한 터라, 아닌 척하지만 모두 한수림에게 신경을 쓰고 있던 참이었다.

한수림이 강무련을 안심시키기 위해 부러 밝은 척하는 것일 수도 있었지만, 어쨌든 그런 여유라도 있는 것이 다행한 일이었다.

"한 공자가 있는 곳을 모르는 이가 없을 정도로 황궁 안에서 민폐가 대단했다는데, 옆집 망나니라는 놈의 행패가 장난이 아닌가 봐?"

"사패천의 옆집이 어디지?"

"……녹림."

남궁구와 남궁교명의 가벼운 물음에 강무련이 조금 뜸을 들이며 대답했다.

모두의 시선이 소녹군 황계수에게 모였다.

"뭐! 산적이 다 그렇지!"

황계수가 당당하게 버럭 했다.

그때, 남궁진휘가 그들의 대화를 끊었다.

"자, 작은 이들, 헛소리할 시간에 도둑질하듯이 빠르게 짐 챙겨서 나오시게."

"아우– 씨!"

"젠장, 남궁만 아니면…… 쓰불!"

남궁진휘의 말에 황계수와 이천평이 씩씩거리며 그들이 묵고 있던 객관으로 들어갔다.

"팽가 형제는 말 몰 줄 알지? 피난 가는 호족으로 위장할 거니까, 힘센 종놈 역할 제대로 하시는 거네. 다른 사람들도 마차에 타지.”

“……”

왔던 때처럼 마차는 두 대였다.

화려하고 고급스러운 문이 달린 마차와 엄연히 수레라고 말해야 할 그것.

다행이라면 이번 수레에는 나무로 된 살이 없다는 것이랄까.

“칫!”

“아우, 진짜 남궁만 아니면……!”

“우리도 남궁이라고…….”

당혜군과 초서비가 불만 가득한 얼굴로 수레에 오르고, 그 뒤로 나하연이 굳은 얼굴로 자리를 잡았다.

이번에는 남궁구와 남궁교명도 짐수레행이었다.

“하하하, 소공자도 저쪽이네.”

남궁진휘의 취급에는 남녀는 물론 노소의 차별도 없이 공평했다.

한수림의 볼이 또 복어처럼 부풀어 올랐다.

“쓰불! 내가 돌아가면 별호부터 대호로 바꾼다!”

이천평이 거대한 보쌈과 함께 수레에 오르고, 그 뒤로 황계수가 더 큰 짐짝을 들고 수레에 올렸다.

쿵!

“아! 좁잖아!”

"어쩌라고!"

수레에 있던 일행이 아우성쳤지만, 한수림이 공언한 망나니답게 황계수는 아랑곳하지 않았다.

올 때는 팔려 가는 노예처럼 갇혀서, 갈 때는 짐짝과 함께 끼여서.

"으악!"

"악! 살살 몰아! 굽어진 길은 조심 좀 하라고!"

"대체 보쌈이나 쌀 것이지 궤짝은 왜 챙긴 거야!"

"젠장! 다 닥치라고!"

일행의 아우성은 나루에 와 있던 배에 탈 때까지 이어졌다.

올 때보다 만족스러운 얼굴을 한 사람은 팽가 형제밖에 없었다.

"하하하하! 도련님들, 고생이 많았나 보군요. 어서 타십시오."

정의맹으로 일행을 데려갈 배는 처음과 달리 청화상단의 배가 와 있었다.

배에 기다리고 있던 남궁경옥은 아들인 남궁교명의 핼쑥한 얼굴을 걱정스럽게 보면서도 반가운 얼굴로 일행을 맞았다.

"대체 청화상단이 어떻게 이곳까지 온 겁니까?"

이건 남궁진휘의 계획에도 없던 일이었던 듯, 남궁진휘가 의아한 듯 물었다.

그러자 남궁경옥이 호탕하게 웃으며 말했다.

"허허허, 본래 세상에서 상인들이 소식에 제일 빠른 법이지요. 지금 신 제국 국경은 개판이 되었습니다."

"호오."

남궁경옥의 대답에 남궁진휘의 눈이 반짝였다.

남궁진휘를 위시하여 한수림을 구출하러 정의맹과 사패천의 젊은 고수들이 나선 가운데, 그동안 정의맹과 사패천은…… 전쟁을 벌였다.

"미친놈들."

"허! 지금 우리 욕을 한 건가?"

"위선자들."

"좋다고 따라나설 때는 언제고!"

"어쨌든 먼저 때리자고 한 건 네놈들이잖아!"

"허, 참. 기가 막혀서. 지금 누구 때문에 일을 서두르게 됐는데! 멍청하게 있다가 자식새끼도 뺏긴 놈이."

"뭐야?"

"뭐, 내가 틀린 말 했나?"

천수현인 제갈길현의 말에 사패천주 한구혈이 버럭버럭했지만, 결국 말싸움에서는 졌다.

애초에 이길 수도 없는 싸움이었다.

제갈길현이 한 말 중에 틀린 말이 없었기 때문이다.

"빌어먹을 놈, 그러니까 내가 전에도 충고했지? 그 오만한 성정 좀 버리라고! 남의 말은 콧구녕으로 듣는 건지 똥구녕으로 듣는 건지, 그 말 해 준 지 얼마나 됐다고 그 사달을 벌여?"

"쓰불! 누가 그 얌생이 같은 놈이 뒤로 혼현마제 놈이랑 쿵짝 하고 있을 줄 알았나!"

"이놈이 그래도 입은 살아서! 알고 당하는 놈이 세상천지에 어디 있어? 모르니까 조심하며 사는 거지!"

제갈길현의 말에 사패천주가 입을 꾹 다물었다.

그러면서 제갈가주가 있는 곳으로 눈을 힐끗거리며 말문을 돌렸다.

"어쨌든 네 자식 놈도 대단하다. 설마 신 제국이랑 전쟁을 하자고 나설 줄이야."

사패천주의 말투에 감탄이 묻어 나왔다.

지금 그들이 있는 곳은 이제까지 귀천성 세력과 지지부진한 대치를 하고 있던 한중권문의 전장이었다.

제갈가주는 그곳에 적호단과 청룡단, 사패천 무인을 집결시킨 것도 모자라서 본인까지 직접 왔다. 그리고 매일 시간과 때, 장소를 달리하며 귀천성 문파들을 치고 빠지는 전략을 구사하기 시작했다.

매일 치열하게 전투가 이어졌다.

하지만 그럼에도 불구하고 정사연합의 무인들은 지친 기색 하나 없이 당연하다는 듯 제갈가주의 전략을 수행했다.

천수현인 제갈길현이 그 모습을 보며 감회에 젖어 들었다.

"……세상이 변한 거지. 우리 때야 귀천성 놈들이 무서워서 벌벌 떨고 있다가 쳐들어오면 막기에 급급했지만, 언제까지 당하고 있을 수야 있나."

"하긴. 그때 네놈들은 중원이 제 것인 양 늘어져 있다가 당한 거고, 요즘 것들은 반쪽짜리 중원에서 어릴 때부터 귀 아프게 귀천성 놈들에 대해 듣고 자랐을 테니까."

사패천주의 맞는 말에 제갈길현의 눈매가 꿈틀거렸다.

"흥, 너희는 뭐 달랐나? 중원을 전전하던 오합지졸들이 이제 겨우 사람 구실 하고 있으면서."

"쓰불, 저 새끼들 사람 만드느라 진짜 고생했다."

"니 새끼야말로 아직 사람 되려면 한참 멀었어."

"내가 뭐!"

"뭐? 그렇게 말을 해 줬는데도 싸움질하다가 핏덩이 같은 자식 목숨이 간당간당……."

"이런, 씨불! 그래, 내가 잘못했다! 됐냐!"

다시 원점으로 돌아가는 이야기에, 결국 사패천주가 항복을 선언하고 말았다.

그와 동시에, 귀천성 휘하 맹호문의 현판이 부서지고 맹호문의 깃발이 내려갔다.

"와아아아아아아───!"

"씨부랄! 누가 술 나오기 전에 나발부터 불어? 빨리 남은
놈들 처리해!"

"예에에에에이!"

"죽어라!"

환호 소리에 섞여 적호단주의 목소리가 묻혀 버렸다.

하지만 맹호문 깃발이 있던 자리에 정의맹과 사패천의 깃
발이 올라오고, 결국 맹호문마저 멸문당했음을 알 수 있었다.

언제 어느 곳을 공격할지 예측할 수 없으니 귀천성 휘하
문파들은 각자 자신들만 생각하기 급급했고, 앞서 두 문파가
전멸당할 때까지도 그들은 연계는커녕 서로 소식조차 주고
받지 않았다.

제갈가주의 전략이 맞아떨어진 것이다.

이것으로 한중권문 일대가 모두 정의맹의 손에 떨어졌다.

무사들 사이에서 모처럼 환하게 웃고 있는 제갈가주의 모
습을 떠올리며 제갈길현이 불만스러운 듯 혀를 찼다.

"자식새끼들을 제 반만큼이라도 하게 키울 것이지, 쯧쯧
쯧."

자랑스러운 만큼 아쉬움도 크게 남았다.

"그 댁 큰손자는 장가간다더니 아직 그러고 있나?"

"……닥쳐. 니 새끼나 챙기라고. 니 새끼인지 남의 새끼인

지 확실하진 않지만."

모두가 기뻐하는 가운데 제갈길현과 사패천주가 비수를 주고받았다.

그때, 마침 백매단원 하나가 한수림의 소식을 들고 사패천주를 찾았다.

"무사히 한 공자를 데리고 광한을 넘었다고 합니다. 곧바로 물길을 따라 정의맹으로 갈 거라고 합니다. 그리고……."

사패천주가 한수림의 소식에 기뻐하는 가운데, 백매단원이 의미심장한 눈빛으로 다른 전서 하나를 제갈길현에게 전했다.

전서를 펼쳐 본 제갈길현의 눈빛이 달라졌다.

"이런 미친놈! 허허, 허허허허허!"

제갈길현이 크게 웃음을 터뜨리자, 한쪽에 강무련의 전서를 읽고 있던 사패천주가 놀라서 다가왔다.

"무슨 일이야?"

"혼현마제 놈이 역천마제의 뒤통수를 치고 귀천성을 반으로 뚝 잘라 나갔다는군."

"뭐어?"

제갈길현의 말에 사패천주가 눈을 휘둥그레 뜨고 경악을 금치 못했다.

그사이, 제갈길현은 냉정을 찾고 눈빛을 번뜩였다.

"백매단원이라고? 가서 제갈가주에게 내가 좀 보잖다 전해 주겠나?"

"아, 예! 예!"

제갈길현의 부탁에 백매단원이 당황한 기색으로 답한 것도 잠시, 순식간에 맹호문에 있는 제갈가주에게 달려갔다.

"어쩌려고?"

사패천주가 궁금한 얼굴로 물었다.

그러자 제갈길현이 입꼬리를 말아 올리며 말했다.

"천금 같은 기회가 찾아왔네. 이왕 이리된 거 전쟁을 일으켜야지, 완전 크게."

제갈길현이 의미심장한 미소를 남기고 뭐가 그리 바쁜지 서둘러 안으로 들어갔다.

"전쟁을 또 일으켜? 무슨 말이야? ……젠장, 자식놈이나 그 아비나."

사패천주는 제갈길현의 말을 곱씹으며 고개를 갸웃거리다가 제갈길현의 뒤를 따라 들어갔다. 잠시 후, 한중권문에서 날아오른 전서구가 사방으로 흩어졌다.

정의맹.

늘 그렇듯 연맹회의가 열렸다.

그런데 연맹회의의 주요 인물이라 할 수 있는 명문 대파의 장문인들부터 세가의 가주들, 중소 문파 장문인들이 한쪽에 늘어앉아 조심스럽게 눈치를 살피고 있고, 상석에 있어야 할 정의맹주 운현대사가 그들의 옆에 앉아 있었다.

맞은편에 사패천 인물들이 앉아 있기 때문이라고 하기엔, 그들의 모습 또한 조심스럽긴 마찬가지였다.

그때.

벌-컥.

회의장이 문이 열리자 모두의 고개가 일제히 돌아갔다.

"아……!"

문을 열고 들어온 이가 군사부의 말단 군사임을 알아본 누군가가 실망한 듯 탄식을 뱉었다.

하지만 이어진 말단 군사의 말에, 모두 자리에서 벌떡 일어섰다.

"오, 오십니다!"

"드디어!"

"흐음!"

모두의 얼굴에 긴장감이 떠올랐다.

잠시 후, 활짝 열린 문으로 제갈가주와 남궁진휘가 먼저 들어서고.

사람들의 시선이 이어서 들어오는 사람들을 향했다.

"아……!"

누군가 탄성을 뱉었다.

왜 아니 그렇겠는가.

신비로운 푸른색의 창천무의를 걸친 제왕검 남궁강을 위시하여 무당파 옥허신검 청연, 소림의 전대 방주인 선승 각오, 쓰러졌다고 알려졌던 천수현인 제갈길현, 거기에 사패천주 한구혈까지.

무림의 살아 있는 전설이자 십이좌회에 속한 당금 무림의 천하제일 고수라 불리는 이들이 모두 모습을 드러낸 것이다.

"니미아미쓰불, 뭐 뜯어먹을 게 있다고 이렇게 잔뜩 모여 있어?"

"한구혈이 놈이 자식새끼 잃어버린 김에 다 모인 거지."

"지 새끼는 확실하대? 관상에 자식이 없는데……."

"닥쳐! 무당 도사가 왜 관상을 따지고 지랄이야."

"……니들 전부 다 닥쳐. 대가리 뽀사 버리기 전에."

"……."

회의장에 무거운 침묵이 돌았다.

살아 있는 전설들의 무게감 때문은 아닌 것이 확실했다.

"모두 자리에 앉지."

제왕검 남궁강이 상석에 앉고 다른 이들이 불만스러운 얼굴로 그 옆자리에 앉았다.

특히 사패천주의 옷차림이 흐트러져 있고 말하긴 좀 그렇지만 성승의 민머리가 손바닥 자국으로 붉어져 있는 것이, 감히 물어볼 순 없었지만 그들 사이에 나름의 서열 정리가 있었던 것이 확실해 보였다.

남궁강이 제갈길현에게 고개를 끄덕이자, 제갈길현이 먼저 말문을 열었다.

"모두 놀랐을 거야. 벌써 죽었어도 시원찮은 과거의 망령들이 또 나섰으니 말이야."

"어, 어인 말씀을!"

"아닙니다. 이렇게 뵙게 되어 가문의 광영입니다!"

제갈길현의 말에 정의맹 사람들이 앞을 다투어 그의 말을 부인했다.

탕―!

제갈길현이 탁자를 내리치며 좌중을 집중시켰다.

"환영해 주면 고맙고, 배알이 좀 꼴리더라도 참아. 우리가 나선 것은 오로지, 귀천성 놈들의 몰아낼 처음이자 마지막일 수 있는 천금 같은 기회를 잡기 위해서니까."

제갈길현의 말에 사람들이 눈이 커졌다.

누군가는 놀라고, 누군가는 긴장하고, 또 누군가는 잔뜩 벼른 표정으로 제갈길현의 말을 기다렸다.

"모두가 알다시피 십이좌회는 오로지 귀천성과의 전쟁을 위해 움직이고 있었네. 그런데 마침, 혼현마제가 역천마제를 배신했네."

"오!"

"허어!"

사람들의 입에서 저마다 탄성이 흘러나왔다.

"역천마제의 황제 등극식에서 혼현마제의 배신으로 귀천성이 양분되고 신 제국도 사분오열 나뉘었네. 양측이 부딪힌 결과, 혼현마제는 몸을 피했고 역천마제는 황궁에 칩거했으니. 아마도 양쪽 다 세력을 정비하고 힘을 회복할 때까지 시간을 가지려 하겠지. 우리는 지금이, 귀천성과 전쟁을 벌여 이길 수 있는 절호의 기회라 판단했네."

"맞습니다."

"옳은 판단입니다."

중원.

거대한 땅이었다.

비록 그 땅을 무림이 전부 차지한 것은 아니었지만, 무림인들은 거대한 중원에서 자유롭게 살아왔다.

누군가는 빼앗긴 선조들의 영역을 찾을 생각에, 누군가는 이전처럼 모든 자유를 누릴 생각에, 모든 이들이 눈빛을 반짝이며 제갈길현을 보았다.

수십 년 동안 기다리던 순간이었다.

귀천성을 멈추고 수십 년 동안, 정파와 사파 무인들은 그들을 이기기 위해 노력해 왔고 그들을 이길 수 있다는 자신감을 얻었다.

"당분간 십이좌회가 정사연합을 이끌게 될 것이네."

"물론입니다!"

"믿고 따르겠습니다!"

불만은 없었다.

그저 이전의 영웅들이 제자리로 돌아온 것뿐이었다.

새로운 영웅들과 함께하기 위해.

"지금부터는 제가 말씀드리죠."

정의맹 총군사인 제갈가주가 자리에서 일어섰다.

"앞으로 체계는 지금 이 자리에 있는 모습대로일 것입니다. 정의맹은 옥허신검과 성승께서, 사패천은 지금까지처럼 사패천주님이 맡아 주실 것이며, 정의맹 군사부가 정사연합의 군사부로서 천수현인의 지휘를 받게 될 것입니다. 정사연합의 수장은 당분간 제왕검께서 맡아 주실 것이며, 외부적으로는 당연히 현학문과 월하회, 한 제국과 협력하게 될 것입니다."

"그럼 우리는 이제 어떻게 하면 됩니까?"

명성으로나, 업적으로나, 모두가 불만을 가질 필요 없는 인선이었다.

하여 사람들은 당연한 듯 제갈가주의 말을 받아들였고, 오히려 인선보다는 앞으로의 일에 더 관심을 가졌다.

"현재 혼현마제 일당은 익주군으로 물러나 있지만 앞으로는 교주를 중심으로 세력을 정비할 듯합니다. 역천마제는 남은 신 제국 호족들의 이탈을 막고 힘을 회복하는 데에 중점을 둘 듯하고. 해서, 우리가 먼저 노릴 곳은 당연히 혼현마제

일당입니다."

"집 나온 여우부터 친다는 건가?"

"흐흐흐, 재밌겠군."

제갈가주의 말에 남궁세가 뇌선검 남궁조와 사패천 녹림 산군 황계수가 자신감을 보였다.

각각 정파와 사파의 대표 격인 세가와 문파에서 자신감을 보이자, 다른 이들 또한 긍정적인 반응이었다.

"적호단과 청룡단이 여우 몰이를 시작할 것입니다. 인원 보충을 위해 각 문파에 필요한 인력 차출이 있을 것입니다. 협조 부탁합니다."

제갈가주의 말에 적호단주와 청룡단주가 자리에서 일어나 모두에게 인사를 했다.

"그런데 어디를 어떻게 할지는 정한 것입니까?"

"역천비지."

"에?"

"놈들이 힘을 회복하기 위해 숨어들 곳이야 뻔하지요. 놈들의 힘의 정수를 모아 놓은 역천비지(逆天秘地). 천수현인과 홍랑대부, 의선문의 협조로 확보하고 있던 역천비록의 해석이 모두 끝났습니다. 놈들보다 한발 먼저 역천비지를 찾아 모조리 없애 버릴 겁니다."

제갈가주의 눈빛이 매섭게 빛났다.

"불을 지펴야 여우가 나오겠지요? 소수정예로 움직이며

은밀하게 작전을 수행할 이들이 필요하여, 실력이며 실적이 출중한 이들로만 정사를 가리지 않고 뽑을 것입니다."

"새로운 무단을 만든단 말입니까?"

"창천화룡 남궁진화를 중심으로 정과 사, 제국군을 가리지 않는 정예로만 이뤄진 새 무단을 만들 것입니다."

제갈가주의 말에 사람들의 놀란 얼굴로 제왕검과 남궁진휘를 보았다.

생각해 보면 약관도 되지 않아 경지를 넘었다고 알려진 무위부터 한 제국의 황자라는 신분까지, 정사연합과 제국을 아우르는 무단을 이끌기에 남궁진화만큼 적합한 인물도 없었다.

다만, 남궁세가의 직계라는 신분을 가진 남궁진화가 소가주인 남궁진휘와 동등하게 선다는 사실에 제왕검과 남궁진휘의 눈치를 본 것이었다.

사람들의 시선에도 불구하고, 정작 제왕검과 남궁진휘는 시종일관 무덤덤한 얼굴을 하고 있었다.

"그런데…… 남궁세가의 소공자는, 정의무학관 졸업은 한 것이오?"

누군가의 물음에 잠깐 침묵이 맴돌았다.

성낼 진嗔 합칠 화和 : 새로운 무단

구전으로 전해지던 신화가 문화가 되고, 쪼개진 권력은 하나의 거대한 제국이 되었다.

그렇게 인간의 역사가 더해지는 동안 사람을 평가하는 가치도 변했다.

인품과 능력 이전에 가문과 혈통, 신분, 재력이 더 절대적인 시대가 된 것이다.

이전 생의 진화가 뇌왕이라 불릴 정도의 무위를 가졌음에도 불구하고 남궁세가의 사냥개로, 군식구로, 주워 온 화근 덩어리로 불렸던 것은 그러한 가치를 가지지 못했기 때문이었다.

그래서 진화는 지금 제갈가주가 하는 말이 무척 어색했다.

"별도의 무단을 맡게 될 것이네. 무림 명숙들 모두가 자네의 실력은 인정하는 바이니, 큰 반발은 없었네."

실력을 인정한다라…….

진화가 속으로 제갈가주의 말을 곱씹었다.

그래, 약관도 되지 않은 나이에 경지를 넘어섰으니, 무위에 대해서는 더 할 말이 없을 것이다.

하지만 이전 생에서도 진화는 경지를 넘었었다.

마흔을 바라보는 나이였는데, 그때는 모두가 진화에게 무단을 맡길 수 없다고 했었다.

나이가 어리고 인품과 소양이 부족하다는 이유였다.

'역시…… 그때 내가 반쯤 미쳐서 모조리 죽이고 다니던 걸 알아차렸던 건가?'

남궁세가의 몰락을 비웃던 이들, 남궁세가의 몰락을 바라던 이들, 남궁세가의 몰락을 발판으로 삼던 이들…… 이전 생에도 진화는 귀천성의 잔인성과 전쟁의 혼란함을 틈타 그들을 가만두지 않았었다.

아마 지금 연맹회의에 참석한 이들 중 진화의 손에 죽었던 이들도 몇 있을 터였다.

'그때는 기를 쓰고 반대하더니 지금은 바라지도 않았는데 내 손에 무단을 쥐여 준다? ……내가 달라져서일까, 저들이 달라져서일까.'

진화가 조용히 제갈가주를 보았다.

제갈세가는 진화로 인해 이전 생과 입지가 크게 달라진 곳 중 하나였다.

모든 자식들이 죽거나 망가진 가운데, 특히 후계자가 되어 제갈세가를 크게 일으켰을 제갈지현은 지금 한지로 귀향까지 가 있는 상황이니. 모두 그들이 자초한 일이었지만 어쨌든 진화나 남궁세가가 깊게 얽혀 있는 것도 사실이었다.

그런데 제갈가주의 태도는 처음과 전혀 달라진 것이 없었다.

처음 만났을 때부터 지금까지 아니 이전 생에도, 제갈가주는 지금처럼 냉정한 표정과 못마땅한 듯한 눈빛으로 진화를 보았다.

한결같은 제갈가주의 태도에 진화는 묘한 감정을 느꼈다.

"문제는 자네가 아직 정의무학관 관도생 신분이라는 건데, 마침 이번에 금의생으로 올라갈 시점이니 정의무학관주님과 상의해서 조기졸업으로 처리해도 무방하리라 생각되네."

"조기졸업이라면…… 저 외에 다른 사람들도 가능한 것입니까?"

진화의 물음에, 제갈가주가 진화와 눈을 마주쳐 왔다.

마치 속을 꿰뚫을 듯 뚫어져라 보는 시선이 다른 이들 같았으면 제법 압박감을 느꼈을 것이다.

하지만 진화는 제갈가주가 그것을 노리고 일부러 뚫어져라 본다는 걸 알고 있었다.

"그렇게 보셔도 소용없습니다. 형님께서 미리 알려 주셨습니다."

"……쳇."

진화의 말에 제갈가주가 눈살을 찌푸리며 혀를 찼다.

그는 약간 김이 샌 듯한 표정이었다.

"역시 그 십 조원들을 빼 갈 생각인 모양이군. 하지만 자네 외의 사람들은 장담할 수 없네. 정의무학관은 독립된 기관으로 정의맹에서 여타 부타 상관할 수 없거든. 필요하다면 부탁이야 해 보겠지만, 그것도 관주님의 판단에 따라 결정될 걸세."

"필요하다면 부탁을 해 주신다고요?"

진화가 놀란 눈으로 확인을 하듯 물었다.

그러자 제갈가주가 한쪽 입꼬리만 끌어 올리며 코웃음을 쳤다.

"흥, 당연히 나는 해 줄 생각이 없네. 자네 형님이나 제왕검께 부탁해 보게."

"역시……."

변함없이 냉정하고 불친절했다.

하지만 묘하게 우습고 얄밉기만 한 것이, 이전 생처럼 자신을 사지로 모는 느낌은 아니었다.

"무슨 뜻이지?"

제갈가주가 눈썹을 꿈틀거리며 물었다.

"아닙니다. 다만, 딱히 제가 원한 자리도 아닌데 마음대로 무단을 맡기니 어쩌니 해 놓고 지원까지 없다 하시니, 역시 유명무실한 역할만 하면 되는 건 아닐까 해서 말입니다."

"……협박인가?"

"그럴 리가요."

진화가 소처럼 순진하게 눈을 꿈뻑이며 아무것도 모르는 듯한 얼굴로 제갈가주를 보았다.

'협박이군.'

제갈가주가 눈매를 파르르 떨었다.

하지만 어쩔 수 없었다.

정의맹 무단의 단주라면 다른 무인들이야 출세와 명성을 위해서 앞을 다투어 나설 자리였지만, 진화는 이미 황자라는 신분과 창천화룡이라는 충분한 명성을 가졌다.

정의맹에서 원치도 않은 자리를 맡아 달라 진화에게 부탁해야 하는 입장이라는 것이다.

"쯧, 나는 자네 일에 발 벗고 나설 만큼 시간이 많지 않네. 그러니까 자네 형님이나 제왕검께 부탁해 보라는 것일세. 그 사람들이라면 정의무학관주의 멱살을 흔들어서라도 조기졸업을 내놓게 할 테니."

제갈가주가 진화를 달래듯 말했다.

실제로도 벽창호보다 답답한 정의무학관주 나무열에겐 그의 성의 없는 부탁보단 남궁진휘나 제왕검의 협박이 더 효과

적일 것이었다.

진화도 제갈가주의 도움은 기대하지 않았다.

"안 그래도 진휘 형님이 공문을 넣어 놓는다고 하시더군요."

"……!"

"그럼 저는 이만 가 보겠습니다. 형님의 공문을 보셨는지 정의무학관 관주님께서 한번 보자고 하셔서요."

진화는 황당한 얼굴로 저를 보고 있는 제갈가주에게 생긋 웃으며 인사를 하고 집무실을 나왔다.

기가 차서 말문이 막힌 제갈가주의 모습을 보자니 어쩐지 통쾌한 기분이었다.

"허어! 허……!"

등 뒤로 들리는 제갈가주의 헛웃음 소리에 진화는 만족스러운 얼굴로 웃었다.

자식들의 복수를 하거나 제갈지현의 일로 진화를 원망하지 않는 것만으로도 제갈가주가 나름 공명정대한 사람이라는 건 알 수 있었다.

교활하고 뱀 같은 처세로 전쟁을 통해 제갈세가의 이문만 챙겼던 제갈지현과는 다르다는 것도 알았다.

"주어진 의무와 사명밖에 모르는 양반이다. 가주로서 가문을 최고의 자리에 올리고, 정의맹 군사로서 귀천성을 멸하는 것. 본인의 가치관과 기준을 자식들에게도 똑같이 적용한 것이 문제였지. 정도를 지키면서 열심히만 한다면 최고가 되는 것이 본인에게는 숨 쉬듯 자연스러웠으니까, 자식들도 잘 못된 것만 지적해 주면 본인처럼 될 줄 알았던 거지. 제갈세 가가 자식 교육에 실패한 이유이자, 내가 제갈가주를 신뢰할 수 있는 이유다."

진화는 이제 남궁진휘의 말을 이해할 수 있을 듯했다.

자신의 목숨을 위협한 제갈후현의 행태에도 불구하고 제갈가주를 가까이하는 이유도.

하지만 괜히 사람을 주눅 들게 만들고 쓸데없이 오해를 쌓게 한 데에는 제갈가주의 탓도 있었으니, 오늘 일은 이전 생의 마음고생에 대한 소소한 복수였다.

제갈가주가 자식들의 일로 남궁세가를 원망하지 않는다면, 진화도 자식들의 일로 그를 적대할 일은 없으니. 제갈세가와의 은원은 이것으로 끝이었다.

진화가 정의무학관을 찾은 건 근 이 년 만이었다.

백, 청, 홍의전 때에도 그랬지만, 동의전에서 진화와 일행은 다른 동기들과도 압도적인 무위 차이를 증명했다.

그 이후 진화와 일행은 은의전을 생략한 채 적호단 소속으로서 전장을 경험했다.

그것이 그들에게 더 효과적이라는 게 윗전의 판단이었다.

여기서 '윗전'은 정의맹이 아닌 정의무학관 관주와 무사부들이었다.

정의무학관은 엄연히 정의맹과 다른 독립 기관으로, 모든 관도생의 신변은 관주와 무사부들의 책임하에 있었기 때문이다.

"왔는가? 앉게."

백발백염에도 불구하고 크고 단단한 풍채를 가진 장년인.

금룡일권 나무열이 반가운 얼굴로 진화에게 자리를 권했다.

진화의 앞에는 찻잔이 따끈하게 채워져 있었다.

"이렇게 보는 것도 오랜만이군."

"……처음입니다."

"그런가?"

기품 있는 얼굴로 찻잔을 들던 나무열이 그대로 찻잔을 도로 내려놓았다.

"별로 농이 안 통하는 사람이었군."

"송구합니다."

"허허허허! 괜찮아. 나도 별로 농을 할 줄 모르는 사람이니."

진화가 슬쩍 고개를 숙이자 나무열이 호쾌하게 웃으면서 손을 저었다.

하지만 곧, 전혀 괜찮지 않은 얼굴로 정색했다.

"본론으로 들어가지. 경지를 넘은 무인에게 금의생 수업을 받으라 할 정도로 남은 수업이 고품격 고품질의 수련은 아니니 생략하지. 조기졸업 하시게."

"다른 이들은 어떻게 됩니까?"

"그들이 필요하신가?"

"예. 새로운 임무에 함께할 만큼 믿을 수 있는 이들입니다."

진화의 말에 나무열이 살짝 눈을 크게 떴다.

그리고 이내 흐뭇하게 웃었다.

"처음 들어왔을 때, 자네는 온통 무심하더군."

뜬금없는 말에 진화가 의아한 듯 나무열을 보았다.

"주변에 실력 있는 또래들이 그렇게 많은데도 도통 관심이 없었지. 귀천성 놈들이 관도생들을 습격했을 때에도 자네의 행동은 그렇게 필사적이지 않았어. 마치 남궁세가가 아닌 다른 무인들이 어찌 되든 상관없다는 듯 보였지."

나무열의 말에 이번에는 진화의 눈이 커졌다.

그가 진화를 지켜보고 있었을 거라 생각지도 못했지만, 정확하게 진화의 행동을 꿰뚫고 있는 것이 더 놀라웠다.

"수십 년째, 중원 각지에 모인 어린 후기지수들을 수백, 수천 명을 보았네. 수백, 수천 명에게는 수백, 수천 가지 사연이 있었지만, 그중에서도 자네와 현오는 특별했지. 귀천성의 손에 크면서 그 속에 무엇을 키웠을지 모르는 이들이니까."

나무열의 말과 함께, 그와 진화의 눈이 마주쳤다.

일선에서 물러나 허허롭게 차나 마시며 지낸 사람이라기엔 번뜩이는 눈빛이 제법 매서웠다.

하지만 곧 나무열이 진화를 향해 씨익 웃어 보였다.

"소림은 현오에게 차별 없는 자비를 베풀어 소림에 대한 애정을 심어 주었고, 남궁은 자네에게 무한한 애정과 가족을 주었지. 그리고 다행스럽게도 우리 정의무학관 또한 자네들에게 제 역할을 한 듯하니."

진화가 의아한 얼굴로 고개를 갸웃거렸다.

그러자 나무열의 시선이 창밖으로 향했다.

그곳엔 무사부들을 따라 움직이는 일행이 보였다.

"남궁에 대한 애정만으로 가득한 자네의 세상이 저들로 인해 조금 커지지 않았나."

나무열의 말에 진화의 눈이 커졌다.

저 시끄러운 친구들에게 그렇게 큰 의미가 있을 거라곤 생각도 못 했다.

하지만 나무열의 말처럼, 진화는 어느새 자연스럽게 남궁세가가 아니라 무림을 위해 움직이고 있었다.

친우라 부르는 이들과 적호단에 소속되어 청룡단을 비롯

해서 많은 정파 무인들을 겪으며, 이전 생에 가졌던 정파 무인들에 대한 원망도 조금씩 잦아들었다.

남궁이 아닌 다른 무인들이 어찌 되든 무신경하던 처음과 달리, 진화에게도 정의맹에 소속감이라는 것이 생긴 것이다.

그게 전부, 저 시끄러운 녀석들 덕이라고?

저들이 내게 남궁세가만큼의 의미를 가졌다고?

진화가 믿을 수 없다는 얼굴로 창밖을 보았다.

그 모습에 나무열이 크게 웃음을 터뜨렸다.

"허허허허허! 본래 그런 것이네. 옆에 있는 동무 놈들이 세상에서 제일 하찮은 법이지. 허허허!"

나무열이 흐뭇하게 웃는 가운데, 진화가 복잡한 감정을 느끼며 얼굴을 구겼다.

하지만 그것도 잠시, 나무열의 웃음이 뚝 끊겼다.

"하지만 우정이 조기졸업을 시켜 주는 건 아니지. 자네처럼 경지를 넘어서서 무사부들 뒤통수를 때릴 정도가 되던가, 아니면 수업을 일찌감치 통과해야만 조기졸업을 허락할 걸세."

"……."

"아, 내 뒤통수를 때려도 안 되네."

진화는 그저 나무열의 얼굴을 본 것뿐이었다.

결코 '관주의 뒤통수를 때리면?' 따위의 생각을 한 적은 없었다.

하지만 두 시진이 지난 뒤.

정의무학관 관주 나무열은 뒤통수를 크게 맞은 얼굴로 진화와 ……그 일행을 보았다.

"허허허허허허허허허!"

호탕한 웃음소리가 허탈하게 울렸다.

쟁쟁한 무사부들 중 유이하게 흑면과 백면을 쓰고 있던 무사부들이었다.

그들은 처음 정의무학관에 입관 했을 때에 자기소개를 한 이후 이제까지 단 한 번도 모습을 드러내지 않았었다.

"우리는 첩보를 위한 기술을 가르친다. 구체적으로는 정보 수집과 고문 기술 전반이다."

흑면과 백면 무사부들의 설명은 그것으로 끝이었다.

아니, 그들의 수업 자체가 그것으로 끝이었다.

"……그러니까 고문에 대해서 '익숙'했다고?"

나무열이 믿을 수 없다는 눈으로 남궁구와 당혜군을 노려보았다.

하지만 이어진 흑면의 대답이 더 가관이었다.

"팽가 형제와 나하연은 실험체를 으깨 놓았고, 현오는 실습을 계속할수록 실험체를 죽이는 손 속도 빨라지더군요. 더 이상의 실습은 무의미했습니다."

"돼지들을 그렇게 빨리 죽였어?"

"죽은 돼지를 식당으로 보낸다는 것을 안 다음부터요."

흑면의 눈이 현오를 향해 번뜩였다.

그리고 흑면의 손가락이 남궁교명과 제갈상, 관서겸을 향했다.

"저 녀석들은 제대로 정형과 정육을 배운 듯했습니다."

"먹을 것으로는 장난하지 않습니다."

"시키는 대로 뼈와 살을 바른 것뿐인데요."

"가난한 소문파 후계자에게 고기는 귀해서 말입니다. 한 점이 아깝죠."

세 명의 대답에 나무열이 한숨을 푹 쉬었다.

"하긴, 전장에서 이미 이 꼴 저 꼴 다 보았을 테니까. 그런데 백면, 자네도인가?"

나무열이 이번에는 백면에게 물었다.

그러자 백면이 남궁구와 현오를 꼭 집으며 말했다.

"올빼미보다 귀가 밝고, 개보다 코가 좋습니다."

"……."

"눈치가 빠르고."

제갈상과 당혜군이었다.

"눈치를 볼 생각 자체가 없으며."

나하연과 남궁교명, 관서겸이었다.

"신체조건 자체가 첩보에 적합하지 않습니다."

팽가 형제는 당당했다.

"평가 성적은 '하'. 하지만 수업을 통과할 수준입니다."

마지막 백면의 말에 '유감스럽게도'라는 말이 들린 것 같았다.

"젠장, 오늘 정의무학관 식당에 고기가 푸지겠군."

실험체 하나하나가 예산이라, 오늘 저들이 죽인 돼지 수만 해도 올해 금의생들 예산을 넘어섰으니.

나무열이 골치가 아프다는 얼굴로 구시렁거렸다.

하지만 그 말을 들은 현오와 일행의 얼굴은 환하게 밝아졌다.

"허! 이런 씨…… 새 무단의 이름은 시발단이 어떤가?"

나무열의 물음에 진화가 그의 시선을 피해 고개를 돌렸다.

저런 사람들이 남궁세가만큼의 의미를 가졌다니.

진화야말로 시발점으로 시간을 돌리고 싶어졌다.

곧 뭔가 일어날 것만 같은 불안감과 긴장감.

짙게 드리운 전운의 그림자가 전 무림을 뒤덮었다.

신 제국에서 벌어진 귀천성의 분열이 중원 전체에 알려졌다.

아무것도 모르는 백성들조차 이 일이 한 제국과 중원 무림에게 좋은 기회라는 것을 알았다.

"또 전쟁이 날랑가? 아이고, 멀건 죽 한 그릇도 배부르게 먹기 힘든데 또 싹 긁어 가겠구먼!"

"이번에는 그냥 아예 결판을 지어 불랑게! 이참에 신 제국 놈들이나 귀천성 놈들 싸—악 밀어 버리면 이 지긋지긋한 전쟁도 끝이 나것지!"

말은 그렇게 하면서도 백성들은 이제 겨우 영글어 가는 들판의 나락들을 걱정스러운 눈으로 보았다.

하지만 세상의 순리라는 것이 한쪽이 나빠지면 다른 쪽은 좋아지는 반대급부가 있는 법이라, 전쟁조차도 모든 사람들이 싫어하는 것은 아니었다.

오히려 짙은 전운을 반기는 사람들도 있었다.

전쟁을 출세의 기회로 삼은 사람들.

칼과 은원, 욕망으로 엮인 무림에서 살아가는 사람들이었다.

창천화룡 남궁진화가 새로운 무단의 단주가 된다는 이야기는 한동안 무림을 떠들썩하게 했다.

"아이고, 사실 늦은 감이 있지! 약관도 되지 않아 경지를 넘으신 분인데! 게다가 마제들을 죽이는 데 그분 공이 오죽 큰가? 다른 단주들 둘, 셋이 있어도 못할 일을 해냈으니, 무단을 맡는 것도 당연하지!"

"그렇지! 하늘에서 벼락을 떨어뜨리고 검에서 검강을 뿜는 분인데, 이제 와서 다른 무단주들 밑에 두는 것도 이상하지!"

두 친우가 목소리를 키우자, 반대편에 있던 사내가 주변의 눈치를 보며 조심스레 입을 뗐다.

"그건 그렇긴 한데…… 나이가 너무 어리지 않나?"

"예끼! 나이가 대순가? 인물 훤칠하지, 황자님 신분에 남궁세가 금지옥엽! 무위도 뛰어나고 공도 그만큼 세웠는데!"

"그렇긴 해도 약관도 안 된, 게다가 주변 배경만 그렇게 빵빵한 단주 밑에 누가 들어가려고 하겠어? 귀한 집 애 보기도 아니고."

"어? 이 사람이! 누가 주변 배경만 빵빵하대? 우리 공자님은 무공이 더 빵빵해! 인물은 더더 빵빵하고! 절세가인이 따로 없다고!"

계속된 사내의 딴죽에 앞에 있던 친우 중 하나가 벌떡 일어나 목소리를 키웠다.

"이, 이봐, 목소리 좀……!"

사내가 깜짝 놀라 주변 사람들의 눈치를 보며 친우를 끌어 앉혔다.

본래 이런 사람이 아닌데, 사내는 소찬회인지 뭔지가 사람을 버려도 크게 버려 놓았다 생각했다.

하지만 다행히 주변에 그들의 목소리가 큰 것을 문제 삼는 사람은 아무도 없었다.

오히려 몇몇 사람들은 친우의 말에 고개를 끄덕이며 사내를 째려보고 있었다.

'뭐……지?'

사내가 어리둥절한 표정으로 고개를 갸웃거렸다.

정의맹 근처의 작은 객줏집.

정의맹 소속 하급 무인들이 퇴근길에 가볍게 술잔을 나누는 단골집으로, 주변 손님들도 대부분 정의맹 소속 무인들이었다.

사내와 그의 친우들 또한 그러했다.

그러니 객줏집에 있는 모두가 새로운 무단 창설에 관심이 많을 수밖에 없었다.

정의맹 무인들 중에서도 육 대 무단 소속 무인들은 정의맹에서도 무기부터 의복까지 맹의 지원이 빵빵하고, 녹봉이나 임무 수행 수당도 다른 무인들보다 높았다.

정의맹 정예 무인들이라는 명예도 덩달아 따라왔다.

밖에서야 정의맹 소속 무인들이라면 그저 우러러보지만, 정의맹 안에서도 사내를 비롯한 정의맹 소속 하급 무인들은 늘 '상급' 정예 무단으로 가길 소망했던 것이다.

정의맹 육 대 무단에 들어가 상급 무인이 되는 방법은 세 가지였다.

첫째, 정의무학관을 졸업하고 신입 단원이 되는 것.

둘째, 공을 세워 단주의 직접 채용을 받는 것.

마지막으로, 결원이 생겼을 때에 보충 선발을 노리는 것.

그중 첫 번째 방법은 하급 무인들에겐 불가능한 방법이었다.

정의무학관은 각 문파가 재능 있는 제자나 후계자를 선별하여 그중에서도 지역대회를 뚫고 승리한 이들만 뽑아 선발 시험까지 통과해야 입관할 수 있는, 평범한 사람에게는 구름 위의 세계였다.

결국 하급 무인들에게는 공로를 세워 단주의 채용을 받거나, 결원이 있을 때에 선발되는 것뿐인데……

새로운 무단의 창설 소식은 그들에겐 기회가 늘어났다는 희소식이 분명했다.

그러니 저마다 새 무단의 이야기로 들썩이는 것이다.

그때.

"꿈 깨!"

건장한 사내가 객줏집으로 들어오며 큰 소리로 말했다.

사내는 급하게 온 건지, 속에서 열이 올랐는지, 앉자마자 곡주 한 사발을 쭉 들이켰다.

"무슨 말인가?"

먼저 있던 동료의 물음과 동시에, 아닌 척 객줏집에 있던 모든 이들의 귀가 사내의 입을 향해 쏠렸다.

사내도 그것을 알고 목소리를 키웠다.

"새 무단이니 어쩌니 하는데, 앞으로 어떤 임무를 하는지는 불문이야! 게다가 인원도 정의맹과 사패천의 정예 중의 정예만 뽑는다는데, 정의맹 소속 인원은 딱 열 명! 정의무학관 소속 전설의 십수들로 끝이라고!"

"자, 자네가 그걸 어떻게 아는가?"

"아, 방금 군사부에 있는 친구 놈한테 들은 소리야!"

"아……."

방금까지 딴죽을 걸던 사내부터 객줏집 안에 있던 모두가 짧은 탄식과 함께 한숨을 쉬었다.

그때, 건장한 사내가 음흉한 눈빛으로 씨-익 웃었다.

"좋은 소식도 있지!"

사내의 말에 모두가 눈이 동그래져서 쳐다보았다.

"육 대 무단에 대대적인 인원 보충 있단다!"

"와아아아아----!"

정의맹 하급 무사들의 환호소리가 객줏집 문 너머까지 울려 퍼졌다.

며칠 후.

실제로 정의맹은 대대적인 육 대 무단 단원 선발에 나섰다.

챙! 챙챙!

수많은 사람들이 정의맹 육 대 무단의 연무장에 모여 대결을 펼치고 있었다.

"청룡단에서는 고작 세 명 뽑았다고?"

"실력이 미치지 못하는 자는 단원 전체의 발목을 잡을 수 있으니까."

그동안 귀천성과의 전투에서 전면에 나섰던 청룡단과 적호단에는 사상자는 물론 부상자들도 제법 있어서 가장 인원 보충이 필요한 곳이었다.

정보 수집을 목적으로 한 백매단을 제외한다면 정의맹 무인들이 가장 많이 노릴 법한 무단이기도 했다.

하지만 실망스럽게도 첫날 청룡단 단주 남궁현은 단 세 명만을 선발하고 문을 닫았다.

그래서일까.

적호단원 선발 날짜에 어제보다 많은 사람들이 몰려들었다.

"주작단과 백호단, 현무단은 임무 중이라서 우리한테 단원들 뽑아서 보내라고 했다지?"

"종남파가 무너지면서 그 일대 중심을 현무단이 잡고 있으니 단주가 빠지기는 힘들지. 주작단과 백호단은 한중권문과 박가장 일대의 잔챙이들 정리 중이니까."

"쩝. 뽑을 사람이 적어서 큰일이군. 이러다가 이번 정의무학관 신입생을 대거 그쪽으로 보내야 할 판이야."

청룡단주와 적호단주가 걱정스럽다는 듯 선발전이 이뤄지는 곳을 보았다.

무인들은 청룡단주의 기준이 깐깐하니 어쩌니 했지만, 그의 기준은 적호단주와 다를 것이 없었다.

각 무단 단원의 선발권은 무단주들에게 있었지만, 기준에 있어서는 무단주들끼리 암묵적 합의가 있었기 때문이다.

무단주들끼리의 합의.

그 합의에는 이번에 새로 무단을 맡게 된 진화의 동의도 있었다.

"흐흐흐, 이거 어느 무단 단주께서 졸업생들 중에 알짜들만 쏙 빼 가는 통에, 거기도 인재가 있을지 모르겠네? 안 그래, 시-발 단주?"

적호단주 팽치가 진화를 향해 음흉하게 웃으면서 물었다.

정의무학관 역사상 처음 있는 '집단 조기졸업' 때문인지, 정의무학관에서 있었던 일이 정의맹 윗전들 사이에 금세 퍼져 나갔다.

마지막에 벽창호보다 단호하던 정의무학관주가 학을 떼며 진화 일행의 등을 떠밀다시피 한 일까지.

"시발단이라니, 큭큭큭, 딱 맞네!"

"시발단이 아니라 숙청단입니다."

"시발이나 숙청이나."

"적을 골라 죽이는 숙청(肅淸)이 아니라 정의무학관 숙소의 그 숙청(淑聽)입니다."

어깨를 들썩이며 웃는 적호단주에게 진화가 변명 아닌 변명을 했다.

　새로운 무단 이름 후보에는 정말 여러 의견이 나왔지만, 일행의 숙소 이름을 따온 성의 없는 그것이 가장 정상적이었다.

　"나는 시발단 괜찮은데?"

　"닥쳐. 이 쓰벌년아."

　"육 대 무단은 모두 색깔과 동물을 조합하지 않는가? 맑은 청(淸)에 물고기 어(魚), 청어단 어떤가?"

　"연못에서 꿈틀대다가 조용히 포가 뜨일 것 같은 이름이네."

　"모두 십오 인이니까, 그냥 십오단 어때?"

　"역도들로부터 중원을 수호한다 해서, 조난(調難)단은?"

　"육 대 무단에 없는 금색에 모든 짐승을 아우르는 수, 금수(金獸)단은 어떤가?"

　"……그냥 전부 다 닥치지."

　결국 식당에 앉아서 보이는 숙소 이름을 따라 숙청단이라 정하고 말았지만, 설마 군사부에서 그대로 받아들일 줄은 몰랐던 진화였다.

　"사패천에서 소천주를 비롯해서 사파오봉이 온다고?"

　"예. 그들이 합류하는 대로 바로 출발할 듯합니다."

　"어려운 임무더구나. 몸조심하거라."

"예, 숙부님."

청룡단주 남궁현의 따뜻한 당부에 진화가 고개 숙여 답했다.

숙질간의 훈훈한 모습에 적호단주 팽치가 입을 삐죽거렸다. 하지만 그 또한 아직 어린 남궁진화와 일행에 대한 걱정을 감출 수 없었다.

"너희들 실력이야 믿지만, 사파 놈들까지 함께하니까. 그 천둥벌거숭이들이 함부로 날뛰지 못하게 하는 것도 단주의 실력이다."

"명심하겠습니다."

"네 무위야 인정하지만 쪽수에는 절대고수가 없는 법이다. 역천마제가 밀려난 것 보면 알잖아. 너도 강하다고 까불지 말고 역천비지를 발견하는 즉시 신호해야 한다. 곧바로 달려갈 테니까."

"예!"

말투는 거칠었지만 그 속에는 진화와 일행에 대한 애정이 담겨 있어, 진화도 군말 없이 고개를 끄덕였다.

무단 단원들 선발도 서서히 끝이 나고, 먼저 임무지로 떠나야 하는 진화가 먼저 자리를 떴다.

청룡단주와 적호단주가 그런 진화의 뒷모습을 걱정 어린 시선으로 지켜보았다.

"이제 진짜 시작이군."

"새끼들, 이번에는 진짜 끝장을 봐야지."

신입 단원들과 상관없이 청룡단과 적호단은 새로운 임무를 시작할 준비를 모두 마쳤다.

이미 임무지에 나가있는 무단도 모두 대기 상태에 있었다.

진화를 비롯한 새로운 무단이 역천비지를 확인하는 순간, 그들의 신호에 따라 일제히 귀천성을 공격할 예정이었다.

"시발단이라니, 정의무학관주가 이름이 딱 어울리게 지었구면."

"······무단의 첫 임무로 너무 무거운 임무를 맡았어. 임무만 잘 수행한다면 이름이 무슨 상관이겠나."

시발단이 아니라 숙청단이라고 했지만, 청룡단주 또한 그 이름이나 저 이름이나 도긴개긴이라 생각했다.

톡. 톡.

물방울 떨어지는 소리가 들리는 어둡고 축축한 지하 동굴 안.

툭. 툭.

떨어지는 물소리에 맞춰서 손가락이 탁자 위의 지도를 두드렸다.

그러다가 갑자기 손가락이 멈추었다.

"어쩔 생각이지?"

탁자 앞에 있던 인영, 살각주이자 새롭게 소리마제가 된 보곡성이 물었다.

그러자 맞은편에서 손가락을 두드리고 있던 혼현마제가 눈빛을 번득였다.

"앞서 정해진 계획을 전부 수정할 필요는 없네."

"왜지? 계획이 모두 어그러지지 않았나?"

"아니, 그건 아니야. 우리가 신 제국 황도를 차지할 수 있었다면 좋았겠지만, 역천마제에게 밀려날 것도 예상 안에 있었지. 그래서 이렇게 익주군으로 물러날 것도 계획에 있던 일이고."

"그렇다면?"

"변수(變數). 변수가 문제지."

혼현마제의 말에 보곡성이 눈살을 찌푸렸다.

"그걸 모르는 사람이 이 자리에 있나?"

보곡성의 말에 탁자에 앉은 누군가를 고개를 끄덕였고, 누군가는 보곡성을 노려보았다.

고개를 끄덕인 누군가는 익주군에 자리 잡은 이화문주 사멸찬과 화공문주 권열휘였고, 보곡성을 노려보는 이는 독마제 은요와 혼현마제의 제자 수오였다.

혼현마제가 그들 하나하나를 본 뒤 피식 웃음을 지었다.

"변수(變數). 나쁜 아니라 역천마제조차 예상하지 못한 모든 변화의 중심에는 창천화룡 남궁진화가 있었지."

"남궁진화?"

"그 황자 말인가? 광마제의 제물이었던?"

"그렇네. 정의맹에서 내 정체가 발각되고 역천비록을 빼앗긴 것부터, 전대 소리마제와 권마제, 환마제의 죽음까지 모두 그놈이 얽혀 있었지."

혼현마제의 말에 사람들이 조용히 입을 다물고 생각에 빠졌다.

그동안 남궁진화에 대해 들었던 소문을 떠올리는 이도 있었고, 진화와 부딪혔던 기억을 떠올리는 이들도 있었다.

각자 떠올리는 기억은 달랐지만, 공통적으로 모두 표정이 좋지 못했다.

"그래서 하고자 하는 말은 뭔가?"

"내가 처음 만났을 때 남궁진화와 지금 그자의 처지는 하늘과 땅차이지. 고작 남궁세가의 양자에서 한 제국 유일의 적통황자가 되었으니까. 힘과 권력을 가진 그자가 제일 먼저 하고 싶은 일이 뭐겠나?"

"……복수?"

"귀천성에서 광마제와 부딪히던 모습을 떠올려보게. 그자의 원한이 흑룡의 입속으로 뛰어들 만큼 깊었어."

"그렇군. 그렇다면 제일 먼저 광마제를 노리겠군. 마침 역천마제도 쓰러졌으니."

보곡성의 말에 사람들의 눈빛이 조금 오묘해졌다.

그들은, 독부의 독은 분명 역천마제를 쓰러뜨렸지만, 그를 완전히 쓰러뜨린 건 아니었다.

마지막 순간 독을 제어한 역천마제가 보인 무시무시한 무위가 뇌리에 떠올랐기 때문이다.

이상하게 가라앉은 분위기를 눈치챈 혼현마제가 손가락을 탁자를 두드리며 재빨리 주의를 환기했다.

"역천마제가 독에 당했다는 것이 중요하네. 해독할 수 없는 독이야. 물론 약해진 주제에 그만한 무위…… 우리가 주군으로 모셨던 만큼 강한 자지. 그러니 그자는 정의맹이 쓰러뜨리게 두면 되는 걸게."

혼현마제가 야릇하게 입꼬리를 올렸다.

"정의맹이?"

"정의맹 놈들은 이번 기회를 놓치려 하지 않을 걸세."

"놈들이 우리를 노린다면?"

"그러니까. 놈들이 우리가 아닌 역천마제 쪽을 노리게 해야지."

"어, 어떻게 말인가?"

혼현마제의 말에 솔깃한 듯 보곡성이 침을 삼키며 물었다.

다른 이들도 눈빛을 반짝이며 혼현마제에게 집중했다.

"변수를 활용해야지. 역천마제의 예상조차 틀어지게 하는 천운이 그자에게 있다면, 우리는 그자를 이용해서 역천마제를 치워 보자고. 그리고 우리는 계획대로 천하를 가지는 걸세. 우리만의 천하를."

"흐음!"

"계획을 말하게. 따르겠네."

"일단 사람을 붙이지, 우리의 변수에게! 그리고……."

혼현마제가 야릇한 눈빛을 흘리며 그의 계획을 말했다.

혼현마제의 말에 보곡성과 독마제 은요는 물론 이화문주, 화공문주까지 들뜬 기색을 숨기지 않았다.

계획대로만 된다면, 혼현마제의 말처럼 그들 또한 천하를 가지게 될 터였다.

시간이 지나 모두 기대 가득한 기색으로 동굴을 나가고, 독부와 수오가 마지막으로 동굴을 나갔다.

동굴을 나가는 독부의 뒤로 혼현마제의 목소리가 닿았다.

"은요, 너는 당분간 독조를 만드는 일에 집중해라. 역천마제가 네 독조에 휘청거렸어. 두 개가 안 되면 세 개, 네 개…… 다음에는 그를 쓰러뜨릴 수 있을 거다."

"걱정 마세요, 가가."

혼현마제의 응원 아닌 응원에 독부가 기쁜 얼굴로 화답했다.

하지만 동굴을 나가는 그녀의 얼굴엔 금세 그림자가 드리웠다.

한가로운 포구.

정의맹에서 출발한 진화와 일행은 무릉 포구에서 사패천 무인들과 만나기로 했다.

"언제 오는 거야?"

"가까운 데 있는 것들이 더하다고."

남궁진혜처럼 멀미를 하는 것은 아니었지만, 선상에서 밤을 지내는 것이 편할 리 없었다.

툴툴거리며 불평을 하는 남궁구와 남궁교명 외에 당혜군과 현오, 제갈상의 얼굴에도 짜증이 가득했다.

성격이든 감각이든 예민한 부분이 있는 이들에게 내내 흔들리는 선상 생활은 단 반경도 연장하기 싫은 고역이었기 때문이다.

그때.

"저기, 온다!"

팽수의 말과 함께 일행의 시선이 한 방향을 향했다.

마침 조금 떨어진 곳에서 느릿하게 걸어오는 사패천 무인들의 모습이 보였다.

모두 같은 검은 무복을 입고 있었지만 형체만으로도 쉽게 구분이 갔다.

초서비는 다른 사람들과 부피감이 아예 달랐고, 강무련은 건장한 체격에 반듯한 걸음걸이, 당당한 태도가 멀리서도 느껴졌다. 게다가 그들의 뒤를 따라오는 이천평과 황계수는 건장하다 못해 거대한 체구였으니. 새롭게 합류한 인물은 멀리서도 그 붉은색 머리칼이 눈에 띄었다.

문제는 그들이 누구인가가 아니라, 여유롭다 못해 느긋하기까지 한 그들의 모습에 일행의 심사가 뒤틀렸다는 것이다.

"하하하! 먼저 와 있었군."

"그쪽이 늦은 기겠지."

"음? 하하, 그런가?"

호탕하게 웃으며 알은척을 하는 강무련의 말을 남궁교명이 툭 내뱉듯 받았다.

반갑게 인사한 강무련의 표정이 잠깐 민망해졌지만, 크게 개의치 않았다.

하지만 이후에도 묘하게 민망하고 뻘쭘한 분위기가 계속 이어졌다.

"그 시커먼 옷은 왜 입고 온 거야?"

사패천 무인들의 복장을 본 남궁구가 눈살을 찌푸리며 묻자, 사패천 무인들이 의아한 표정으로 스스로의 복장을 살폈다.

"응? 이게 왜? 이제 정식으로 다 같은 소속이기도 하고, 이게 제일 기본 아닌가?"

"그래. 기본적으로 낯선 곳에서 경계심을 사기 딱 좋은 복장이지. 동네방네 '심상치 않은 떼거리가 왔소!' 떠들고 다닐 일 있어? 그냥 일상복도 있지? 어서 갈아입어."

남궁구가 귀찮은 듯 쏘아붙였다.

하지만 사패천 무인들은 여전히 그의 말을 납득할 수 없는 듯했다.

"어차피 이 덩치로 무인인 걸 가릴 수 있는 것도 아니고."

"뭘 입든 길 다니면 다 쳐다보지 않나?"

이천평과 황계수가 구시렁거렸다.

그러자 당혜군이 피식 웃었다.

"댁들은 그럴 수도 있겠네. 그렇게 시키면 옷까지 입고 있으면 관아에 잡혀갈 수도 있지 않아?"

당혜군의 말에 이천평과 황계수가 대번에 얼굴을 굳혔다.

당혜군은 몰랐겠지만, 그들은 평소 스스로를 산적이 아니라 산중호걸이라 말하고 다니며 그 문제에 신경을 쓰고 있었다.

"뭐야?"

"무슨 뜻이지?"

이천평과 황계수가 정색하고 되묻자, 이번에는 당혜군의 표정이 굳었다.

그녀로서는 가볍게 던진 농담이었는데 상대가 진지하게 나오니 당황스러웠던 것이다.

게다가 당혜군이 느끼기에 이천평과 황계수의 태도는 제법 위협적이었다.

물론 당혜군은 상대가 위협적이라고 겁을 먹는 여자가 아니었다.

당혜군은 상대가 위협하면 더 독을 뿜는 여자였다.

"아니, 뭐. 덩치가 큰 건 비슷한데 팽가 형제랑은 느낌이 많이 다르다고. 풍기는 분위기가 위협적이라 그런가?"

당혜군의 입꼬리가 비틀렸다.

분위기가 순식간에 조용해졌다.

그때, 보다 못한 남궁구기 나서서 분위기를 환기했다.

"자, 자, 그만하고. 갈아입기 싫으면 안 해도 돼. 그런데 앞으로 뱃길로 이틀은 더 가야 해서 계속 그것만 입고 있긴 불편할 거야."

"음, 일단 선상 생활을 먼저 해 본 사람들 의견이니까, 나와 비아, 군조는 옷을 갈아입도록 하지."

"……쯧."

남궁구의 중재 아닌 중재에, 강무련까지 나서서 분위기를 풀었다.

강무련까지 나서자 이천평과 황계수도 첫날부터 싸우진 않겠다는 듯 참고 돌아섰다.

그사이, 군조가 남궁구에게 다가왔다.

"오랜만이야."

"너도 왔네?"

"내가 오는 걸 몰랐나?"

"알았어. 근데 달리 할 말이 없어서 해 본 말이야."

"……."

남궁구의 말로 둘 사이가 더 어색해졌다.

아니, 그들뿐 아니라 선상의 분위기 전체가 어색해졌다.

강무련이 그런 분위기를 풀어 보려고 시도는 했지만…….

"우리 명칭이 숙청단이라고요?"

"급조하다 보니 그렇게 되었다. 혹시 다른 의견 있다면 차후에 변환하도록 하지."

"하하하, 아니오. 우리가 앞으로 해야 할 일을 생각한다면, 숙청단, 숙청단…… 무지막지하게 들리는 것이 나름 괜찮은 듯하오."

"그게 그 숙청이 아닌데…….."

"응?"

"아무것도 아니다."

진화는 이 기회에 무단의 이름을 바꿔 보려 했지만, 의외로 사패천 무인들은 숙청단이라는 이름을 마음에 들어 했다.

결국 진화는 끝까지 숙청단의 진짜 의미가 정의무학관 숙소 이름이라는 걸 밝힐 수 없었다.

장기군과 가까운 곳에 위치한 연기현, 그곳에서도 꽤 외진 마을이었다.

진화를 비롯한 숙청단이 마을로 들어서자 사람들의 시선이 모여들었다.

워낙 외진 마을이라 외부인의 출입이 낯설었기 때문이다.

숙청단은 장기군에서 익주군으로 가는 상인으로 위장을 했는데, 마침 숙청단의 총인원이 열다섯 명이었기에 작은 상행으로 보이기 딱 좋은 수였다.

"아이고, 어서 오십시오."

객잔으로 들어가자, 점소이가 숙청단을 반갑게 맞았다.

워낙 작은 마을이라 객잔도 서너 개밖에 없었지만, 방문자는 그보다 더 적어서 그마저도 경쟁이었다.

점소이는 모처럼 맞은 큰손을 놓칠세라 숙청단을 얼른 안으로 모셨다.

"여기, 여기! 저희 객잔에서 최고로 좋은 방입니다."

"아니, 가격은 똑같이 지불했는데……."

"아이고, 고된 상행을 책임지는 분은 더 좋은 곳에 묵으셔야죠. 저희 객잔의 성의입니다, 성의!"

성의를 강조하는 점소이의 시선이 진화의 얼굴에서 떠날 줄을 몰랐다.

연륜과 체격을 들어서 행수로는 강무련이 더 어울리네, 남궁구가 더 장사치같이 얍삽하게 생겼네, 귀한 영애들 두고 뭐 하는 짓이냐…… 등등.

내부적으로 말이 많았지만 결국 점소이가 명쾌하게 결론을 내려 준 듯했다.

당혜군과 나하연, 초서비도 이제는 체념을 한 듯했다.

잠시 후.

각자의 방으로 흩어졌던 일행이 진화의 방으로 모였다.

"와. 방이 진짜, 넓긴 넓네."

진화의 방에 들어온 이천평이 연신 방 안을 둘러보며 감탄했다.

그 말이 살짝 비꼬는 듯 들렸는지 남궁교명의 눈썹이 꿈틀거렸다.

"바쁘니까 자리에 앉지."

남궁교명의 말에 이천명이 입술을 이죽거렸다.

"허! 누구는 다른 일 하나? 유달리 누구씨들만 바쁘다네."

"누구씨들만 성실한 거겠지. 아니면 누구들이 불성실한 것이거나. 제 버릇 개 못 주고."

이제는 완전히 서로를 향해 날 선 말이 오갔다.

지금이야 진화를 공손하게 떠받든다고 하지만, 오만할 정도로 자존심이 센 남궁교명이 적대적인 상대를 위해 말조심을 해 줄 사람은 아니었다.

결국 이천평의 인내심이 바닥을 드러냈다.

탕—!

"뭐야? 말 다 했어?"

"흥! 성미하곤."

이천평이 탁자를 내리치며 남궁교명을 노려보고, 남궁교명을 그를 향해 코웃음을 쳤다.

"거만한 정파의 애송이 따위가!"

"천둥벌거숭이 산적 나부랭이 주제에 감히!"

서로 마주 보는 이천평과 남궁교명의 눈빛에 불꽃이 튀고, 그들은 상대에 대한 비하 발언까지 참지 않았다.

"이봐, 그만들 해!"

"자, 자, 그만하게! 우리끼리 싸워서 일을 그르치려 하는가!"

남궁구와 강무련이 나서서 두 사람을 뜯어말렸다.

하지만 남궁구는 남궁교명을 탓하지 않았고, 강무련은 '우리'라고 말을 하며 이천평만을 보았다.

남궁교명과 이천평이 서로 얼굴은 보지도 않은 채 말없이 자리에 앉고, 다른 일행도 덩달아 말이 없어졌다.

그들은 당연하다는 듯 정파 무인들과 사패천 무인들끼리 따로 앉았다.

'난장판이군. 대체 무슨 생각이지?'

군조가 눈살을 찌푸리고 진화를 보았다.

숙청단의 단주는 남궁진화였고 신분으로나 무위로나 그가 모두의 우위에 서 있는 것이 확실한데, 어찌 된 일인지 방금

전 부딪힘부터 지금까지 자잘하게 이어진 갈등에도 남궁진화는 단 한 번도 나서지 않았다.

아예 중재할 생각이 없는 사람처럼도 보였다.

아니나 다를까.

진화는 무심한 얼굴로 서로 편을 가르듯 앉아 있는 숙청단원들에게 아예 진짜 편을 갈라 주었다.

"세 개 조로 나누지. 일 조는 나와 남궁구, 남궁교명, 팽수, 팽신. 이 조는 현오를 조장으로 당혜군, 나하연, 제갈성, 관서겸. 삼 조는 강무련을 조장으로 군조, 초서비, 이천평, 황계수."

"……허!"

아예 대놓고 편을 나누듯 사람들을 나눈 진화의 발언에 사패천 무인들 사이에서 헛웃음이 나왔다.

하지만 반대의 목소리는 없었다.

아무도 서로와 섞이고 싶진 않았던 것이다.

"역천비지에 대한 사전 정보는 미리 공지한 대로다. 각자 사전 정보를 바탕으로 마을에서 새로운 정보를 모으고, 중요한 정보가 있는 게 아니라면 사흘 뒤 한 번에 취합하도록 하지."

진화가 숙청단 단원들을 하나, 하나 둘러보며 말했다.

깊이를 알 수 없는 검은 눈동자가 자신을 향할 때마다 단원들은 어쩐지 등줄기가 서늘해지는 느낌이었다.

"중요한 건 결국 역천비지의 정확한 위치를 파악하는 것이다. 귀천성 무인들이 없으면 우리끼리 역천비지만을 파괴할 것이고, 귀천성 무인들이 있다면 섣불리 움직이지 말고 지원에 알린다. 특별한 일이 없다면 사흘 뒤에 이 방에서 보지."

진화의 이야기가 끝나자마자 사패천 무인들, 아니 삼 조 단원들이 기다렸다는 듯 자리를 떴다.

이번에는 강무련 또한 굳은 얼굴로 자리를 떴다.

그리고.

"싸우지도 않고 지원부터 부르자니, 빈집털이만 하고 다닐 셈인가? 누가 겁쟁이 정파 놈들 아니랄까 봐!"

"들었잖아? 벌써부터 중요한 건 정확한 위치 파악이다, 에-베베베 밑밥부터 까는 거……."

진화의 방문을 멀리 벗어나지도 않은 채, 삼 조 단원들의 불만 가득한 목소리가 들렸다.

심지어 그들 중 하나는 괴상망측한 목소리로 진화의 말투를 따라 하며 조롱하기까지 했다.

"저, 저 작자들이 감히!"

남궁교명이 당장이라도 자리를 박차고 나갈 듯 크게 분노했다.

"흠, 무례한 자들이로군."

"본 데 없이 무식한 놈들이 그렇지."

제갈상과 당혜군도 불편한 기색을 드러냈고, 다른 일행도 말은 하지 않았지만 불만 가득한 얼굴로 진화를 보았다.

"도련님, 이거…… 그냥 제대로 한번 잡고 가는 게 어때?"

드물게 남궁구마저도 눈빛을 벼르며 진화에게 물었다.

진화는 분노한 기색이 역력한 일행을 보며 덤덤한 얼굴로 고개를 저었다.

"중요한 건 임무를 마치는 거니까. 일단 사흘 후에 결과를 보고 다시 논의하지."

숙청단의 단주도 진화였지만 그동안 계속해서 일행을 이끌어 왔던 진화의 말이었다.

일행은 여전히 뭔가 불만이 남았지만, 일단은 진화의 말에 고개를 끄덕이고 보았다.

⚜

마을에 도착하고 이틀 동안, 숙청단원들은 내내 뭐가 바쁜지 바쁘게 돌아다녔다.

다행이라고 해야 할지, 불안하다고 해야 할지.

일 조, 이 조, 삼 조 할 것 없이 모두 마을 사람들 속에 녹아들거나 주변을 돌아다니며 임무에 몰두했다.

서로에게 느끼는 불만과 분노가 경쟁심으로 이어진 듯했다.

그런 의미에서, 진화는 이틀 내내 할 일 없이 제 방에 오는 현오를 의아한 눈으로 보았다.

그러자 현오가 씁쓸한 얼굴로 고개를 저었다.

"고기 먹는 소림승도 이상한데 소림승이 상행까지 따라다니면 완전 이상하다고. 남들한테 그냥 뚱뚱한 빡빡이라고 했다는군. 식당에서 밥 먹으면 점소이의 눈총이 장난이 아니야."

"……"

"밥 먹는 걸 쳐다보는 눈빛이 기분 나쁘다고 점소이를 죽일 수는 없지 않은가. 자비를 베풀어야지. 나무아미타불 관세음보살."

"……애초에 스님이 그런 식으로 생각하는 게 문제 아닌가?"

도둑이 제 발 저리다고.

임무에 나가지 않고 제 방에 죽치는 걸 의아하게 본 것을 두고, 현오는 다른 것을 생각한 모양이었다.

"대체 왜 밥을 내 방에 와서 먹는 거지?"

"그야, 이 방으로 음식을 시키면 음식의 질과 양이 달라지니까."

당당한 현오의 대답에 진화는 더 이상 말을 하지 않았다.

현오도 자연스럽게 음식에 집중했다.

"……."

"합! ……쩝쩝쩝. 합!"

침묵 속에 묘하게 맛있는 소리만 들리는 공간.

진화와 현오는 그 속에서 어색함 없이 어울렸다.

잠시 후.

마지막 한 술을 입에 넣은 현오가 처음으로 그릇에서 눈을 떼고 진화를 보았다.

뚫어져라 보는 시선에 창밖을 보고 있던 진화가 고개를 돌렸다.

"……왜?"

"아니, 신기해서."

"무엇이?"

"그 녀석들."

"삼 조?"

"아니, 전부. 양쪽 다 똑같은데, 뭘. 이상한 건 너지. 내가 아는 너는, 네 일에 걸리적거리는 자들을 그냥 두지 않는 인간인데 말이야. 정사연합의 평화 같은 걸 생각할 줄 아는 인간이었다면, 관도생일 때 왕부 왕자를 납치해서 고문하지도 않았겠지. 대체 녀석들을 왜 그냥 두는 거야?"

현오의 질문에 진화야말로 놀란 듯 눈을 크게 떴다.

둘만 있어서인지 살짝 달라진 말투.

하지만 진화가 놀란 것은 현오의 말투 때문이 아니었다.

저를 보는 현오의 무심한 얼굴 뒤, 현오의 눈빛에 살기가 흐르고 있었기 때문이다.

소림이 아니라면 애초에 어떤 생명체에게도 감정이라는 것을 품었을 리 없는 인간.

그게 진화가 아는 현오였다.

그런 현오가 다른 이들처럼 진화를 위해 사패천 무인들에게 살기를 드러낸 것이다.

"……네 세상도, 소림을 넘어서 더 커진 듯하군."

"음? 무슨 말인가?"

진화의 말에 현오가 어리둥절한 얼굴로 고개를 갸웃거렸다.

하지만 진화는 현오의 반응에 상관없이 피식 웃음을 흘리고 말았다.

"이곳에 오기 전, 적호단주께서 충고해 주시더군."

"단주가?"

"천둥벌거숭이들이 함부로 날뛰지 못하게 하는 것도 단주의 실력이라나? 그래서 지금은 어떻게 해야 할지 고민 중이다."

진화의 시선이 다시 밖을 향했다.

창밖에는 뭔가 알아 왔는지 경쟁적으로 객잔으로 뛰어오고 있는 숙청단원들이 보였다.

그들을 보는 진화의 입꼬리가 슬쩍 올라갔다.

"저들이 임무만 완벽하게 수행한다면 아무 상관 없겠지만, 그게 아니라면……."

파지지직.

진화의 눈동자에 푸른 불꽃이 튀었다.

그것을 본 현오는 조용히 입을 다물고, 후식으로 챙겨 온

경단에 집중했다.

진화의 방에 모두가 모였다.

일행은 저마다 자신만만한 얼굴로 서로를 보았다.

"흥, 조장들이 고상하게 방 안에만 처박혀 있어서 뭘 알아냈을라나 몰라?"

이천평이 의기양양한 표정으로 남궁교명을 보며 정의맹 출신들을 도발했다.

그의 도발은 남궁교명 대신 남궁구가 받았다.

"하하하, 우리 조장 얼굴을 보면 몰라? 저 외모를 가지고 어떻게 밖을 나가, 날이 흐려도 얼굴에서 빛이 나고, 거적때기를 걸쳐도 귀태가 좔좔 흘러서. 안 나서는 게 도와주는 거지. 아, 그쪽은 그런 걸 알 만한 사람이 아─무도 없어서 모르려나?"

남궁구의 말에 강무련과 초서비가 얼굴을 굳혔다.

외모와 관련해서는 도무지 진화를 부정할 방법이 떠오르지 않았다.

"흐, 흥. 성실 어쩌고 하더니, 뭘 알아내긴 했나요?"

"그쪽이야말로. 사람들이 뭘 물으면 답은 해 줬어?"

초서비와 당혜군의 눈빛이 날카롭게 부딪혔다.

남궁진휘의 밑에서 함께 고생하면서 정사에 연연하지 않고 나름 친해졌다고 생각했는데 꼭 그런 것도 아닌 모양이었다.

마주 앉은 정의맹 출신과 사패천 출신들이 서로를 노려보았다.

그때, 그들 사이로 끼어들듯 진화가 입을 열었다.

"알아 온 정보부터 나누지. 일 조부터."

진화의 말에 남궁구가 나섰다.

"마을 사람들 소문이 흉흉합니다. 신 제국이 국경을 닫은 이후 외부인은 그림자도 보이지 않았는데, 한 달 전부터 서너 명의 무인과 학사로 보이는 이들이 나타나더니 지금은 그 자들이 심심치 않게 늘어났나 봐요. 마을 사람들이 무복을 입은 무인들을 상당히 경계 중입니다. 그자들이 나타난 뒤로 실종된 사람들이 열이 넘는다고……."

말을 하는 와중에도 남궁구의 시선이 이천평과 황계수를 향했다.

그들은 처음 남궁구의 경고를 듣지 않고 여전히 검은 무복을 입고 있는 중이었다.

남궁구는 이천평과 황계수가 마을을 돌아다니면서 어떤 눈총을 받았는지 알 만하다는 눈빛으로 한쪽 입꼬리를 슬쩍 올렸다.

"이……!"

이천평과 황계수가 눈을 부릅뜨고 남궁구를 노려보았다.

하지만 그들이 나서기 전에 진화가 먼저 다음 정보를 재촉했다.

"이 조."

"우리는 이 마을의 주변 지형을 돌아봤어요. 사전 정보에 따르면 아가리를 벌린 용의 눈이 있는 곳이 역천비지라, 연기현에서도 이 마을이 유력하다고 했잖아요. 거기에 이제까지 우리가 보았던 역천비지의 공통점을 접목했어요."

당혜군이 자신만만하게 답했다.

그러자 일 조와 삼 조의 반응이 달랐다.

"공통점? 아! 그걸 찾은 거야?"

"역천비지를 본 적이 있다고?"

역천비지를 겪어 본 적 있는 남궁구와 남궁교명, 팽가 형제는 공통점이라는 말에 금방 뭔가를 알아차렸다.

반면, 사패천 무인들은 정의맹 무인들이 자신들에게는 없는 역천비진에서의 전투 경험을 가졌다는 데에 눈살을 찌푸렸다. 진화의 외모만큼이나 부정하기 힘든 확실한 차이였기 때문이다.

하지만 꼬투리를 잡자면 못 잡을 것도 없었다.

"그쪽들이 모든 역천비지를 본 것도 아니고, 고작 몇 개의 경험을 가지고 공통점을 확신할 수 있나?"

강무련이 날카롭게 질문했다.

그러자 제갈상이 그 질문을 기다렸다는 듯 나섰다.

"역천비지를 본 사람들은 하나를 겪든 수십 개를 겪어 보든 확실히 알 수 있는 것이 있지요. 피와 만년 독수가 흐를 수 있는 수로(水路). 역천비지의 '용루가 흘러 모이는 지형'이라는 것도 그런 의미가 아닐까 생각했습니다. 하여 마을 주변에 은밀한 위치에 수로를 만들 수 있는 곳을 중심으로 조사하고 있습니다."

제갈상이 의기양양한 얼굴로 삼 조원들의 시선을 마주했다.

일 조와 이 조가 모두 유의미한 조사를 해서인지, 자신만만하던 삼 조 사패천 무인들의 얼굴이 처음처럼 밝지 못했다.

"삼 조."

"우린 마을에 있는 수상쩍은 사람들을 조사했소. 확실히 마을에 이방인이 우리만 있는 게 아니더군. 걸음걸이와 행동이 확실히 정파 무인은 아닌 듯했소. 지금 군조가 그들의 뒤를 쫓고 있소. 곧 정체를 알 수 있을 거요."

강무련이 김이 샌 듯 덤덤한 얼굴로 말했다.

진화의 표정도 처음과 다를 바 없었다.

"결국 일 조와 삼 조의 정보가 겹치는군. 일 조는 실종된 사람들에 대해 조사하고, 삼 조는 수장한 자들의 정체에 대해 집중하지. 그들이 만약 귀천성 무인이라면 이미 역천비지를 찾고도 남았을 테니까."

진화의 정리는 가타부타 말을 덧붙일 필요 없이 간결했다.

진화의 말에 남궁구와 강무련이 고개를 끄덕였다.

"이미 역천비지를 찾아 놓고, 실종된 마을 사람들은 제물로 데려갔는지도 모르지."

남궁구가 심각한 얼굴로 말했다.

그의 말에 초서비가 눈을 반짝였다.

'그렇다면 놈들의 뒤를 쫓는 우리가 역천비를 찾는 데에 유리하겠네! 제대로 물었어!'

그런 생각을 초서비만 한 것은 아닌지 사패천 무인들이 은근히 미소를 머금었다.

"이 조는 지금 하는 일에 집중해라. 나와 현오도 합류하지. 각자 조사를 마치고 이틀 뒤 다시 모이는 걸로."

드르륵, 드르륵.

진화가 마지막 말을 마치기 무섭게 이번에도 사패천 무인들이 먼저 자리에서 일어섰다.

그 모습을 못마땅한 듯 보던 남궁구와 남궁교명, 팽가 형제도 자리에서 일어섰다.

"저놈들이 뭘 알아내기 전에 마을 사람들한테서 뭐라도 얻어내야겠어."

"어쩌려고?"

"글쎄. 없어진 사람들이 대부분 늦게까지 술을 즐기던 사람들이라니까. 주정뱅이나 되어 보자고. 누가 알아? 진짜인 줄 알고 그놈들이 우리한테 먼저 붙을지?"

남궁구가 먼저 나간 사패천 사람들의 뒷모습을 보며 눈을 빛냈다.

일 조원들이 나가고, 이 조도 움직일 준비를 했다.

"멍청하긴. 어차피 역천비지의 위치가 제일 중요한데."

"우리가 제일 먼저 알아내야 해!"

제갈상과 당혜군이 관서겸과 나하연을 끌고 일어섰다.

그들은 삼 조 사패천 일행은 물론 일 조까지 이겨 먹을 생각으로 기세가 등등했다.

그런 이들의 모습을 보며 진화가 조용히 일어섰다.

"……."

현오는 진화의 모습을 보다가 어깨를 으쓱하며 그 뒤를 따랐다.

객잔을 나서는 길.

어디선가 익숙한 목소리가 들렸다.

"그자들이 먼저 알아내기 전에 무슨 수를 써야 하지 않을까요?"

"그렇습니다! 군조 녀석이 뒤를 쫓고 있지만, 주루에서 꿈쩍도 안 하고 있답니다. 그러다 저놈들이 먼저 알아내면 어쩝니까?"

날카로운 초서비의 목소리에 이어지는 이천평의 말.

사패천 무인들 또한 정의맹 일행과 다르지 않은 생각을 하고 있었다.

"그러지 말고, 그냥 한 놈 데려오죠?"

"……."

황계수의 의미심장한 말에 대화가 뚝 끊겼다.

더 이상 대화 소리가 들리지 않았지만, 이다음에 어떤 일이 벌어질지는 듣지 않아도 알 것 같았다.

"모두 저 말 들었지? 우리도 어서 가자!"

"무슨 일 있어도 먼저 찾아내겠어!"

당혜군과 제갈상은 물론이고 관서겸과 나하연마저도 눈을 빛냈다.

마을 뒤쪽을 향하는 이 조의 발걸음이 급해졌다.

'잘못되어도 한참 잘못되어 가는군. 저 녀석이 언제까지 잠자코 있을지…… 나무아미타불 관세음보살.'

분명 한 발자국만 떨어져도 잘못된 점이 한가득 보이는데, 진화가 그것을 모를 리 없었다.

현오는 아무것도 못 들은 척 의도적으로 존재감을 줄이고 이 조원들의 뒤를 따르는 진화를 보며 고개를 저었다.

서늘하게 가라앉은 눈빛으로 일어서던 모습이, 아무래도 멀찍이 떨어지는 것이 좋겠다 싶었다.

그날, 주루조차 문을 닫은 새벽.

"으하하하하! 한잔 더 할까? 한잔 더?"

"이제 그만하고 들어가지."

"아아앙–! 왜에? 한 잔만 더 하자고, 한 잔마–안!"

술에 잔뜩 취해 인사불성이 된 사내와 그 일행으로 보이는 자들이 술집 앞에 서 있자, 마을 사람들의 시선이 그들에게 닿았다.

마을 사람들도 그들이 이번에 상행을 왔다가 객잔에 묵고 있는 이들이라는 걸 알고 있었기에 크게 경계하는 눈치는 아니었지만, 날이 어두워지고 난 뒤에는 달랐다.

인사불성이 된 사내들을 걱정스럽게 보면서도, 상관하고 싶지 않다는 듯 다들 자리를 피한 것이다.

"……."

조용해진 주변 분위기를 느낀 사내, 남궁구의 눈이 날카롭게 빛났다.

그리고 부러 더 큰 소리로 주사를 부렸다.

"한 잔만! 한 잔만! 아아앙–! 우리 도련님은 너무 까악쟁이야앙!"

"……."

남궁교명의 얼굴이 일그러지고 팽가 형제가 고개를 돌렸다.

연기라는 걸 알지만 역겨운 건 역겨운 거였다.

남궁교명과 팽가 형제가 눈을 마주치고 고개를 끄덕였다.

"버리고 가지."

"좋은 생각이다."

"동의한다."

남궁교명과 팽가 형제가 남궁구를 길바닥에 던지고 그대로 돌아섰다.

감정이 실리긴 했지만, 분명 그들이 계획한 대로였다.

잠시 후, 술에 취해 인사불성이 된 남궁구의 곁으로 누군가 다가왔다.

"데려가도 될까? 피는 다 모았다고 했는데……."

"많아도 나쁠 건 없으니까. 쓸 만하면 돈을 챙겨 주시겠지."

어둠 속에서 다가온 두 명의 사내가 남궁구에게 손을 뻗었다.

─간다!

─걱정하지 마라. 곧바로 뒤따르고 있다.

남궁교명과 팽가 형제의 전음을 들으며 남궁구가 사내들의 등에 업혀 조용히 미소를 지었다.

한편.

날이 밝아 오는 것을 보며 황계수가 눈살을 찌푸렸다.

그리고 바닥에 쓰러진 누군가의 다리를 걷어내듯 툭 찼다.

"이런 끈질긴 새끼. 결국 불 거면서 버티긴 왜 버텨? 퉷!"

황계수는 피투성이로 죽은 듯 쓰러진 사내를 향해 침을 뱉고는 캄캄한 창고를 나갔다.

밖에는 탁자와 의자에 기대 잠을 청하고 있는 조원들이 있었다.

"흠! 크-흠!"

황계수의 첫 헛기침에 강무련과 군조가 번쩍 눈을 뜨고, 두 번째 헛기침에 초서비가 일어났다.

그리고.

"크흠흠! 이런 씨!"

퍽!

세 번째 헛기침에도 꿈쩍하지 않는 이천평에게는 황계수의 발길질이 돌아갔다.

"일어나, 이 새끼야!"

"아오! 왜 치고 그래? 끝났어? 뭐 좀 알아냈어?"

하품을 하고 일어난 이천명의 물음에 황계수가 비릿하게 웃어 보였다.

황계수의 입으로 모든 일행의 시선이 모였다.

"역시 귀천성 놈들이었습니다. 연기현에 위치한 교룡방 놈들이었습니다. 이곳에서 혈정인가 뭔가를 만드는데 인근에서 사람들을 잡아다 모으고 있었답니다. 그러다가 자신들이 있는 곳을 발견한 마을 사람들은 죽었고요."

"놈들이 있는 곳이 어딘데? 알아냈어?"

초서비의 질문에 황계수가 씨익- 웃어 보였다.

그리고 작게 앞으로 턱짓했다.

"저기래."

황계수의 말에 일행이 눈을 마주쳤다.

"……가 봐야지?"

"위치만 알아내는 거라면 그놈들이 오기 전에 우리가 먼저 확인할 수도 있지 않나……요?"

초서비와 이천평은 물론 황계수와 군조도 강무련만을 보았다.

이글이글 불이 붙은 눈빛이 뭘 원하는지 묻지 않아도 알 수 있을 정도라, 강무련 또한 그들과 같은 마음이었다.

"내일은 놈들의 콧대를 납작하게 만들어 줄 수 있겠군."

"예이!"

"좋았어!"

그동안 정의맹 무인들과 대립하는 걸 불편해하던 강무련의 허락이 떨어지자 삼 조 조원들이 소리를 지르며 기뻐했다.

그들은 아직 아침 해도 떠오르지 않았다는 것 따윈 전혀 개의치 않은 채 곧장 황계수가 알아낸 곳을 향해 출발했다.

진화와 현오가 함께 나선 이 조는 넘치는 의욕과 달리 첫

날에는 아무런 성과를 얻지 못했다.

그렇게 두 번째 날.

채 해가 다 뜨기도 전에 이 조는 진화와 현오를 끌고 이번에는 마을 서쪽 산을 뒤지고 있었다.

"분명 여기 있을 거예요."

"어제는 거기가 분명하다지 않았소?"

"용이 어떻게 틀어 앉았느냐에 따라 용루가 모이는 곳이 다르단 말입니다! 어제 그곳이 아니었으니, 이곳밖에 없습니다! 제갈세가의 명예를 걸 수도 있습니다!"

당혜군의 말에 현오가 툴툴대자, 제갈상이 제갈세가까지 들먹이며 발끈했다.

하지만 그만큼 확신한다는 제갈상의 말에 다른 사람들도 어제보다 더 의욕적인 모습으로 산을 뒤졌다.

진화도 심상치 않은 눈빛으로 주변을 둘러보았다.

'인적은 물론이고 짐승들의 기척도 없다. 불이 난 것도 아닌데 숲의 짐승들이 죄다 겁을 먹고 도망갈 일이라면, 더 큰 짐승이 나타난 것밖에 없지.'

진화가 눈매를 가늘게 좁히고 기감을 열었다.

쏴아아아아아아……

평소에는 자연스럽게 듣지 않고 있던 부스럭거리는 낙엽 소리, 쥐나 뱀이 지나는 소리, 새의 심장박동이 한 번에 진화의 감각으로 쏟아져 들어왔다.

그리고 잠시 후, 진화가 한곳을 향해 날카롭게 눈을 빛냈다.

"저쪽."

"찾았습니다! 저기 너머입니다!"

진화의 말과 동시에 제갈상의 목소리가 모두를 불러 모았다.

오르막길을 올랐던 제갈상이 그곳에서 뭔가 발견한 것이다.

"무복을 입은 사람들이 풀숲 사이로 사라졌습니다. 인기척을 줄이고 접근해서 확인해 볼 필요가 있습니다."

제갈상이 진화에게 보고하고, 모두가 진화의 결정을 기다렸다.

진화가 현오를 비롯한 이 조원들 하나하나를 보았다.

현오, 당혜군, 나하연, 제갈상, 관서겸.

실력도 실력이지만 팽가 형제가 있는 일 조에 비한다면 은밀한 은신도 가능할 것이었다.

"일단 확인해 보지."

진화의 말에 이 조원들이 주먹을 불끈 쥐고 서로 눈을 맞췄다.

그렇게 조용히 언덕을 넘었다.

언덕 너머에는 가파른 비탈길이 있었고, 비탈길을 내려가면 좁은 협곡으로 들어가는 길이 나왔다.

'입구가 좁아. 하지만······.'

확실했다.

사람 두 명이 어깨를 맞대야 겨우 지나갈 법한 좁은 길을 따라 협곡 안쪽으로 사람들의 기척이 느껴졌다.

진화가 잠시 고민했다.

하지만 그때.

쉐에에엑———!

검을 뽑는 소리와 함께 검이 부딪히는 소리가 들렸다.

그리고.

"젠장, 네놈들 때문에 들켰잖아!"

"그게 우리 때문이라고?"

"그럼 우리 탓이냐? 애초에 우리가 먼저 왔잖아!"

"허어, 조-끼 입고 뒈질 소리 하네! 여긴 우리가 먼저 발견했잖아!"

퍼-억!

챙-! 챙!

싸우는 소리와 함께 들리는 말소리.

분명 익숙한 목소리들이었다.

"남궁 공자!"

"조장님!"

놀란 이 조 일행이 진화를 보았다.

안에서 들리는 남궁구와 남궁교명, 사패천 무인들의 목소리를 들으며 대강의 상황을 파악한 진화는 서늘한 눈으로 좁은 길을 노려보고 있었다.

"결국…… 실력 행사밖에 없는 건가."

낮은 혼잣말과 함께 입김이 찬 새벽 공기를 뚫고 새하얗게 번졌다.

그 모습이 어쩐지 서리가 내리는 듯 서늘한 것이.

진화가 순식간에 좁은 길을 향해 신형을 날렸다.

"어, 저거?"

당혜군과 제갈상은 진화의 눈에서 푸른 불꽃이 번뜩인 것을 보았다.

그리고 그것을 말할 사이도 없이.

파지지지지직――!

새파란 번개가 새벽을 번쩍번쩍 빛내며 좁을 협곡을 뚫고 들어갔다.

쿵! 쿵!

협곡을 이루던 바위가 부서지고 좁은 길이 넓어졌다.

그리고 그 안으로 일 조와 삼 조원들이 잿빛 무복을 입은 처음 보는 무인들과 함께 뒤로 물러나 있었다.

"으아아아악―――!"

"우아아악!"

"뭐, 뭐야!"

간신히 번개를 피한 조원들이 놀란 눈으로 진화를 보고, 진화가 쓰러진 잿빛 무복의 무인들을 밟고 섰다.

"내 명은 분명 은밀하게 역천비지를 파악하고, 역천비지만 파괴할지 지원단에 전갈을 보낼지 결정한다는 거였을 텐데? 결국 천둥벌거숭이들처럼 함부로 날뛰다가 일을 그르쳤군."

덤덤한 말투와 새까만 눈동자가 단원들 하나하나를 지나 갔다.

"아, 아니, 그게……."

"우리 때문이 아니라 저놈들이 끼어들어서……."

진화의 질책에 일 조와 삼 조원들이 변명을 늘어놓으려 했 다.

하지만 어떤 것도 들어 줄 생각이 없는 진화는 그저 손에 서 뇌전을 번뜩였다.

"침입자다!"

"젠장! 정의맹 놈들이다!"

협곡 안쪽에는 제법 너른 공간이 이어졌고, 한쪽에는 작은 동굴의 입구도 있었다.

그 안에서 잿빛 무복을 입은 무인들과 흑의 복면, 익숙한 모습의 교성흑오대가 뛰어나오고 있었다.

역시 귀천성 무인들이 확실했다.

하지만 진화의 시선은 그들이 아닌 단원들에게 고정되어 있었다.

남궁구와 강무련을 비롯한 단원들은 당황한 얼굴로 진화와 뒤에서 달려오는 귀천성 무인들을 번갈아 보았다.

"단원들이 천둥벌거숭이들처럼 함부로 날뛰지 못하게 하는 것도 단주의 실력이라더군. 제대로 임무를 마치지 못한다면, 최선을 다해 실력을 발휘해 주지."

파지지직……!

새파랗게 번뜩이는 번개가 눈동자 안에서 요동치고, 진화의 손에는 뇌전이 쏘아져 나갔다.

그와 동시에.

파파파파파팟———!

펑! 펑!

"조용히 해결하긴 글렀으니, 모두 죽이고 모든 걸 파괴한다."

"추, 충!"

진화의 뇌전이 일행을 덮치던 교성흑오대원들을 태워 버리고.

그와 동시에 진화의 명을 받은 단원들이 일 조, 삼 조 할 것 없이 안으로 달려 들어갔다.

"실력이 그 실력이 아니었을 텐데……."

현오는 단원들을 겁박하는 진화를 보며 혀를 찼다.

하지만 채 말을 마치기도 전에 당혜군의 팔이 그를 끌어당겼다.

"단주가 우릴 보잖아! 어서 움직여, 땡중!"

진화의 눈이 번뜩이며 이 조를 향하고, 이 조원들도 진화와 눈이 마주칠까 얼른 동굴로 몸을 날렸다.

퍼—엉! 쿵! 쿵!

"으아아악!"

콰—앙!

퍽. 퍽. 퍽. 퍽.

"사, 살려…… 줘!"

"아악!"

분명 은밀하게 역천비지만 확인하는 임무였는데…….

이전 생에도 진화는 무단의 단주로서 임무에 나서 본 적이 있었다. 다만 이전 생의 진화는 무단과 함께 움직였을 뿐, 그들을 이끌어 본 적이 없었다.

이번이 단원들의 목숨을 책임지고 임하는 첫 임무였다.

여러모로 아직 서툰 단주 역할이었다.

다만 이전 생에 전쟁을 겪어 본 진화는 무엇보다 중요한 것이 '결과'라는 걸 알고 있었다.

진화는 조금 소란이 있었지만 결과만큼은 최대한 고요하게 끝내리라 마음먹었다.

잠시 후.

피범벅이 된 일행이 동굴 밖으로 나오고.

진화의 검이 협곡을 베어 무너뜨렸다.

파파파파파팟---!

쿠르르르-쾅! 쾅!

바위가 무너지고 먼지가 자욱하게 퍼졌다.

동굴은 물론이고 협곡이 있었는지조차 알 수 없도록 모든 것이 무너졌다.

그리고 살아 있는 생명의 목소리는 어떤 것도 들리지 않았다.

단원들조차 숨소리를 참았다.

진짜 단주의 실력 발휘를 저렇게 하는 건 아닐 텐데…….

"나무아미타불 관세음보살."

현오가 불경 외는 소리만 조용히 퍼졌다.

신 제국에서 일어난 분열 사태가 무림 전역에 퍼질 대로 퍼졌다.

중원 무림이 크게 동요했다.

하지만 무엇보다 신 제국 국경이 흔들렸다.

이 기회를 놓치지 않고 한 제국군이 국경선을 정리하러 들어오고 다시 전쟁의 불길이 피어올랐다.

정의맹 무단들도 대대적으로 움직이기 시작했다.

귀천성이 신 제국을 삼키며 관무가 합쳐진 거대하고 막강한 세력이 된 게 아니라 한 제국과 정사연합을 동시에 상대해야 하는 패착에 빠진 것이다.

"이런 걸 보면 혼현마제가 우리 편이 아닌가 싶어?"

"신 제국을 삼키자고 한 것도 혼현마제였겠지?"

"진짜 우리 편인가?"

"……개소리하지 말고 손을 움직여라."

"쳇."

팽수의 한마디에 황계수가 아쉽다는 듯 혀를 찼다.

그들은 지금 커다란 상선에서 짐을 실어 나르고 있었다.

뱃일은 건장한 일꾼들에게도 힘든 일이라 늘 일꾼들이 부족했다.

그래서일까.

팽수, 팽신 형제와 이천평, 황계수가 나타났을 때 신원 조사는커녕 선주들끼리 서로 데려가려 난리였다.

숨 쉬듯 쉬운 위장 임무였다.

한쪽에서는 몸에 자연스럽게 귀태가 배어서 위장 임무를 할 수 없었던 남궁구와 남궁교명이 상자 뒤에서 은신하고 있었다.

튀는 외모를 한 군조는 장기를 살려 아예 이국의 상인으로 위장했다.

"헤이―! 거기! 쌀람 탄다! 우리 쌀람 크다! 짐 빼라!"

누구도 이국의 상인이 정사연합 소속일 거라 의심조차 하지 않았다.

진화가 연기현 외곽 마을에 있던 역천비지를 없애 버린 날

이후.

숙청단은 일 조와 이 조, 삼 조의 개념이 사라졌다.

"사기 치는 건 남궁구만 잘하는 줄 알았더니, 군조 저 녀석도 만만치 않군."

"흥, 사기 치는 걸로 남궁세가가 하오문에 비할 것 같은가요?"

"······비야, 자랑할 게 아니야."

"남궁구를 평범한 남궁세가로 생각하면 곤란해. 저 작자는 타고났다고!"

"부처님도 무심하셨지. 후우."

그날 이후로 숙청단은 남궁구와 군조가 자연스럽게 사람들 속을 파고들고, 팽가 형제와 이천평, 황계수가 힘을 쓰면, 당혜군과 제갈상, 관서겸, 초서비가 원거리 공격으로 적을 암살하고 적진에 침투하는 작전을 펼쳤다.

정과 사에 관계없이 서로의 장기를 살려 협력하기 시작한 것이다.

"그런데 왜 우리는······."

강무련이 조금 아쉬운 얼굴로 저와 함께 선 사람들을 보았다.

진화가 없을 때의 나하연은 무슨 생각을 하는지 알 수 없는 멍한 표정을 하고 있었고, 현오는······ 오늘도 소림에 대한 편견을 부수고 있었다.

"먹겠소?"

"괜찮소."

아깝다는 얼굴로 만두를 내밀던 현오는 강무련의 거절에 화색이 되었다.

강무련은 제가 왜 나하연, 현오와 함께 묶인 것인지 전혀 이해할 수 없었다.

삐이이이이이이―――――!

신호였다.

이천평이 피가 흐르는 장소를 확인하고 남궁구가 신호를 쏘아 올렸다.

약속한 신호가 울리자마자, 당혜군과 제갈상이 침과 편을 날리고, 관서겸과 초서비는 적들이 비명을 지르기도 전에 입구를 막고 있던 자들을 죽였다.

그리고 강무련, 나하연, 현오가 튀어 나갔다.

퍼―억! 퍽! 퍽!

무슨 수박 깨지는 소리와 함께 바닥에 핏물이 줄줄 흐르기 시작했다.

"미친…… 무슨 힘이……!"

뼈――억!

나하연의 주먹이 세상의 순리를 거스르며 철봉을 우그러뜨렸다.

퍽! 퍽! 퍽!

현오는 양 주먹에 염주 알을 감고 귀천성 무인들의 머리를 터뜨리고, 강무련의 우각살호권은 애초에 미친 황소가 날뛰는 것을 본뜬 무공이었다.

그들이 움직이기 시작한 지 얼마 되지 않아 주변이 조용해졌다.

"여긴가?"

"아아. 이번엔 조사가 끝나기 전에 우리가 찾아낸 모양이야. 하긴 저놈들도 설마 작은 포구의 창고로 쓰던 동굴이 역천비지일 줄은 몰랐겠지."

"동굴 자체를 무너뜨리고 다음으로 움직이지."

"충."

역천비지로 유력한 곳을 발견한 숙청단은 어김없이 그곳을 파괴했다.

정사 간의 갈등이 모두 끝난 것은 아니었지만.

"아! 쓰불! 내가 먼저 봤잖아!"

"본 게 뭐! 눈깔이 있으니까 보긴 봤겠지!"

파파파파파팟———!

퍼—엉!

시끄러운 다툼이 들려오는 곳에 어김없이 진화의 뇌전이 쏘아졌다.

"움직여."

진화의 검은 눈동자에 이천평이 저도 모르게 마른침을 삼

쳤다.

자존심 때문에 인정하고 싶진 않았지만, 그의 손은 성실하게 벽을 내리치고 있었다.

"……씨발, 내가 더러워서."

"쉿! 들린다."

황계수가 이천평의 옆구리를 치며 경고했다.

소중한 머리카락이 재가 되어 흩날리는 걸 본 이후 황계수는 자존심도 흩날려 보냈다.

"실력 행사가 그 실력이 아닌데!"

"그러지 말고 네가 도련님한테 한번 말해 보지그래?"

"……부처님, 방금 저를 암살하려는 한 사특한 자를 용서하소서. 나무아미타불 관세음보살."

숙청단의 임무가 끝나고.

언제나처럼 결과는 고요하게 마무리되었다.

숙청단은 조용하고 난폭하게 다음 행보를 이어 갔다.

국경선을 정리만 하는 것으로 조금 느긋한 한 제국과 달리, 정사연합은 광폭한 행보라고 해도 좋을 정도로 빠르게 움직였다.

신 제국 북쪽에서는 현무단이 장안 무림을 이끌고 귀천성 세력을 몰아내고 있었고, 청룡단이 한중권문으로 내려와 귀천성을 위협했다.

사패천과 주작단, 남궁세가가 혼현마제의 세력에 넘어간 교주 일대를 공격해 들어갔다.

무엇보다 지금까지 조용히 숨죽이고 있던 사천 무림이 드디어 일어섰다.

쏴아아아아아ㅡㅡㅡ!

타다다닥!

"죽여라! 잃어버린 우리의 땅을 되찾는다!"

"와아아아아ㅡㅡ!"

사천 무림은 사천당문과 아미파, 청성파 등 전 무림에 명성이 자자한 명문 대파가 즐비할 정도로 귀천성 이전까지 가장 강성했던 무림 중 하나였다.

하여 사천 무인들은 사천 무림에 대한 자부심이 강했다.

게다가 사천 사람들 자체가 자존심을 목숨보다 중시하고 고향에 대한 애착이 남달랐으니, 사천 무림을 두고 맵고 사납다고 하는 말이 달리 나온 것이 아니었다.

그런 사천 무림이 터전을 두고 도망쳤다.

절치부심(切齒腐心).

사천의 무인들은 귀천성에 겁을 먹고 도망쳤다는 오명을 되새기고 곱씹으며, 최대한 세력을 온존한 채 지금껏 복수의 날만 기다려 왔다.

무려 수십 년 동안.

그리고 드디어 검을 든 그들은 그 어떤 무인들보다 격렬하고 잔인하게 귀천성 무인들을 몰아붙였다.

쏴아아아아!

타다다다닥─!

"도, 독공이다! 피해! ……크흣 ……컥!"

파스스스슷─!

소리치던 사내의 얼굴이 삽시간에 검게 물들더니 온몸으로 검은 피를 쏟으며 쓰러졌다.

"모두 죽여라! 개미 새끼 한 마리도 남겨 두지 마라!"

당가독수대를 이끄는 비산혈해 당재는 일대를 피로 물들이며 스스로 별호의 의미를 증명했다.

정사연합은 파도처럼 거세게, 그리고 거대하게 귀천성을 몰아붙였다.

이전까지만 해도 사람들은 정사연합이 분열된 귀천성을 각개격파 할 것이라 예상했다.

하지만 정사연합은 아직 세력을 정비하지 못한 양쪽 세력을 모두 노리면서 최대한 많은 땅을 되찾는 것을 택했다.

모두 천수현인 제갈길현을 위시한 정사연합 군사부 덕분이었다.

그들은 정사연합의 모든 전투에 대한 전략과 지원, 보급은 물론, 중원 전역에서 일어나는 전투들끼리의 유기적인 시기 조절과 이동 경로 대비까지 그야말로 모든 것을 완벽하게 조율해 내고 있었던 것이다.

천수현인의 군사부의 지원을 받은 정사연합 무단들은 이전에 귀천성이 중원을 몰아붙였을 때처럼 빠르게 그들의 땅을 침범하고 있었다.

하지만 그 모든 것은 눈속임일 뿐이었다.

"귀천성 놈들이 제왕검과 십이좌회를 죽이지 못해 반쪽 무림을 포기했던 것처럼, 우리도 결국 역천마제를 비롯한 마제들을 죽여야만 온전히 승리할 수 있다."

천수현인의 말처럼 중요한 건 땅이 아니라 사람이었다.

그래서 세상 모든 사람들의 관심이 중원 무림의 반격에 쏠린 틈을 타, 정사연합에서는 마제들의 위치를 파악하고 그들이 힘을 확보할 수 있는 역천비지를 파괴하는 데에 전력을 쏟고 있었다.

"사람이 아니지."

"그러게요. 아무리 역천비록을 해석했다곤 하지만, 이렇게 빨리, 이 많은 역천비지를 찾아낼 줄은……."

"한 달 전에 군사부에 들어간 친우가 있는데, 무슨 짓을 한 건지 사람이 한 달 만에 피골이 상접했더라고요. 무슨 기만책을 이렇게 진심으로 합니까?"

"저기, 진짜 해 떠요. 미친…… 제갈가주가 진짜 해 뜨는 시간까지 맞췄습니다. 와, 완전 소름!"

붉은 무복을 입은 사내들이 산길을 오르며 구시렁거렸다.

긴장감이 너무 없는가 싶지만 그것도 아닌 것이, 하나같이 언제든 발검할 수 있도록 검에 손을 올려 두고 있었다.

"미친 건 저놈들이지. 아무리 정보를 파악했다지만, 어떻게 이렇게 빨리 역천비지를 찾아내는 거지?"

"에이, 단주님도. 남궁구 몰라요? 그놈이 마음만 먹으면 오늘 단주님 속옷 색깔도 알아낼 겁니다. 거기에 하오문 후계자까지 붙었다는데⋯⋯."

"그런가? 아무리 그렇다고 해도⋯⋯ 확실히 걱정한 것보다 꽤 순조롭게 잘 이끄는군."

일 조 조장 서장원이 친근하게 대하긴 했어도, 적호단주가 괜히 진화 일행을 적호단 십 조로 몰아넣은 것이 아니었다.

하나하나가 명문 대파 출신에 손에 꼽을 정도의 인재들이라, 그만큼 자존심도 세고 기질도 강했다.

심지어 소림 출신인 현오마저 전투 시에는 통제가 어려울 정도였다.

스스로 인정하지 않는 사람의 밑에 순순히 고개를 숙일 이들이 아니라, 적호단주조차 진화에게 그들을 떠맡기다시피 한 것이다.

정파 출신들만 해도 그러한데, 사패천에서 사파오봉으로 불리는 신진 고수들까지 합쳐진다니.

적호단주는 상상만 해도 골치 아픈 상황을 진화가 상상 이상으로 잘 풀어 나가고 있다고 생각했다.

그때.

펑-! 펑펑!

적호단주가 언덕 아래에서 터져 나오는 굉음에 눈살을 찌푸렸다.

"아, 저 새끼들, 싸우면서 신호 보내지 말라니까."

"하하하, 한창 혈기 왕성할 때가 아닙니까."

"혈기는 지랄, 똘끼겠지. 뭐 하냐! 어린놈들에게 맛있는 거 다 뺏기겠다! 가라!"

"예이! 얼른 갑니다요, 추-웅!"

"가자-!"

신호와 함께 떨어진 적호단주의 명에 적호단이 망설임 없이 언덕 아래로 뛰어 내려갔다.

밑에는 벌써 아수라장이 벌어지고 있었지만, 적호단에게는 가장 익숙한 전투장이었다.

툭. 툭. 툭.

손가락이 일정하게 탁자를 두들겼다.

"연기현, 무성포구, 전수현, 보각현…… 거리도 멀고 전부

제각각 떨어져 있어. 그곳을 중점적으로 움직이는 무단도 없고, 귀천성 휘하 문파들 중 주요 문파라곤 없는 곳이야. 남궁진화를 위시한 정사연합의 신진 고수로만 구성된 새 무단에서, 이렇게 쓸데없는 곳을 노리는 이유가 뭘까?"

화려한 비단 금포가 깔린 탁자.

거기에 새하얀 문사복에 깔끔하게 머리를 틀어 올린 혼현마제의 모습은 마치 제갈세가에 있었던 시절로 돌아간 듯 온후하고 청순해 보였다.

차향과 묵향이 어우러진 방이, 고심에 빠진 혼현마제와 한 몸처럼 어울렸다.

"아……."

방에 들어오던 독부 은요가 혼현마제의 모습을 보고 저도 모르게 탄성을 뱉었다.

곧 그녀의 얼굴이 붉게 달아올랐다.

"가가."

"오, 왔느냐."

혼현마제가 은은하게 미소를 지으며 기다렸다는 듯 독부에게 손을 내밀었다.

독부는 수줍게 웃으며 혼현마제에게 전서를 전달했다.

그리고 전서를 읽는 혼현마제를 흐뭇한 얼굴로 보았다.

'평화로운 냄새. 신 제국 황성에서 벗어나니 가가에게서 본래 가가의 냄새가 나는구나. 가가도 한결 편안해진 얼굴이야.'

독부는 혼현마제가 전서를 보며 미간을 찌푸리는 모습조차 아깝다는 듯 그의 모습을 눈에 담았다.

그리고 점점 독부의 눈빛이 독하게 가라앉았다.

'내가 지킨다! 누구도 당신을 변하게 만들도록 두지 않을 거야!'

달그락.

독부가 습관적으로 손톱을 부딪쳤다.

그때.

"교룡방…… 교룡방과 수전보…… 그러고 보니 일전에 그들에게서 보고가 들어왔었지!"

전서를 보며 뭔가를 떠올리던 혼현마제가 번쩍 고개를 들었다.

그리고 빠르게 탁자 위에 지도를 펼쳤다.

부스럭, 부스럭.

탁자 위에 다 담기지도 못할 정도로 거대한 중원의 지도가 펼쳐졌다.

"연기현, 무성포구…… 전수현, 보각현…… 허!"

혼현마제는 지도에서 진화가 다녀간 곳을 찾아 하나하나 짚어 보다, 뭔가를 알아차린 듯 헛숨을 내쉬었다.

헛숨은 곧 호탕한 웃음소리로 바뀌었다.

"허허허허! 그렇군. 이 녀석들…… 역천비지를 찾고 있구나! 역천비지를 찾아 없애고 있었어!"

한바탕 웃은 혼현마제가 지도를 향해 눈빛을 번뜩였다.

요요하게 빛나는 눈동자가 지도 위의 한곳에서 멈추었다.

"남궁진화가 역천비지를 찾아 없애고 있다니. 이거 일이 재미있게 되었군. 허허허허."

정순한 학사 같던 혼현마제의 얼굴에 섬뜩할 정도로 시린 비소가 떠올랐다.

무성포구에서의 일 이후.

적호단이 무성포구에 있던 귀천성 휘하의 문파들을 휩쓰는 사이, 숙청단은 교주 외곽의 전수현과 보각현을 다니며 역천비지를 파괴했다.

그러고 나서 일주일이 지나지 않아, 숙청단과 적호단은 교주 깊숙이 육림군에서 다시 만났다.

"휴우, 덥네."

"사시사철 더운 곳이라고 했으니까요."

적호단주가 가만히 있어도 줄줄 흐르는 땀을 닦으며 주변을 돌아보았다.

적호단원들도 처음 겪는 더위에 거의 널브러지듯 탁자에 앉아 있었다.

"좀 쉬자고요. 날씨는 덥고 지치는데, 음식은 시고 맵고,

뭔 놈의 벌레는 이렇게 많은지 잘 때도 스멀스멀 몸 위를 기어오른다니까요. 피곤이 풀리는 게 아니라 더 쌓이는 게, 아주 죽을 맛입니다. 어쩔 수 없이 움직여야 할 때까진 이렇게 널브러져 있자고요."

"맞아요, 그냥 둬요. 낙양 촌놈들이 적응할 시간은 있어야죠."

일 조장 서장원의 말을 부단주인 남궁진혜가 맞장구쳤다.

그 모습을 보며 적호단주가 한숨을 쉬었다.

서장원과 남궁진혜의 말이 틀린 것은 없었으나 언행일치가 무척 안 된다고 해야 할까.

모두가 지쳐 널브러져 있는데 서장원과 남궁진혜는 부지런히 젓가락질을 하며 입에 음식을 밀어 넣고 있었기 때문이다.

"죽을 맛이 아니라 죽은 맛 같은데?"

"아, 왜 그러십니까, 다 먹고 살자고 하는 건데! 근데, 이건 뭐래요? 완전 맛있는데요."

"쥐."

"네?"

"들쥐래. 네가 들고 있는 게 뒷다리네."

"……."

적호단주의 말에 서장원이 조용히 젓가락을 놓았다.

그때까지도 남궁진혜는 아무렇지 않게 음식을 먹고 있었다.

"부단주가 먹고 있는 건 뭔데요?"

"……천산갑."

"……."

적호단주의 말에 서장원이 아연실색한 얼굴로 남궁진혜를 보았다.

드르르르, 드르르르.

남궁진혜가 천산갑의 등껍질에 붙은 살을 젓가락으로 야무지게 긁어내는 것을 보면, 그녀에게는 적응할 시간 따위 필요 없을 듯 보였다.

"그나저나 숙청단은 어제부터 계속 움직이는 것 같던데?"

"우리보다 먼저 역천비지를 알아내는 게 숙청단 임무니까요."

적호단주의 물음에 서장원이 제 앞에 있는 음식을 밀어내고 차로 입을 씻으며 답했다.

적호단주는 부산해 보이는 서장원의 눈치를 살피며 슬그머니 물었다.

"……괜찮던가?"

"안 괜찮으면 뭐요? 이제는 단주님 새끼도 아닌데, 뭘 그렇게 걱정하세요?"

"아니, 그건 그렇지만……."

서장원의 타박 어린 대답에 적호단주의 목소리가 작아졌다.

하지만 곧 미간을 찌푸리고 서장원을 째려보았다.

"너, 이상하다? 대답이 왜 그러냐?"

적호단주가 뭔가 수상쩍다는 듯 물었다.

그도 그럴 것이, 서장원은 반쯤 소찬회 소속인 동시에 귀한 댁 도련님 같지 않게 변죽이 좋다며 남궁구를 동생처럼 아꼈었다. 진화 일행이 적호단을 나갈 때에도 잘 해낼 걸 알면서도 누구보다 아쉬워했었다.

게다가 요즘에는 사패천 인물들과 부딪힐까 봐 걱정을 내려놓지 않았는데…….

"저놈들, 진짜 미쳤습니다."

서장원이 진지하게 말했다.

적호단주는 그래서 더 당황했다.

"뭐 때문에 그래?"

"여기 온 지 며칠이나 되었다고, 남궁구는 남만 말로 쌍욕을 하더라고요."

"남만 말?"

"군조라는 놈은 서역 상인 역할에 빠졌나 봐요. 자꾸 '우리 쌀람, 조은 쌀람' 이러면서 낙양에서 가져온 면경을 서역 걸로 속여 팔아요."

"장사도 해?"

"팽가 형제랑 사패천의 덩치 큰 도적 두 놈은 밤중에 사람도 업어 갑니다."

"팽가가…… 납치를?"

스스로 팽가의 망나니라 불리며 동생들과도 데면데면한 적호단주였지만, 팽가 형제가 납치까지 한다는 소식에는 더 이상 데면데면할 수 없었다.

"다른 놈들은? 남궁진화는 뭐 하고?"

"……만두가게에 가 보세요. 아침부터 있어요."

"뭐? 그래도 돼?"

"안 되면요? 귀천성 역천비지를 알아내는 데에 고작 며칠밖에 안 걸려요. 길어도 나흘을 넘기지 않는단 말입니다. 지금 정의맹 군사부에서도 놀라 나자빠질 지경이에요. 이런 상황에, '사실 그 엄청난 정보 수집 능력은 사기, 협박, 납치, 고문의 결과이고, 젊은 고수들은 정과 사를 뛰어넘은 화합은 커녕 남궁진화의 뇌전에 얻어맞기 싫어서 더러워도 함께하는 관계이며, 자꾸 신호를 늦게 주는 건 싸움판에서 참고 있던 분풀이를 하기 위해서다!'라고 어떻게 말합니까? 결과가 완벽한데!"

"……다 했잖아, 새끼야."

서장원은 속으로 끙끙 참고 있던 말을 토해 내며 후련한 표정을 했다.

적호단주는 황당한 듯 서장원을 보았다.

하지만 지금 서장원보다 급한 건 진화와 숙청단이었다.

아무리 정의맹이 아닌 정사연합 차원에서 만든 무단이라

지만 일 처리 방식이 너무 정도에서 벗어나는 것은 옳지 못했으니.

적호단주는 어쩌면 처음 무단을 맡은 진화가 혹시 기준을 잃어버린 것은 아닌지 충고를 해 줄 필요가 있다고 생각했다.

"부단주, 혹시……."

적호단주는 저보다 누나인 남궁진혜가 말을 해 주는 게 좋지 않을까, 그녀의 생각을 물으려던 참이었다.

하지만 곧 남궁진혜와 눈을 마주하고는 입을 닫았다.

"왜요?"

"아니다. 먹어."

적호단주와 눈을 마주친 것은 총 두 쌍이었다.

남궁진혜와 그녀가 물고 있던 오리 머리의 것.

오리의 안구가 있던 자리가 텅 빈 것처럼 그들 사이의 대화도 텅 비었다.

그때.

끼이이이—덜컹.

낡은 문소리와 함께 진화와 현오가 객잔으로 들어왔다.

그들의 등장과 동시에 자욱한 안개가 피어오르고, 어쩐지 그리운 향기가 퍼졌다.

마음이 평화로워지는 느낌이었다.

"……만두냐?"

"양청현의 오성반점과 비슷한 맛을 내는 집을 찾았습니다. 드릴까요?"

"아니, 됐다. ……다른 녀석들은?"

"임무 중에 있습니다."

"그……래."

그리운 향기가 아니라 그리운 맛이었던가.

진화가 슬그머니 내민 만두는 적호단주의 거절과 함께 당연한 듯 남궁진혜의 몫이 되었다.

"애들은 괜찮……나?"

적호단주의 물음에 진화가 멀뚱멀뚱 눈을 깜박이며 적호단주를 보았다.

적호단주의 의도를 전혀 이해하지 못한 모습이었다.

그 순진한 모습에 적호단주의 마음이 더 불편해졌다.

"서로 싸우진 않고?"

"아! 이제 괜찮습니다."

"그래?"

"조언해 주신 대로 실력을 행사했더니 괜찮아졌습니다. 늦었지만 조언 감사합니다."

"아니, 뭘, 그런 걸 가지고. 그런데 진짜 괜찮다고?"

진화의 인사에 적호단주가 손사래를 쳤다.

저렇게 감사 인사까지 하는데 뭘 더 캐묻는단 말인가.

'군사부에서 수단과 방법을 가리지 말라는 전언이라도 있었던 걸까. 하긴, 사패천 고수들과도 함께하는 일이니 방법이야 얼마든지 달라질 수도 있겠지. 진짜 도의에서 벗어나지 않는 이상, 결과는 좋으니까.'

조금 찜찜하긴 하지만 납득하지 못할 정도는 아니라, 적호단주도 그냥 그러려니 넘어가려 했다.

그 순간, 적호단주의 눈앞에서 불꽃이 번뜩였다.

적호단주의 눈이 휘둥그레졌다.

"요 정도만 하면 타격도 없이 아프기만 한 게 딱 좋더라고요. 황계수의 머리카락을 태워 먹은 이후로 요즘에는 잘 조절합니다."

진화가 쥐꼬리만 한 번개를 번쩍이며 의기양양하게 웃었다.

경지를 넘은 고수이면서도 이 정도로 세밀하게 뇌전을 조절해 내는 것이 퍽 만족스러운 듯했다.

"그……래. 내 상상 이상으로 잘 지내는구나."

적호단주는 뭔지 모르지만 제 조언대로는 아닐 것이라 확신했다.

하지만 더는 상관하고 싶지 않았다.

교주 땅은 풍습과 문화, 사회 전반에서 중원과 달랐다.

특히 남만이라 부르는 교주 서남에 가까워질수록 사람들의 생김새마저도 한인들과 달라졌다.

교주는 장안보다 더 많은 이민족들이 각자 부족사회를 중시하며 살아가고 있었기 때문이다.

한인들이 많다는 육림군도 사실은 한인과 검은 두건과 허리띠를 한 장족이 반반 섞여 있었다.

"계산 깊숙이에 한족들이 많다고?"

"원래 산에는 우리 장족 마을이 대부분인데, 얼마 전부터 한인들이 마을을 만들었다."

"그놈들이 산에는 왜 들어갔대?"

"호족에게서 도망쳤겠지. 요즘에 그런 사람들 많다 들었다. 그런데 넌, 상인인데 모르나?"

큰 수레에 실린 곡식을 거래하던 장족 중년인이 이상하다는 듯 젊은 상인을 보았다.

그러자 젊은 상인이 머리를 긁적이며 말했다.

"나는 다른 데서 와서 아직 이곳 사정은 잘 몰라."

"아, 너는 양주에서 왔나? 양주 사람들은 호족도 없고 맹족도 없어서 편하다고 들었다."

"어, 엉! 하하, 아저씨, 잘 아네? 난 양주에서 와서 잘 몰라. 맹족은 뭐야? 호족만큼 안 좋은 거야?"

"쉬—잇!"

젊은 상인이 너스레를 떨며 묻자, 장족 중년인이 당황한 듯 상인을 조용히 시키며 주변을 돌아봤다.

"왜, 왜?"

"저기."

당황한 젊은 상인이 목소리를 죽이며 묻자, 장족 중년인이 소심하게 손가락과 시선으로 한곳을 가리켰다.

그곳엔 동물 가죽으로 된 모자를 쓰고 길고 굵은 채찍을 등에 맨 사람들이 곡식을 거래하고 있었다.

"저자들이 맹족이다. 계산에 사는 놈들 중에 제일 나쁜 놈들이야. 거칠고 포악해서 평소에는 짐승을 사냥하고 살다가 식량이 부족해지면 근처 부족들까지 사냥한다고."

"부족을 사냥해?"

"무림 귀천성 어쩌고 하면서, 저번에도 계산 서쪽 부족 마을을 쑥대밭으로 만들었어."

"오, 그래?"

장족 중년인의 말에 젊은 상인이 무섭다는 듯 몸을 떨었다.

하지만 그러면서도 맹족에게서 시선을 떼지 못하며 눈빛에는 이채가 반짝였다.

"이것만 사면 된다. 이거면 우리 마을은 충분하다."

"아아, 그래. 돈도 딱 맞네. 고마워! 다음에 또 와! 다음에도 내가 싸게 해 줄게."

"하하, 많이 팔아라."

장족 중년인이 거래를 마치고 자리를 뜨고.

장족 중년인을 배웅하던 젊은 상인의 얼굴에서 웃음기가 사라졌다.

젊은 상인은 하던 장사마저 접어 버리고 다시 가게를 열지 않았다.

그리고 그곳에서 거래를 하던 맹족도 모습을 감추고 없었다.

이날따라 저자에 이민족들이 많이 보이지 않았다.

툭.

객잔에 들어온 젊은 상인이 머리에 쓰고 있던 두건을 벗고 얼굴을 가리고 있던 머리카락도 시원하게 올려 묶었다.

땀 때문에 달라붙은 머리카락이 치워지고 얼굴이 드러나자, 서글서글한 눈매에 말끔한 호남형 이목구비가 드러났다.

특히 오똑하게 솟은 콧대와 매끄러운 피부, 곧은 자태를 놓고 보니, 영락없이 젊은 상인 같던 사내가 순식간에 귀공자로 변모했다.

"덥다, 더워. 이 더운 곳에서 머리를 풀고 있으려니 죽을 맛이네."

"수고했다."

남궁구가 땀을 닦으며 자리에 앉자 군조가 그 앞에 물을 놓아 주었다.

"수고는 무슨. 나는 한 것도 없어. 이건 뭐 속아 달라는 건지 말라는 건지……."

"너도 맹족이라던가?"

"아니, 대놓고 귀천성이라고 알려 주던데? 하하하!"

이국 상인 행세를 하던 군조도 남궁구와 같은 소릴 들은 모양이었다.

그들은 입을 맞추지 않고는 불가능할 정도로 똑같은 정보에 그저 웃음만 나왔다.

"심지어 그때만 한어가 유창해져. 사람을 속이려면 뭔가 성의라도 좀 보이던가. 멍청한 놈들."

"대놓고 함정이라고 알려 주는군."

다른 일행도 황당한 듯 웃어 보였다.

물론 그중에서도 웃지 못한 사람은 있었다.

"그래서 맹족이야, 장족이야?"

"……둘 다지."

"붕신, 바보냐? 한 놈은 수상한 척 모습을 비추고, 한 놈은 물건 사는 척 우리에게 정보를 흘리는데, 이건 완벽하게 짠 거잖아!"

"모를 수도 있지!"

이천평의 말에 남궁구가 조금 뒤늦게 대답하는 것과 동시에 황계수가 버럭 소리를 질렀다.

남궁구의 한심하다는 눈길과 황계수의 타박에 이천평 또

한 울컥하고 말았다.

하지만 그것도 잠시, 세 사람의 고개가 일제히 한 곳을 향해 돌아갔다.

그와 동시에.

파지지직—!

"도련님, 멈춰!"

"단주, 오해야! 우리 안 싸웠다!"

"그래! 우리는 그냥 대화한 거다!"

진화의 손에서 번뜩이는 뇌전을 발견한 남궁구와 황계수, 이천평이 필사적으로 소리쳤다.

그들의 변명 아닌 변명에 진화가 고개를 끄덕이며 뇌기를 없애고, 다른 일행은 웃음을 참기 위해 고개를 돌렸다.

"그래서 단주, 어떻게 할 건가? 일단 우리를 유인하는 함정이 뻔한 듯한데."

강무련이 은은하게 입꼬리를 끌어 올리며 물었다.

그는 진화가 어떤 대답을 할지 대충 알고, 오히려 기대하는 중이었다.

그건 강무련뿐만 아니라 다른 일행도 마찬가지였다.

"우리 임무는 역천비지를 찾아서 부수는 거지. 거기에 벌레들이 있다면⋯⋯."

역시나 모두의 예상 그대로 진화의 답이 떨어지고.

"흐흐흐, 벌레도 부수면 되지. 안 그래?"

"간만에 청소 좀 하면서 몸 좀 풀겠네."

일행이 잔뜩 신이 난 얼굴로 자리에서 일어섰다.

한편, 계산 깊은 숲.

짐승 가죽으로 된 모자를 쓰고 등에 거대한 채찍을 맨 맹족 두 명과 검은 두건과 허리띠를 한 장족 중년인이 밀회를 나누고 있었다.

"함정인 걸 알아챘나?"

"완전히 눈치챈 듯했습니다."

"다른 놈들은?"

"사호는 적호단을 감시 중입니다."

"됐군, 사호만 두고 모두 철수하지."

"흐흐흐, 오랜만에 중원 놈들 살 좀 씹어 보겠군요."

잠시 생각하던 장족 중년인이 결정을 내렸다.

그의 말과 함께 맹족 사내 두 명이 고개를 끄덕이며 기다렸다는 듯 머리에 쓰고 있던 모자를 벗었다.

그리고 머리에 검은 두건을 묶고, 중년인을 따라 숲으로 사라졌다.

육림군은 육림(六林)이라는 이름에서 알 수 있듯 사방이 숲으로 둘러싸인 곳이었다.

언뜻 사방의 거대한 여섯 봉우리에서 따온 이름이라 생각하기 쉬우나, 사실은 하나의 거대한 산맥과 두 개의 지맥으로 둘러싸인 이곳에 들어오기까지 여섯 봉우리를 넘어야 한다 해서 지어진 이름이었다.

그만큼 평지보다 산지가, 마을보다 숲이 많은 곳이었다.

"생각할수록 멍청한 놈들."

"어느 산부터 봐야 하나 막막했는데 잘됐지."

"산인지도 확신할 수 없는 거 아닌가?"

"아니, 산인 건 확실하지. 멍청아! 주변을 둘러봐라, 여기 산 말고 다른 곳이 있는가!"

"아닐 수도 있지! 그놈들이 뭐가 예쁘다고 우리한테 역천비지를 가르쳐 주겠냐! 아니, 애초에 우리가 역천비지를 찾는 건 놈들이 어떻게 알고?"

"……."

"……오."

맞는 말이라서 반박할 말을 찾지 못한 황계수가 허를 찔린 얼굴로 이천평을 보았다.

다른 이들도 놀란 얼굴로 이천평을 보았다.

그들은 반박할 수 없을 정도로 논리적인 말을 이천평이 했다는 사실 자체에 놀란 듯했다.

"뭐야, 그 반응들은?"

"제갈상, 지형은 살펴봤나?"

"예. 확실히 계산(鷄山)도 아가리를 벌린 용 머리가 있는 형국에 용루가 모이는 지형들이 몇몇 곳 있었습니다. 순서가 어쨌든 나중엔 살펴봐야 할 곳이긴 합니다."

제갈상의 말에 진화가 고개를 끄덕였다.

그의 말처럼 수많은 유력지를 찾아야 하는 상황에서, 저들의 유인을 따라 계산을 먼저 살펴본들 나쁠 것은 없었다.

게다가 육림군에는 적호단도 같이 와 있었다.

육림군이 큰 교역지는 아니지만 남해에서 익주군으로 들어가는 길목에 위치하여, 정의맹에서 역천비지와 상관없이 주변 정리가 필요하다고 판단했기 때문이다.

적호단이 지척에 있으니, 적의 유인을 따라 모험도 해 볼 만했다.

"놈들이 계산을 특정한 것을 보면, 혹시 우리가 역천비지를 찾는 것을 알고 비슷한 지형을 찾아 유인하는 것일 수도 있습니다."

남궁교명의 말에 남궁구와 당혜군, 초서비가 고개를 끄덕였다.

하지만 제갈상이 곧바로 고개를 저으며 반박했다.

"아마 그건 아닐 거다. 역천비록을 해석하지 않은 이상은 역천비지의 위치나 지형을 알 수 없으니까."

"하긴. 혼현마제도 알지 못한 것을 저들이 벌써 알아냈다? 가능성이 높지 않지."

"내 말이!"

제갈상과 강무련의 말에 남궁교명은 물론 다른 사람들도 모두 납득했다.

이천평이 제가 이미 했던 말이라며 반색하여 끼어들었지만, 누구도 그의 말엔 신경 쓰지 않았다.

다만 하나 걸리는 것은.

"그럼 저놈들은 대체 뭘 노리고 우릴 유인하는 거지?"

"……."

이번 남궁구의 질문에는 아무도 답을 내놓지 못했다.

'혼현마제……'

과연 그자가 진화 일행이 뭘 하는지 모르고 있을까.

'그러고 보니 계림에는 돈을 받으면 뭐든 해 주는 짐승 같은 자들이 있다 했던가?'

이전 생의 기억 하나를 떠올리며, 진화의 눈빛이 조용하게 가라앉았다.

"가 보면 알겠지. 만약 정말 아무것도 모르고 있다면 우리가 알려 줘도 좋고."

진화는 여상하게 말을 하며 자리에서 일어섰지만, 그의 말을 여상하게 듣는 이들은 아무도 없었다.

그날 새벽.

진화와 숙청단은 수상쩍은 자들이 흘렸던 정보대로 계산에 먼저 올랐다.

산봉우리가 새벽에 우는 닭 모양을 닮았다고 해서 이름 지어진 계산(鷄山).

이곳은 육림군의 사람들조차 함부로 들기를 피하는 곳이었다.

길이 험하고 가파른 것은 물론 거대하고 울창한 숲이 큰 산맥까지 연결된 터라, 길눈이 밝고 계산을 아는 자라 할지라도 길을 잃기 십상이었기 때문이다.

특히 계산부터 큰 산맥까지 장족 외에도 위험한 맹족부터 이민족의 마을이 군데군데 있는데, 개중에는 한족에게 호의적이지 않은 마을도 많았다.

그래서 육림군을 드나드는 한족 상인들은 결코 계산을 드나들지 않았다.

"마을에서 감시하는 눈은?"

"놈들 말고는 없었습니다."

군조의 대답에 진화가 고개를 끄덕였다.

'그놈들 외에 귀천성과 엮인 자들은 더 이상 없나 보군.'

진화의 입꼬리가 슬쩍 올라갔다.

그리고 곧바로 계산 입구를 향했다.

"들어가지."

"충."

진화의 뒤를 남궁구와 남궁교명이 바짝 붙어 따르고, 그 뒤를 다른 일행이 쫓았다.

그리고 제일 뒤에 팽수과 황계수가 자리를 잡았는데, 그 모습이 퍽 자연스러워 보였다.

쉭—! 쉭쉭——!

비슷비슷한 나무 기둥이 끝도 없이 이어지고, 튼튼한 나뭇가지가 얽히고설켜 울창한 잎을 하늘마저 가려 버리니, 조금만 깊게 들어와도 어디가 어딘지 모르게 되어 버리는 것이 숲이었다.

하지만 그건 진화 일행과는 상관없는 말이었다.

획—!

숲으로 들어온 지 반시진 정도 되었을까.

거대한 석벽이 이어지는 길 앞에서 진화가 걸음을 멈추었다.

"……진짜 역천비지가 있었군."

진화의 말에 일행이 일제히 진화가 멈춰 선 석벽 앞을 보았다.

양쪽이 석벽으로 막힌 좁은 길이 안쪽 깊이 연결되어 있었다.

이전에도 보았던 지형이었다.

"확실한 거요?"

"집중해서 느껴 봐라."

고개를 갸웃거리며 물은 사람은 이천평뿐, 다른 이들은 진화의 말이 있기 전에 신경을 곤두세우고 기감을 집중하고 있었다.

중원은 거대하고 넓은 땅이라, 아무리 역천비록이 알려 주는 천문으로 위치를 찾았다고 한들 지도 위의 한 점조차 수개의 마을을 포함하는 경우가 많았다.

용루가 모이는 지형조차도 비슷비슷해 보이는 곳이 지천으로 널렸다.

하지만 단 하나.

역천비지에서 흘러나오는 독특한 기운만큼은, 주변 어떤 곳과 비슷하다고 할 수 없는 확실한 증거였다.

진화가 잠시 시간을 둔 것은 단주로서 단원들이 실전에서 적의 기운을 알아차릴 수 있도록 기감을 가다듬을 기회를 주기 위해서였다.

특히 역천비지의 독특한 기운을 알아차리는 것은 앞으로 귀천성과의 전쟁에 도움이 될 것이었다.

푸르고 맑은 숲에 전혀 어울릴 것 같지 않은 음침한 사기가 좁은 길을 따라 조금씩 흘러나와, 이제는 다른 일행도 조금씩 그것을 느끼는 중이었다.

"됐나?"

진화의 물음에 강무련과 남궁구, 현오와 나하연이 고개를 끄덕였다.

다른 사람들은 아직 석연치 않은 표정이었지만 마냥 시간을 주고 있을 순 없었기에 다음을 기약했다.

"사기만이 아니다. 주변을 둘러싼 기운의 흐름을 파악해라. 숲의 흐름 속에 숨은 이질적인 기운이나 흐름을 읽을 수 있다면, 앞으로 너희들의 눈을 피해 숨을 수 있는 적은 없을 테니까."

진화의 눈에는 실타래처럼 이어진 기운의 흐름이 선연했다.

청명하게 이어지는 풀숲의 호흡, 그 속에 끼어든 짐승들의 뜨끈한 숨소리.

모든 것이 살아 움직이는데, 딱 역천비지에만 기운이 고인 듯 흐르지 않았다.

세상에 순환하지 않는 것은 죽은 것뿐이라, 어째서 귀천성에서 이곳들을 필요로 했는지 알 수 있을 것 같았다.

"가지."

진화의 말과 함께, 숙청단이 거침없이 석벽 사이의 좁은 길로 뛰어들었다.

그때.

쉐에에에에에엑----!

석벽사이의 공기를 뚫고 뭔가가 빠르게 날아왔다.

파지직.

진화의 눈에서 푸른 빛이 번뜩였다.

퍼---펑!

굉음과 함께 석벽이 무너졌다.

"뭐지? 물러나라!"

놀란 추설대가 수하들을 향해 소리쳤다.

추설대의 명령에 수하들이 뒤로 삼 장씩 물러섰다.

추설대가 눈을 크게 뜨고 석벽 사이의 길을 노려보았다.

'분명 쇠살을 날렸는데 적의 비명은 울리지 않고 석벽만 무너졌다고?'

석벽 사이 좁은 길의 출구가 한층 넓어지고, 무너진 돌 더미가 뿌연 먼지 사이로 모습을 드러냈다.

추설대가 눈매를 가늘게 좁히며 사냥감을 찾았다.

그때.

쉐에에에엑---!

"크아아악!"

퍽. 퍽.

"으악!"

추설대의 뒤, 뭔가가 꽂히는 듯한 소리와 함께 수하들 사이에서 비명이 났다.

쇠살을 날렸을 때 그가 기대했던 그런 소리였다.

그런데 그 소리에 왜 그의 수하들에게서 난단 말인가!

"뭐야?"

놀란 추설대가 주변을 돌아보았다.

그 순간.

그가 왜 몰랐을까 싶을 정도로 거대한 기운이 그를 향해 다가왔다.

퍼—억!

"큿!"

추설대가 팔을 들어 공격을 막았다.

양팔을 겹쳤음에도 충격이 팔과 어깨를 타고 가슴까지 전해졌다.

"쓰불, 내가 사기, 탁기 이런 건 못 느껴도 산적들 암내는 기가 막히게 맡는다고! 산 밑에서부터 따라오는 걸, 누가 모를 줄 알았냐?"

퍼---억! 퍽! 퍽!

이천평의 주먹이 사정없이 추설대의 온몸을 향해 쏟아졌다.

구 척 거구에 터질 듯한 근육에서 뿜어져 나오는 힘에 추설대는 가까스로 주먹을 막아 내면서도 뒤로 밀려날 수밖에 없었다.

쉐에에에엑-!

"크아아악!"

쏴아-! 퍽퍽!

"으악!"

"컥!"

추설대가 밀려나는 순간에도 그의 수하들은 빠르게 죽임을 당하고 있었다.

이미 그들이 자신들을 쫓고 있다는 걸 알고 있던 숙청단은 좁은 길을 뚫고 날아드는 화살에도 눈 하나 깜짝하지 않았다.

오히려 진화의 뇌전이 쇠살을 터뜨리는 충격 속에 자신들의 기척을 숨기고, 그대로 추설대와 그의 수하들의 지척까지 다가왔다.

그리고 마음먹은 대로 무자비하게 그들의 목숨을 앗았다.

'이렇게는 안 돼-!'

추설대는 조금 이르지만 수하들이 전멸당하기 전에 지원을 부르기로 했다.

"누님--!"

추설대가 간신히 이천평의 주먹을 막으며 소리쳤다.

그때.

"싸우는 중에 치사하게 누나 부르기 있냐?"

"누님 무섭기로는 우리 단주님 누님이 최고라고."

쉐에에엑-!

"헉!"

언제 접근했는지 알지도 못한 사이에 청색 무복을 입은 두 사내에게 뒤를 빼앗긴 추설대는, 꼼짝없이 자신의 허리가 양 단될 것이라 생각했다.

하지만 다행히, 그의 누님이 늦지 않았다.

쏴아아아- 파팟-!

채-앵!

갑자기 날아든 채찍에 남궁구와 남궁교명의 검이 막혔다.

"오, 누나가 빠르네."

"속도는 우리 단주님 누님보다 낫군."

남궁구와 남궁교명은 전혀 당황하지 않고 장난스러운 농담을 이어 가며, 채찍이 날아든 곳을 향해 검기를 날렸다.

쉐에에에에엑---!

파-아!

나무 사이에 몸을 숨긴 인영이 급하게 몸을 날려 남궁구의 검기를 피하고, 남궁교명의 검기를 채찍으로 쳐 냈다.

검은 두건에 검은 허리띠, 그리고 이제 막 떠오르는 햇빛에 번들거리는 검은 채찍을 든 여인이 모습을 드러내었다.

그와 동시에 숲속에 숨어 있던 다른 인영들도 모습을 드러냈다.

"맹족 좋아하시네."

검은 두건과 허리띠를 하고 화살과 도끼, 채찍을 든 무리를 보며 남궁구가 입술을 이죽거렸다.

수십 명의 인영이 그들을 둘러싼 상황임에도 숙청단의 얼굴에는 여유가 흘러넘쳤다.

"네놈들은 모두 여기서 죽는다!"

채찍을 든 여인이 숙청단을 향해 소리쳤다.

그녀의 표독스러운 눈빛이 유독 진화를 향했다.

"수하들의 복수를 위해 찢어 죽여 주마!"

여인과 함께 수십 명의 무인들이 숙청단을 완전히 감싼 형국이 되자, 추설대가 등에 매고 있던 채찍을 풀어 내며 목소리를 키웠다.

이미 추설대의 수하들을 모두 죽인 숙청단이 진화의 곁으로 모여들었다.

"역시 계산 장족을 이끄는 추편문입니다. 저자가 육저귀편 추설대, 저 여인이 마라독편 추설미인 듯합니다."

제갈상의 말에 진화가 저를 노려보며 혀로 입술을 핥고 있는 추설미와 숙청단을 향해 살기를 뿜어내는 추설대를 보았다.

그리고 특히 추설미를 향해 눈을 맞추며 입꼬리를 말아 올렸다.

서서히 떠오르는 햇빛을 받아 진화의 얼굴이 붉게 빛나고.

"계산삼살은 삼남매로 알고 있는데, 한 명은 아직 오지 않은 건가? 뭐, 상관없지. 오늘로서 너희 덕분에 계산에 있는 모든 장족들이 사라질 테니까."

"뭐야!"

요요하게 빛나는 진화의 미소에서 눈을 떼지 못하던 추설미와 추편문 무인들은 정신을 차렸을 땐.

피이이이이———!

팽가 형제가 부는 피리 소리가 석벽을 뚫고 계산 전체에 울려 퍼졌다.

그와 동시에, 진화의 손에서 새파란 뇌전이 추설미를 향해 뿜어져 나왔다.

함정이란 애초에 지형적, 상황적 이점을 이용해서 상대를 이길 목적으로 만드는 것이다.

여기서 중요한 것은 지형적, 상황적 이점이 아니라 상대를 '이겨야' 한다는 것.

"이, 이렇게 강하다는 말은……!"

"정보를 못 들었나? 역시 너희는 혼현마제가 버린 패였군."

"닥쳐-!"

덤덤하게 떨어지는 진화의 말에 추설미가 피를 뿜으며 소리쳤다.

쉐에에엑-!

퍽! 퍽!

추편문 무인들이 든 화살보다 빨리 당혜군과 제갈상, 군조의 암기가 그들의 목을 꿰뚫었고, 그들이 도끼로 내려치는 힘은 나하연과 팽가 형제에게 어떤 충격도 주지 못했다.

또한 남궁구와 남궁교명의 검은 그들의 채찍이 출렁이는 것보다 빨랐고, 현오와 이천평, 황계수의 주먹은 단번에 추편문 무인들의 뼈를 부러뜨리고 머리를 터뜨렸다.

"이런 망할--!"

"동작이 크고, 단순하군."

추설대가 채 채찍을 감기도 전에 그의 코앞에 접근한 강무련은 훤하게 열려 있는 추설대의 가슴을 향해 사정없이 주먹을 꽂아 넣었다.

퍼퍼퍼퍼퍼퍽! 퍼퍽!

"커헉!"

추설대가 피를 토하며 물러서고, 그의 가슴은 그곳을 보호하던 모든 뼈가 부러진 듯 움푹 들어가 있었다.

"설대야---!"

추설미가 비명을 지르듯 소리를 질렀다.

하지만 그녀 또한 여유 있는 상황은 아니었다.

그녀의 코앞에서 뇌전이 번뜩이고 있었기 때문이다.

"너무 약하니까 되레 우리가 악당 같군. 물론, 네놈들에겐 악당이 아니라 악마도 될 수 있지만!"

번———쩍.

추설미가 본 것은 새파랗고 눈부시게 환한 빛이었다.

그것을 마지막으로 그녀는 비명조차 지르지 못하고 조용히 실이 끊어진 인형처럼 땅바닥에 쓰러졌다.

"전부 부숴라."

"추—웅!"

추편문 무사들이 모두 죽은 가운데, 진화의 명을 받은 숙청단이 악당들처럼 앞으로 나섰다.

콰과광———쾅!

마지막 팽가 형제의 일격에 역천비지로 가는 입구와 같던 좁은 석벽 길이 무너졌다.

이로써 죽은 기운을 품고 있던 역천비지의 지형이 모두 부서지고 무너진 채, 주변의 숲으로 사기와 탁기가 모두 흩어졌다.

그리고 때마침.

"여어—! 새끼들, 일 치르기 전에 신호하라니까!"

피가 뚝뚝 떨어지는 검을 두건을 쓴 머리를 들고 적호단주가 한 손을 흔들며 나타났다.

"진짜 악당 나셨네."

"저건, 초살일편 추설주의 머리인가?"

"두건의 붉은 깃을 보면 장족 우두머리가 확실하다."

적호단주를 보며 당혜군과 초서비, 제갈상이 수군거렸다.

사실 그들의 말처럼 적호단주의 뒤로 어슬렁어슬렁 나타난 적호단원들은, 짙은 혈향을 풍기며 흉흉하게 웃는 얼굴이 딱 계산 산적이라 하면 어울릴 법한 모습이었다.

"끝났나?"

적호단주가 흔적도 없어진 역천비지를 둘러보며 여유롭게 물었다.

"예."

"역시 함정이었군."

"그보다…… 혼현마제가 눈치를 챈 듯합니다."

"뭐?"

진화의 덤덤한 대답에 고개를 끄덕이던 적호단주가, 이어진 말에 놀라 되묻고 말았다.

하지만 곧 심각해진 눈으로 진화에게 다시 물었다.

"확실하나?"

"우리가 역천비지를 찾고 있는 것이 맞는지, 그걸 확인하려고 저자들을 보낸 듯합니다."

"그래. 그렇단 말이지…… 제갈 군사에게 바로 연락하지."

적호단주가 심각해진 얼굴로 답했다.

그리고 적호단주가 더 뭐라 하기 전에.

"진화야——!"

남궁진혜가 끼어들어 진화의 안위를 살피며 끼어들었다.

대화의 흐름이 깨어졌지만, 진화와 적호단주는 눈을 마주치며 고개를 끄덕이는 것으로 충분했다.

"우리 쪽 누님이 확실히 느려."

"아아. 더 무섭긴 하지만."

남궁구와 남궁교명이 피투성이가 된 남궁진혜를 보며 고개를 저었다.

"어이, 근데 왜 자꾸 적호단 사람들이 우리더러 시발단이라고 하는 거야?"

"……."

어쨌든 이번 임무까지.

결과는 언제나 고요하게 끝이 났다.

정의맹 군사부.

이제는 정사연합의 군사부가 되었지만, 이전과 달라진 것은 없었다.

제갈가주와 남궁진휘가 산더미 같은 문서와 죽간이 쌓아 놓고 있던 곳에, 홍랑대부 초산하와 천수현인 제갈길현의 자리가 더 추가되었다는 것뿐.

　네 사람의 책상이 동서남북으로 떨어서 서로 마주 보고 있었다.

　"빌어먹을. 입에서 단내 나겠구먼. 어째 어제부터 지금까지 입을 여는 놈이 하나도 없어?"

　천수현인 제갈길현이 더 이상 못 참겠다는 듯 말문을 열었다.

　하지만 어제부터 두 시진마다 벌어지는 제갈길현의 불평에 대답하는 사람은 아무도 없었다.

　한창 전쟁 중일 때도 이 정도로 일하는 놈들이 없었는데.

　"지독한 놈들⋯⋯!"

　제갈길현이 치가 떨린다는 듯 제갈가주와 남궁진휘, 초산하를 번갈아 보았다.

　하지만 이번에도 문서에서 눈을 떼서 제갈길현과 눈을 마주치는 사람은 아무도 없었다.

　사각. 사각.

　영원히 계속될 것만 같은 침묵이 이어졌다.

　그러다가.

　드르르륵.

　문서를 보고 있던 제갈가주가 조용히 일어섰다.

집무실 한가운데에는 거대한 중원의 지도가 놓여 있었는데, 제갈가주가 지도에 다가가더니 그 위에 놓인 색색의 바둑돌을 움직였다.

탁. 탁. 탁. 탁.

낙양을 중심으로 모여 있는 흑돌과 양청현과 사주를 중심으로 한 백돌, 신 제국을 중심으로 중원 곳곳에 놓여 있는 붉은 돌.

그리고 제갈가주가 방금 녹색 돌을 교주 일대를 중심으로 놓았다.

"익주군에서 교주로 이동한 듯 보입니다. 이화문에서 화공문주와 홍매궁주와 수성보주의 모습이 목격되었다고 합니다. 이로써 혼현마제에게 넘어간 세력은 대강 보이는 듯합니다."

"대호족들도 신 제국과의 끈이 떨어졌으니, 조만간 움직임이 있겠구나."

천수현인 제갈길현이 지도를 보며 눈을 빛냈다.

중원 전역에서 백매단과 개방, 월하회의 눈들이 매시간마다 보내는 정보로 만들어진 지도였다.

이 또한 이전 그가 전쟁을 이끌 때와는 달라진 것이었다.

'고작 십수 년이었거늘…… 대체 여기에 얼마나 매달린 거지?'

제갈길현이 누워 있는 동안, 제갈가주는 중원 전역에 있는 문파들의 정보를 수금하듯 백매단이 거둬들이는 체계를 만들었다.

효율적인 동선과 정보책, 그들을 유지하는 자금과 잘 훈련된 전서구 등등 얼마나 많은 시간과 돈, 사람을 쥐어짠 건지 상상조차 되지 않았다.

제갈길현이 새삼스러운 눈으로 제갈가주를 보았다.

표정은 바늘로 찔러도 피 한 방울 안 나올 것 같았지만, 눈 밑은 먹칠을 해 놓은 듯 새까맣고 입술을 허옇게 말라 있었다.

아버지로서 자랑스러움과 안쓰러움이 우러나왔다.

"아버지."

"오냐."

"아까부터 손이 놀고 계십니다."

"……빌어먹을 새끼."

제갈길현이 말린 생선처럼 바짝 마른 눈으로 제갈가주를 노려보았다.

그때.

드르르르르.

조용히 자리에서 일어선 남궁진휘가 창문을 열었다.

그와 동시에 멀리서 익숙한 새 울음이 들렸다.

삐———이!

파드드드드득!

순식간에 내려온 매응이 남궁진휘의 팔에 앉았다.

삐이이이.

근래 남궁진휘와 진화 사이에서 바쁘게 오간 매응이 남궁진휘의 손에 부리를 문지르며 애교를 부렸다.

"오냐. 오냐. 진화는 잘 지내지?"

삐이이이.

"그래. 다행이다. 너도 수고했다."

매응과 대화를 나누며 매응을 쓰다듬은 남궁진휘가 매응의 목덜미에 숨어 있는 전서를 꺼냈다.

"저 남궁 놈 시키 입 터는 것 좀 봐라. 내가 새만도 못했냐?"

"아버지, 손."

"알아! 빌어먹을 놈아!"

남궁진휘가 암호로 된 전서를 읽는 사이, 제갈가주는 제갈길현을 재촉해서 지도 위에 바둑돌을 옮기는 것을 마쳤다.

그리고 잠시 후.

전서를 모두 해독한 남궁진휘가 입을 열었다.

"혼현마제가 눈치를 챘다고 합니다. 우리가 역천비지를 찾아 부수고 있다는 걸 추편문을 움직여 확인했다는군요."

"호오."

투덕거리고 있던 제갈길현과 제갈가주는 물론, 조용히 문서에서 눈을 떼지 않고 있던 홍랑대부 초산하까지 고개를 들었다.

네 사람의 눈이 일제히 번뜩였다.

"고기가 미끼를 건드렸으니, 다음 진도를 나가야지."

"미끼를 흔들 차례로군요."

"다음 역천비지가 황도에 있다는 말을 흘리고, 월하회와 하오문에도 알려 두겠습니다."

"진화에게는 조금 천천히 황도로 움직이라 하겠습니다."

정사연합 군사부가 분주하게 움직이기 시작했다.

제갈가주와 홍랑대부, 남궁진휘가 각자가 해야 할 일을 위해 나가고.

혼자 남은 천수현인 제갈길현이 지도 앞에 섰다.

지도 위에 어지럽게 널린 바둑돌을 뚫어져라 보던 제갈길현이 눈빛을 번뜩이며 바둑돌을 움직였다.

탁. 탁. 탁. 탁. 탁.

몇 개의 바둑돌이 움직이면서 붉은 바둑돌이 북쪽으로 깊이 들어왔다.

"그래, 네놈이 가만히 있으면 이상한 일이지. 대호처럼 울면서 쥐 새끼처럼 움직이는 게 특기이지 않나. 안 그래? 클클클."

탁한 목소리로 웃은 제갈길현이 다시 두 개의 바둑돌을 움직였다.

탁. 탁.

"영리한 쥐가 늘 제 발로 덫을 향하지."

황도 깊숙이 녹색 돌이 들어오고, 그 위에 붉은 돌과 하얀 돌이 하나씩 얹어졌다.

신 제국 황궁.

불을 켜지 않은 깜깜한 대전.

거대한 용좌의 아래에 세 명의 사내가 서 있었다.

용좌에 앉은 이가 그중 한 사내를 내려다보았다.

"복건주."

오랫동안 대사마로 불려 왔기에, 대전에서 이렇게 이름을 불린다는 것이 새삼 어색했다.

지금 용좌에 앉은 이가 조정에 익숙하지 않다는 것이 이렇게 실감이 났다.

"그대가 날 따른 이유를 안다. 그대의 선택이 옳아. 혼현의 곁에 머물렀다면 모든 실권을 그에게 빼앗기고 허수아비 노릇만 하게 되었겠지."

그건 모를 일이었다.

복건주가 본 혼현마제는 무림인답지 않게 치밀하고 세심하면서 동시에 상식적인 인물이었다.

모르긴 몰라도 혼현마제는 나라를 운영하는 데에 인재를 활용할 줄 아니, 거기에 제 역할도 만들어 두었을 것이었다.

하지만 그럼에도 복건주가 혼현마제가 아닌 역천마제를 택한 것은, 저 깜깜한 중에서도 현현하게 빛나는 안광 때문이었다.

지금도 제 정수리에 꽂히는 시선이 느껴지는 듯했다.

"그대를 재상에 임명하지. 내정은 그대를 중심으로 한 신제국의 행정 신료들이, 군사와 외치는 귀천성이 맡을 것이니. 재상 복건주는 내정을 꾸려 갈 적재적소에 맞는 신료를 뽑아 조정을 구성하고, 앞으로 혼란한 정국에 대비하여 민생을 안정시키고 제국에 동요가 없도록 하라."

"황공하옵니다, 폐하."

말 한마디 한마디가 머리를 짓누르는 듯했다.

압도적인 힘과 위험.

복건주는 혼현마제같이 현명한 사내가 왜 역천마제를 배신하려 했는지 아직도 이해할 수 없었다.

복건주가 대전에서 물러나고.

역천마제의 시선이 광마제를 향했다.

"잠시 몸을 정양해야겠네. 그사이에 귀천성을 자네에게 맡기지."

"무슨 꿍꿍이지?"

복건주와 같은 자에게서는 상상할 수도 없는 무례한 물음이었다.

검마제의 시선이 날카롭게 광마제를 향했다.

하지만 광마제가 그러한 것을 신경 쓸 리 없었다.

역천마제도 광마제에게 존경이나 충심을 바라지 않았다.

"허허허, 꿍꿍이랄 게 뭐 있나. 독마제의 독을 완전히 정화할 시간이 필요한 것뿐이네."

"정화(淨化)?"

광마제가 코웃음을 쳤다.

하지만 역천마제는 전혀 개의치 않고 웃으며 말을 이었다.

"세상에서 가장 깨끗한 것은 처음부터 '존재하지 않는 것'이지. 그런 의미에서 멸(滅)이야말로 진정한 정화가 아니겠나."

역천마제의 말끝에 서늘함이 묻어났다.

"정의맹, 십이좌회 놈들은 반드시 이 기회를 놓치려 하지 않을 걸세. 지금쯤이면 뭔가 준비하고 있지 않겠나. 이번에야말로 놈들을 모두 멸하려면, 본좌가 본래 힘을 회복하는 것이 가장 중요하다."

"……그래."

역천마제의 말에 광마제가 마지못한 얼굴로 고개를 끄덕였다.

십이좌회.

거창한 이름만 붙은 버러지들이 지난번엔 생각지도 못한 한 방을 날렸다.

버러지가 모인들 뭐 크게 문제가 있겠냐 방심했지만, 떼로 모인 버러지는 기어코 역천마제와 광마제를 멈춰 세웠다.

중요한 것은, 방심을 했든 뭐든 결국 그들이 그만큼 강했다는 사실이다.

그것을 아는 광마제는 역천마제의 말을 부정하지 못했다.

"정사연합이라곤 하지만, 그들의 머리는 결국 제갈세가 놈들일 것이네. 그놈들 생각이야 뻔하지. 상대가 약할 때만 움직이는 소인배들이니…… 결국 혼현마제를 먼저 노릴 거다."

제갈세가를 말하는 역천마제의 말투에 은은한 노여움이 배어 나왔다.

"내가 독을 정화하는 동안 자네가 장안을 먹어야 하네."

"장안?"

"낙양의 코앞에서 놈들의 묶어 둘 수 있도록. 할 수 있겠지?"

"허! 지금 누구에게 묻는 건가?"

확인하듯 묻는 역천마제의 말에 광마제가 불쾌감을 드러냈다.

하지만 그 불쾌감이야말로 광마제의 자신감에서 시작된 것이니.

"장안이라…… 내가 먹어도 되는 거겠지?"

광마제가 도발적인 눈빛으로 물었다.

광마제에게 장안을 정복하는 것은 당연한 일이었고, 중요한 것은 그다음 문제였다.

장안은 지금의 황도인 낙양만큼이나 사람이 많은 곳이었

다.

역천마제가 독을 정화하는 동안 광마제는 장안에서 쏟아질 혈정에 욕심을 내었다.

혈정을 독차지하고 힘을 키우겠다고 노골적으로 묻고 있는 것이다.

"허허허, 그래. 자네는 구휜이지. 중원이 경거망동할 수 없도록 광룡의 무서움을 알려 주게."

역천마제가 흔쾌히 웃으면서 고개를 끄덕였다.

"좋아. 오랜만에 장안의 피 맛을 보겠구먼. 흐흐흐흐."

역천마제의 허락에 광마제가 기대를 숨기지 않으며 웃었다.

광마제의 머릿속에는 이미 장안의 모든 것이 지옥 불에 휩쓸린 광경이 선연하게 그려졌으니, 그의 웃음에는 들뜬 기대감과 살기가 묻어 나왔다.

광마제가 만족스러운 얼굴로 대전을 나갔다.

검마제의 날카로운 시선이 광마제가 대전을 나가는 순간까지 뒤따랐다.

"감시 잘하거라."

"예."

광마제가 나가자마자, 역천마제는 인자하게 웃던 얼굴 따위 집어치우고 차갑게 굳은 얼굴로 명을 내렸다.

"대관식에서 제물에게 한 방 먹더니 마음이 급해졌군. 허,

그러니 어리석지. 제 욕심을 담아 제물을 괴물로 만들어 버렸으니."

역천마제의 차가운 얼굴에 비소가 흘러나왔다.

그때, 검마제가 차분한 얼굴로 역천마제에게 물었다.

"혼현마제는 어찌할 생각이십니까?"

"그놈은 당분간 그대로 두어도 된다."

검마제의 눈빛 안으로 살기가 잘 갈무리되었다.

그는 역천마제의 명에 의문을 품지 않았다.

"언제나 그 꿈이 문제야. 늘 제 분수에 넘치는 꿈만 꾸거든."

역천마제의 말끝에 안타까움이 묻어 나왔다.

그는 진실로 아쉬운 눈빛을 하고 대전을 둘러보았다.

고요하던 검마제의 눈빛에 잠깐 동요가 일었다 사라졌다.

교주 위림군 이화문.

혼현마제가 교성흑오대가 보내온 전서를 읽고 조용히 덮었다.

"예상대로 역천마제가 이쪽의 동태를 파악해 갔네."

"그럼 이제 곧……."

"광마제가 움직이겠지."

"오오!"

혼현마제의 단언에 탁자에 앉아 있던 인영들 사이에서 탄성이 나왔다.

역천마제가 이쪽의 움직임을 읽고 광마제가 움직일 것이라는 혼현마제의 예상이 딱 들어맞아서 그런 것도 있지만, 다른 이유가 더 컸다.

"자, 동지 여러분, 우리에게 잃어버린 세력을 모조리 회복할 절호의 기회가 찾아왔소. 광마제가 날뛰기 시작하면, 그때부터 마음껏 시작해도 좋소."

"오오!"

"역시 혼현마제 님이십니다!"

혼현마제의 말에 모두가 기뻐하며 혼현마제를 칭찬하기 바빴다.

그도 그럴 것이, 그들이 역천마제를 배신하고 혼현마제를 따르기로 한 이유가 바로 이것 때문이었다.

역천마제가 신 제국을 삼키고 황제 놀이에 심취한 사이, 귀천성 휘하의 문파들은 정의맹의 반격에 많은 것을 잃었다.

혈육과 제자, 많은 문도, 목숨보다 소중하게 모았던 재물과 땅까지.

심지어 귀천성 휘하 문파들은 정의맹으로 피난 가는 정파 문파들과 달리 잠시 기댈 곳조차 없었다.

신 제국 황성은 그들을 받아 주지 않았기 때문이다.

황제가 기거하는 귀한 성이 되어 버린 그곳엔, 천한 무인들이 몸을 누일 곳이 없었다.

이전처럼 귀천성 무인들로 가득 찬 귀천성지는 어디에도 없었던 것이다.

결국 본성에 지원을 요청했지만 모조리 무시당한 것도 당한 것이지만, 앞으로도 역천마제가 귀천성 세력에 대해 신경을 쓸 거란 기대가 없어진 것이 배신의 가장 큰 이유였다.

"지금쯤이면 정사연합에서 내가 그들의 의도를 눈치챘다는 걸 알게 되었을 것이오. 하지만 그게 전부지. 역천비지 따위, 결국 부활을 꿈꾸는 역천마제나 광마제에게나 중요한 것을."

혼현마제의 입가에 요요한 미소가 맺혔다.

그가 자신이 세운 계책의 결과를 확신했을 때 나오는 웃음이었다.

"정사연합에서 역천비지를 노린다는 소식이 자연스럽게 신 제국 역천마제의 귀에 들어가도록 할 것이오. 그들이야말로 역천비지를 지키기 위해 발등에 불 떨어진 이들처럼 헐레벌떡 나설 터이니."

혼현마제가 차갑게 비소를 흘렸다.

"나는 한 제국이 우릴 건드리지 못하도록 할 것이오. 그대들은 아무 걱정 말고 세력을 회복하는 데만 집중하면 될 것이오. 남은 잔챙이들은 여기 소리마제와 독마제가 해결해 주실 터이니."

혼현마제의 눈짓에 소리마제 살각주 보곡성이 자신감 넘치는 태도로 고개를 끄덕여 보였다.

"모든 것은 혼현마제 님의 뜻대로 이뤄질 것입니다."

"마제님들만 믿습니다."

자리에 앉은 이들이 하나같이 만족스러운 얼굴로 혼현마제와 소리마제를 향해 고개를 숙였다.

이화문과 화공문에 이어 교주에서 가장 큰 문파인 구마문과 홍매궁, 수성보를 비롯해서 이곳에 모인 중소 문파의 문주들만 수십 명이었다.

회의실을 나가는 그들 사이엔 기대감과 투지가 가득했다.

귀천성 고수들의 웃음소리가 오랫동안 들렸다.

"사람 없이 텅 빈 역천마제의 대전과 달리, 오히려 이곳이 이전 귀천성의 전성기 시절을 닮지 않았나? 그리웠던 광경이로군. 허허허."

혼현마제가 그들을 보며 흐뭇하게 웃었다.

"모두 가가의 덕분이에요."

"기대가 크군. 나는 이만 움직일 준비를 하러 가지."

독마제와 소리마제가 만족스러운 얼굴로 자리를 떴다.

그리고 회의실에 남은 혼현마제가 수오를 향해 전서 하나를 건넸다.

"광마제의 움직임을 놓치지 말거라."

"예, 스승님."

수오가 복잡한 눈빛을 숨기고 고개를 숙였다.

'역천비지가 필요한 사람은 부활을 꿈꾸는 역천마제와 광마제뿐이라고? 자신은 아니라는 말인가…….'

회의실을 나가는 수오의 표정이 사뭇 심각했다.

혼현마제가 수오의 뒷모습을 지켜보며 한쪽 입꼬리를 올렸다.

"첫 번째 수 싸움은 내 승리 같군. 물론 두 번째도 내가 이길 테지만. 발버둥 쳐 봐야 소용없다. 후후후."

요요하게 웃음을 흘리는 혼현마제의 눈빛이 붉은 빛으로 번뜩였다.

교주는 현재 그 어느 때보다 혼란했다.

교주 일대 대부분이 신 제국에서 떨어져 나왔기 때문이다.

한 제국에서 신 제국이 된 지 불과 수십 년 만에 다시 나라 없는 땅이 되었다.

신 제국에서 파견된 관리들은 힘을 잃었고 군은 와해되었다.

신 제국으로 돌아갈 사람들은 모두 돌아갔지만 사실 그 숫자는 얼마 되지 않았다.

중앙에서 내려온 관리를 제외하면, 신 제국에서 오랫동안 홀대를 받아 온 교주에는 딱히 신 제국으로 돌아갈 병사들도 없었기 때문이다.

대부분의 군대는 모두 호족들의 것이었다.

사실 모든 것이 그러했다.

황도가 아닌 대부분의 지역은 오랫동안 지방 호족들의 지배를 받아 왔고, 관리의 힘보다는 호족들의 힘이 더 강했다.

교주가 신 제국에서 떨어져 나온 것도 결국 백성들이 아닌 호족들의 선택이었던 것이다.

교주가 혼란한 것은, 호족들의 새 주인이 원하는 대로 바쁘게 움직이고 있기 때문이었다.

아침부터 들린 뜬금없는 소식에 진화가 의아한 듯 되물었다.

"맹족이 적호단주님을 뵙길 청했다고?"

"정확하게는 이쪽의 책임자를 찾았지. 책임자는 적호단주님과 도련님, 두 사람이고. 적호단주님이 적호단이 있는 객잔으로 도련님을 모시고 오라더군."

남궁구가 정보를 수정하며 정확하게 진화를 콕 집었다.

"이유가 뭐지?"

"장족이 하루아침에 모두 죽임을 당했으니까 위기감을 느꼈겠지. 정사연합으로 들어오려는 거 아니겠어?"

"글쎄, 아마 그건 아닐 거다."

남궁구의 말에 진화가 천천히 고개를 저었다.

"어차피 계산을 벗어나지 않고 벗어날 일도 없는 이민족이다. 그들이 무림의 다툼에 끼어들 이유는 없다."

"게다가 무림 일에 끼어든 장족이 어떻게 되었는지 봤으니까 더 나설 일이 없지 않을까? 괜히 돈 몇 푼에 부족의 목숨만 잃었잖아."

진화의 말에 강무련이 고개를 끄덕이며 맞장구를 쳤다.

이민족들은 대대로 자신들의 마을에만 살면서 특별한 일이 없다면 제국의 역사가 바뀐다 한들 살던 곳을 떠날 일이 없었다.

게다가 이곳 이민족들 대부분 사냥을 주업으로 거칠게 살아온 이들이라, 호족들도 웬만해선 이들을 건드리지 않았다. 특별히 땅과 재화를 탐내지 않는 한, 적당히 거래를 터 오며 데면데면 지내 왔던 것이다.

진화와 강무련의 말처럼 이들이 무림의 일에 끼어드는 것은 득보다 실이 더 많은 일이었다.

하지만 그때.

"그게 또, 꼭 그렇게 생각할 일만은 아닙니다."

제갈상이 앞으로 나서며 대화에 끼어들었다.

"그렇게 생각할 일이 아니라니? 따로 제갈군사에게 뭔가 들은 거라도 있어?"

강무련이 궁금한 듯 물었다.

강무련뿐 아니라 진화와 일행의 시선이 모두 제갈상을 향했다.

"들은 건 없습니다."

"에이. 난 또."

"아니, 이제까지 쭉 같이 있었는데 나만 뭘 어떻게 따로 듣습니까? 게다가 저는 제갈세가 방계라고요! 살면서 가주님은 딱 세 번 독대했습니다!"

일행, 특히 사패천 출신 일행이 뭔가 잔뜩 기대했다가 노골적으로 실망감을 표하자, 제갈상이 울컥해서 목소리를 높였다.

"대체 제갈세가 사람들을 뭐라고 생각하는 겁니까?"

"머리 좋은 얌생이?"

"여우?"

"……혹시 붓 들고 싸울 줄 아나?"

"못 싸웁니다!"

사패천 출신들은 제갈세가에 대한 어떤 특정한 편견을 가진 듯했는데, 그것이 가끔 제갈상을 화나게 만들었다.

그러나 모든 제갈세가 사람들이 천수현인이나 제갈가주같이 될 순 없지만, 제갈세가 사람들이 다른 사람들보다 뛰어난 통찰력 혹은 다양한 시각을 가진 것은 사실이었다.

제갈상은 그런 제갈세가가 인정한 가문의 인재였다.

"그래서 네 생각은?"

진화가 소란을 끊고 제갈상에게 물었다.

그러자 제갈상이 진화가 제 의견을 중요하게 생각할 줄은 몰랐다는 듯 조금 놀란 눈을 떴다.

"흠, 놈들이 우리를 속일 때도 함부로 이용할 정도로, 장족과 맹족은 대대로 원수지간이나 마찬가지입니다. 그런 와중에 우리가 장족 고수들을 모두 죽여 버렸으니, 맹족 입장에서는 지금이 계산의 패권을 차지할 절호의 기회일 겁니다. 다만, 그러자니 우리가 걸리는 거겠죠."

"장족을 밀어내고 계산을 차지하려니, 우리가 자신들에게까지 검을 겨눌까 걱정이 되는 거다?"

"흐름상으로는 그게 자연스럽다는 거죠. 맹족의 일에 우리가 방해가 될지 안 될지 우리의 의도를 알아보고, 어쩌면 호의적인 관계를 맺으려 할지도 모르고."

제갈상의 말에 진화가 고개를 끄덕였다.

그의 말처럼 이제까지 중 가장 흐름에 자연스러운 의견이었다.

다만 하나 걸리는 것은, 의견이 하나뿐이었다면 굳이 그런 말을 붙일 이유가 없었다.

"그럼 흐름상으로 자연스럽지 않은 의견은?"

진화가 날카로운 눈빛으로 물었다.

깊이를 알 수 없는 검은 눈에 날카로움이 담기자, 제갈상은 깊이를 알 수 없는 검이 코앞에 겨눠진 듯한 느낌이 들었다.

꿀—꺽.

저도 모르게 마른침을 삼키고, 제갈상은 스스로도 어이가 없어서 웃고 말았다.

"억지로 온 걸 수도 있습니다."

"억지로?"

"굳이 우리를 만날 이유가 없는 이들이 우릴 찾았다면, 이유를 가진 어떤 자들이 따로 있는 거겠지요."

제갈상의 말에 진화가 눈을 빛냈다.

상식적으로는 전자가 맞지만, 어쩐지 두 번째 의견에 신경이 쓰였다.

"일단 갔다 와서 보지."

진화가 객잔을 나가 적호단 객잔으로 가고.

"후아, 난 왜 지은 죄도 없는데 단주가 빤히 쳐다보면 쫄리는 걸까? 저런 게 타고난 위엄, 뭐 그런 건가?"

진화의 뒷모습을 보고 있던 제갈상이 헛웃음을 터뜨리며 말했다.

그러자 곁에 있던 관서겸이 단호하게 고개를 저었다.

"아니, 그냥 네가 쫄보야."

"……지는."

제갈상의 반박에 관서겸은 물론 숙청단 전체가 조용히 입을 다물었다.

🪷

적호단이 머물고 있는 객잔으로 들어가자 적호단원들이 진화에게 고개를 숙이며 눈인사를 해 왔다.

적호단원들이 알려 주는 눈짓을 따라가니 이 층 연회장 앞에 가죽 모자를 쓰고 날이 시퍼런 도끼를 등에 멘 사내들이 붉은 발 앞을 지키고 있었다.

사내들은 진화가 객잔을 들어왔을 때부터 진화의 얼굴에서 눈을 떼지 못하고 있었다.

"숙청단주이시다. 비켜라."

연회장 입구 앞에서 남궁구가 사내들에게 차갑게 말했다.

놀란 사내들이 길을 비켰다.

진화가 발 안으로 들어가고.

척. 척.

사내들이 손을 뻗어 남궁구와 남궁교명의 앞을 막았다.

"……."

"감히……!"

차갑게 가라앉은 남궁구의 눈빛.

평소 인식이 좋지 않은 이민족들이 남궁세가 공자들의 앞을 가로막았다는 사실에, 남궁교명의 얼굴이 대번에 사나워졌다.

남궁교명의 말에 사내들의 얼굴도 험악하게 구겨졌다.

하지만 그 순간.

"……!"

"무, 무슨……?"

사내들이 놀란 눈으로 남궁구와 남궁교명을 보았다.

그러다가 곧 핏줄이 튀어나올 정도로 얼굴을 잔뜩 일그러뜨리고 용을 쓰는가 싶더니.

"크읏!"

"윽!"

사내들이 결국 팔을 늘어뜨리며 남궁구와 남궁교명의 앞을 막은 팔을 거두고 말았다.

그들이 놀라고 당황한 얼굴로 발 안쪽을 돌아보자, 당연한 듯 발 앞에서 진화가 남궁구와 남궁교명을 기다리고 있었다.

그때, 안쪽에서 거친 목소리가 들렸다.

"멍청한 놈들! 네놈들이 막을 수 있는 사람들이 아니다! 내버려 둬!"

"……예, 족장."

"죄, 죄송합니다!"

안쪽에서 들린 목소리에 사내들이 얼른 고개를 숙이고 큰 목소리로 사과했다.

진화와 남궁구, 남궁교명을 향한 사과는 아니었다.

하지만 진화는 그것을 불쾌하게 생각하지 않았다.

오히려 의외라는 듯 사내들과 안쪽 목소리를 향해 눈썹을 까닥거렸다.

'생각보다 체계적이고 충성심이 높군.'

안으로 들어가자.

적호단주 팽치와 부단주인 남궁진혜 그리고 앞서 사내들과 같은 복장의 처음 보는 인물 두 명이 있었다.

적호단주와 마주 보고 있는 사내는 검은 피부에 선한 얼굴에 순하게 쌍꺼풀까지 진 눈, 전체적으로 무해하고 동글동글한 인상을 하고 있었는데, 키는 작지만 근육만큼은 팽치에 뒤지지 않는 단단한 체격이 인상적이었다.

사내에게서 뿜어져 나오는 기운도 팽치에 뒤지지 않았다.

사내의 뒤에 선 인물은 사내와 달리 검은 피부에 날카로운 눈매, 흑표처럼 탄탄하고 날렵한 체격을 하고 있었는데, 가슴을 가로지르는 가죽띠에 작은 손도끼를 열 개씩 매달고 있었다.

"나는 맹족 족장 맹기요. 이놈은 부족장인 맹차. 앞에 놈들이 실례했소."

"숙청단주 남궁진화, 이쪽은 남궁구와 남궁교명입니다."

작은 돌이 뭉쳐진 듯 단단한 사내가 진화에게 인사를 하고, 진화도 간단하게 자신들을 소개했다.

"하하하하! 여긴 남궁세가 사람들이 많군. 하나같이 선계 사람들같이 인물이 빼어나오!"

남궁세가에 대한 위명은 중원 전역에 퍼져 있어, 육림군에도 명성이 전해져 있었다.

게다가 진화의 외모가 남다르기는 하나, 남궁진혜나 남궁구, 남궁교명도 어디 가서 빠지지 않을 미녀, 미남들이니. 누구라도 할 수 있는 칭찬이었다.

다만 맹족 족장 맹기의 말은 겉치레가 아니라 진심이 묻어났다.

"오, 적호단주는 서운해하지 마시오. 자고로 사내는 우리처럼 사내답게 생긴 것이 좋지 않겠소?"

맹족 족장 맹기의 말에 적호단주의 표정이 떨떠름하게 변했다.

적호단주가 '사내답다'와 '우리처럼' 중 어느 부분을 떨떠름하게 받아들였는지는 알 수 없었다.

하지만 맹기가 솔직한 사람이고, 정사연합에 호의적이라는 것만은 확실했다.

그는 솔직한 만큼 말을 돌려 하지도 않았다.

"우리는 도움이 필요하오. 정사연합에 들어가면 그대들 같은 강자가 우리를 보호해 줄 수 있는 것이오?"

단도직입적인 맹기의 말에 적호단주와 남궁진혜의 눈이

커졌다.

미리 제갈상의 말을 듣고 왔던 진화와 남궁구, 남궁교명은 다른 의미로 놀랐다.

"전후 상황에 대해 이야기해 주시겠소?"

적호단주 팽치가 진지한 얼굴로 물었다.

잠시 후.

맹족 족장 맹기의 말은 간단했다.

"교주에는 아직 혼란이 남은 줄 알았는데, 벌써 호족들 사이에 체계가 잡혔다는 말이오?"

"계산을 넘은 곳에도 우리 맹족의 마을이 있소. 그곳에 있는 관군들의 움직임이 이상하다고 하는군. 관군은 사실 호족들의 사병이나 다름이 없소. 그런데 그들이 무림인들과 함께 부족 마을들을 감시하고 있소."

"흐음."

"장족 전사들의 대표 격인 추편문과 많은 장족 전사들이 죽었긴 하지만, 우리가 그 자리를 차지할 생각은 없소. 산은 넓고 우리 맹족의 수로는 그걸 감당하지 못할 테니까. 문제는 호족과 무림인들이 우리 맹족을 건드리려 한다는 것이오. 이건 그대들의 책임이 없다고 할 수 없소."

맹족 족장의 단언에 적호단주와 진화가 눈빛을 달리하며 그를 보았다.

하지만 맹족 족장의 얼굴에는 적호단과 숙청단을 탓하려

는 의도나 적의는 보이지 않았다.

"그건 왜 그렇소?"

적호단주가 조심스럽게 물었다.

그러자 맹족 족장이 당연하다는 듯 답했다.

"이제까지 호족들이 이민족을 건드리지 않은 것은 우리의 저항이 거세기 때문도 있지만, 사실은 장족이 있었기 때문이오. 장족이 호족을 대신해서 계산을 지배했으니까. 대신 장족은 언제나 그들의 편에서 움직였소."

"귀천성 놈들의 의뢰를 받아 더러운 일을 해결해 주는 식으로 말이군요."

진화의 말에 맹족 족장이 눈을 크게 떴다가 이내 고개를 끄덕였다.

"그렇소. 하지만 이제 장족이 그대들 손에 죽었으니……."

"놈들은 대체자를 찾거나 이민족을 자신들의 지배하에 두려 하겠군."

"우리는 산신이 분노할 일은 하지 않소. 그리고 산신 이외에 누구의 지배도 받기 싫소."

맹족 족장 맹기가 단호한 어조로 말했다.

당당하고 곧은 눈빛으로 적호단주와 진화를 보았다.

그런 맹기를 보며 진화와 적호단주가 눈빛을 마주쳤다.

─틀린 말은 아니지.

─우리 때문에 위험해지긴 했지요. 게다가…… 호족들이 무

림인들과 함께 움직이고 있다고 했습니다. 혼현마제가 뭔가 하고 있는 게 분명합니다.

-네 말은?

-우리도 내부에서 그걸 감시할 수 있는 수단이 필요하다는 뜻이죠.

진화와 적호단주가 눈빛으로 서로의 생각에 동의했다.

그때.

"이야기는 다 끝났소?"

"……!"

맹족 족장 맹기의 말에 진화와 적호단주가 놀란 눈으로 그를 보았다.

"하하하, 그대들 무림인들에게 신비한 수단이 있다는 걸 아오. 나는 산신의 가호를 받아 기운을 느낄 수 있소."

"……."

'이건 그런 수준이 아닌 것 같은데.'

'경지를 넘어섰다는 말인가?'

적호단주의 눈동자가 흔들리고 진화의 눈빛이 깊어졌다.

전음을 나누지 않아도 서로가 생각하는 것을 알 수 있었다.

하지만 무림인에게 무공의 비법이나 경지를 묻지 않듯, 맹족 족장에게도 그것을 물을 수는 없었다.

적호단주와 진화는 그들과 함께하기로 결정했기 때문이

다.

"족장의 말에 동의하오. 산신의 뜻이 뭔지는 모르겠지만, 도의에 벗어나지 않고 터전을 지키려 하는 사람들은 모두 정사연합과 함께할 수 있소."

"윗선에 따로 연락하겠지만, 우리는 지금 공동의 적을 앞에 두고 있습니다. 정사연합이 그대들이 스스로 지키도록 지원하는 대신 맹족도 우리 모두의 적에 대항하는 것을 도와야 합니다."

"물론이오!"

적호단주와 진화의 말에 맹족 족장 맹기가 시원하게 답했다.

"내부에서 혼현마제를 감시할 수단이 생겼군. 지금 당장 숙청단은 다음 임무를 위해 떠나야 하니, 이곳은 윗선에서 따로 지원 방안을 정할 때까지 당분간 적호단이 머물겠소."

"오, 고맙소! 산신의 자식들은 약속을 어기지 않소! 그대들과 함께하겠소!"

적호단주와 진화가 결론을 내리고, 맹족 족장 맹기가 감사를 표했다.

하지만 결국은 서로가 서로를 돕는 일이었다.

정사연합은 맹족에게 보호와 지원을 약속하고, 맹족은 정사연합에 혼현마제를 내부에서 감시할 수 있는 안전한 정보처를 제공하는 일이었으니.

지금 당장은 맹족 족장이 감사를 표했지만, 앞으론 정사연합에서 맹족에게 감사하게 될 일도 있을 것이다.

맹족과의 합의가 끝난 뒤.

숙청단은 황도로 움직이기 위해 길을 나섰다.

"제갈상이 생각보다 더 똑똑했군."

"생각보다는 뭐지?"

"저래 보여도 역시 제갈이었어."

"내가 어떻게 보였는데!"

"소 뒷걸음질 치다가 쥐 잡은 거 아니야?"

"아니야!"

"역시⋯⋯."

"그거 무슨 뜻이냐고!"

남궁구와 남궁교명이 적호단 객잔에서 맹족과 있었던 일을 말해 주면서, 숙청단원들이 제갈상을 새롭게 보았다.

아니, 새로운 방식으로 놀렸다고 할까.

"저렇게 쉬우니까 우리가 평소에 '그 제갈'이라고 인지를 못 하고 있었지. 가만 보면 저치도 색다른 방식의 모지리야. 그렇지 않나? 하나가 차면 하나가 기울어서 넘치지도 모자라지도 않게 하는 것. 오, 부처님의 안배가 신묘하기도 하시지."

"……."

현오의 말에 진화가 그의 얼굴을 빤히 쳐다보자.

"부처님이라고 늘 자비롭지만은 않네."

현오가 절레절레 고개를 저었다.

"황도로는 천천히 가야 한다고?"

"혼현마제든 역천마제든, 그들이 뎇으로 들어올 시간을 줘야 하니까."

"허어, 정도도 늘 착하지만은 않다니까. 나무아미타불 관세음보살."

현오의 말에 진화가 재밌다는 듯 씨익 웃어 보였다.

"황성이라니 기대되는군!"

"와, 막, 가자마자 문무백관이 인사하고 막 그러는 거 아닙니까?"

"그럴 리가 있냐?"

황계수와 이천평의 기대 가득한 말에 남궁구가 코웃음을 쳤다.

"에이, 그냥 꿈도 못 꾸냐?"

"꿈 깨. 가자마자 끌려갈 수도 있어."

"끌려가? 왜?"

"……."

오랜만의 여유에 모두가 시끌벅적한 가운데, 마지막 이천평의 물음에는 누구도 답해 주지 않았다.

"저기! 포구다!"

육림군에서 낙양까지, 중원을 거의 남북으로 가로지르는 길고 긴 여정이었다.

하지만 천천히 올라오는 말에, 내려올 때와는 달리 청해상단에서 가장 큰 배를 타고 물줄기를 거슬러, 힘이 들 때는 배에서 내려 하루 이틀 쉬어 가기도 하면서.

불편함이 전혀 없고 힘든 것이 전혀 없었다면 거짓말이겠지만, 강인한 무림인인 숙청단에게 이 정도 여정은 유람이나 다름없었다.

그래서일까.

낙양 포구가 눈에 들어오자, 기운이 넘친 이천평이 크게 소리를 질렀다.

사패천 출신 일행은 다음 유람을 기다리는 사람들처럼 모두 뱃머리에 나와 내리기만을 기다리고 있었다.

"기대감이 큰 모양이네."

"현오는 왜 저기 끼어 있냐?"

"동 태감님이고 뭐고, 어제부터 황실 만찬으로 염불을 외더군."

"기대가 크면 실망도 클 텐데."

당혜군과 남궁구, 남궁교명이 기대감이 큰 사패천 출신들을 보며 고개를 저었다.

"와, 저기 봐요!"

이천평의 말에 사패천 출신 일행이 목을 빼듯 포구를 보았다.

수십 개의 황룡기와 사례군기가 바람에 펄럭이고, 갑주를 걸친 백여 명의 군사들이 모두 포구에 정렬한 채 진화 일행을 기다리고 있는 모습은, 그야말로 장관이었다.

청해상단의 배가 포구에 닻을 내리고.

진화가 모습을 드러내는 것과 동시에 군사들의 우렁찬 목소리가 진화와 숙청단을 맞았다.

"동해왕 전하의 귀환을 감축드리옵니다! 사례군이 황궁까지 모시도록 하겠습니다!"

"……와아!"

진화의 뒤에 있던 사패천 출신 일행의 입에서 탄성이 터졌다.

"전하."

"외숙부님."

사례교위 조정호가 앞으로 나서고, 이제는 경계가 풀린 진화도 그를 반갑게 맞았다.

"강녕하셨습니까?"

"보시는 대로 저는 무탈합니다. 외조부님은 평안하시지요?"

"그분이야 뭐…… 이번에도 꽤 고생하실 겁니다."

진화가 조위례의 안부를 묻자, 조정호가 장난스럽게 목소리를 낮추며 진화에게 경고했다.

지난번 황궁에 있을 때 조위례에게 서필 교정을 받느라 진화가 고생했던 것을 말하는 것이었다.

"하하, 하아."

조정호는 농담처럼 한 이야기였지만, 진화는 크게 웃을 수 없었다.

헤어질 때 조위례가 '이다음부터는 다음번에 뵐 때 이어서 하겠습니다.'라고 했던 것이 떠올랐기 때문이다.

진화와 일행이 화려한 마차에 오르고.

사례군이 둘러싼 행차가 황궁까지 직행했다.

"휘이, 휘이. 동해왕 전하 납신다. 물렀거라!"

앞에서 군사들이 백성들에게 소리치자, 백성들이 길 양쪽으로 물러나 깊게 허리를 숙였다.

"와아, 씨……."

그때까지도 사패천 출신 일행은 마차의 창문을 열고 신기한 듯 밖을 구경하기 바빴다.

잠시 후, 진화와 숙청단을 태운 마차가 황성 앞에 멈춰 섰다.

황궁 안에선 황제와 황후, 황태후를 제외한 누구도 가마에 오르거나 말에 오를 수 없었기에, 진화와 숙청단도 성문 앞에서 내려야 했다.

"와아!"

이처럼 거대한 성문은 처음 본다는 듯 사패천 출신들이 고개를 들어 황성문을 구경하기 바빴다.

그때.

"황자 전하--!"

"전하--!"

애가 탄 듯 목이 멘 목소리와 함께, 동 태감과 건희전 궁인들이 진화를 향해 달려왔다.

"전하!"

"동 태감, 오랜만에 보는군."

"참으로 야속하십니다. 어찌 이리 늦게 돌아오시는 겁니까?"

동 태감이 눈물을 글썽이며 진화를 맞았다.

그리고 나머지 건희전 궁인들…… 순식간에 숙청단원들을 끌고 어디론가 사라졌다.

"아니, 왜? 우릴 어디로 데려가는 것이오?"

"어휴! 지난번 나리들은 좀 낫더니, 이건 숫제 산적들이 아니십니까! 이 꼴로 어딜 들어가시려고요!"

"황도의 거지들이 형님 하시겠네! 그 꼴로는 건희전에 한 발자국도 못 들어가십니다!"

"절대! 궁에 보이는 정원석을 들거나, 뽑거나, 궐 내 지붕 위에 올라가시거나 벽을 타시면 안 됩니다. 호수를 뛰어넘으셔도 안 돼요! 손님 신분으로 수라방을 출입하거나, 창고나 곳간을 출입해서도 안 되고요! 이번에는 진짜로 군사들 부를 겁니다! 아시겠어요?"

"절대 황족의 몸에 손을 대거나 다른 방법으로 손을 댄 것과 같은 행위를 하시면 안 됩니다! 먼저 시비 털렸다며 궁인을 다치게 해서도 안 되고요! 전부 우리 황자님 얼굴에 똥칠하는 일이니까, 절대! 안 됩니다!"

"문을 발로 박차고 열거나, 손으로 열다가 떼서도 안 돼요! 그냥 궁인들이 열어 줄 때까지 기다리세요. 거기, 그쪽에 덩치 큰 양반들, 잘 들으시라고요!"

"아시겠어요, 아가씨들? 누가 희롱하거나 건드린다고 입을 마비시키거나 손가락을 부러뜨리시면 안 돼요! 왕족이거나 고관댁의 망나니일 경우가 많은데, 그땐 상궁마님께 알리시거나, 아니, 그냥 건희전 손님이란 것만 밝히시면 다들 도망간다고요!"

사패천 출신 일행은 쏟아지는 말들 속에 정신이 혼미해지는 듯했다.

그러다가 어느 순간 궁인들의 손에 순순히 이끌리게 되었는데, 정신을 차리고 보니 말끔하게 씻겨져서 깨끗한 옷을 입고 공손하게 두 손을 모으고 있었다.

"……혹시 내 귀에 피 안 나나?"

"안 나."

사패천에서도 이름난 대세가, 문파의 후계로서 처음 당하는 푸대접이었다.

그 짧은 시간 동안 산적 소리만 수십 번도 넘게 들은 이천평과 황계수는 창백하게 질린 얼굴로 입을 다물었다.

강무련은 한동안 넋이 나간 듯 멍한 얼굴로 있다가, 정의 맹 출신들을 향해 고개를 돌렸다.

"왜 자네들은 이 횡액을 자연스럽게 받아들이는 거지?"

"……."

강무련의 물음에 답하는 자가 아무도 없었다.

지은 죄가 있던 정의맹 출신들은 사패천 출신 일행 쪽으로 고개를 돌리지 않았다.

"황자……!"

"모후."

황실의 법도가 무엇인지 황후를 어머니가 아닌 '모후'라 부르게 되었지만, 진화는 오히려 그 점이 더 편했다.

유일한 어머니로 생각했던 팽연화에 대한 마음과 친모인 황후에 대한 마음이 공존해도 된다고 느껴졌기 때문이다.

얼굴을 쓰다듬는 황후의 손길에도 진화의 얼굴이 이전보다 편안해 보였다.

"왜 이렇게 말랐느냐? 밖에서 얼마나 고생이 많았으면……."

현경의 넘어선 이후 진화의 육체는 언제나 최상의 상태를 유지하고 있었지만, 어머니들의 눈엔 보이지 않는 자식들의 시간마저 보이는 듯했다.

"저는 편히 잘 지냈습니다. 모후께서 평안하셨습니까?"

"양주대부인이 시시때때로 황궁에서도 보기 힘든 귀한 약재를 보내 주는 통에, 이 어미는 전보다 건강해졌단다."

"어머니께서요?"

"양주대부가 폐하께 술을 보내다가 대부인에게 들킨 탓에 이 어미가 호강을 했지. 호호호호!"

진화를 사이에 두지 않고도 황제와 황후는 남궁경과 팽연화와 따로 친분을 나누는 게 어색하지 않았다.

오히려 황제와 황후는 정치나 권력과 상관없이 재밌는 친우를 사귄 듯 그들을 기꺼워했다.

"크흠! 그게 엄청나게 귀한 약재로 담근 술이라니까."

"어머? 그러면 왜 그 술을 엄 태감에게 맡기고 저 몰래 마시셨어요?"

"그건…… 흠흠, 남자에게만 좋은 것이라 그런 것이지 다른 뜻은 없었소."

"아이, 참, 폐하도 황자 앞에서 무슨 말씀을 하시는 거예요!"

"아니, 그게 사실인 걸 어쩌오? 황자도 이제는 알 것 다 아는……."

"폐하!"

황후가 뾰족하게 목소리를 높였다.

새침하게 황제를 쏘아보자 황제가 뜨끔한 얼굴로 헛기침까지 했다.

진화가 놀란 눈으로 황제와 황후를 보았다.

하지만 황제와 황후 모두 입꼬리를 말고 있다 금세 웃음을 터뜨리는 것이, 그들은 가끔 이렇게 사가의 평범한 부부들처럼 바가지도 긁고 아웅다웅하는 것을 즐기는 듯했다.

궁인들마저 그 모습을 흐뭇하게 지켜보았다.

"이전보다 손님들이 늘었다지? 엄 태감과 동 태감이 단단히 벼르고 있던데, 혹여 뭔가 실수는 하지 않는지 가 봐야겠구나. 오랜만에 부황과 담소를 나누렴."

황후가 봐도 봐도 아쉬운 듯 다시 한번 진화의 볼을 쓰다듬고 장추궁을 나섰다.

아마도 일부러 자리를 비켜 준 듯했다.

황후가 나가고 단둘만 남은 부자 사이에 침묵이 맴돌았다.

방금까지 훈풍이 돌았는데 그새 바람이 서늘하게 식어 버린 느낌이랄까.

은근하게 미소를 품고 있던 황제의 얼굴도 어느새 냉엄한 무표정이 되었다.

"황도에 일이 있다고?"

"예."

"놈들이 생각보다 대단하더구나, 나라를 빼앗고 나라를 쪼개는 걸 그리 쉽게 하는 것을 보면."

그렇게 말을 하는 황제의 얼굴에 싸늘한 비소가 흘렀다.

"역적들은 늘 그러하지. 눈앞의 권력에 정신이 팔려 그 자리의 지엄함을 보지 못하거든."

"……"

황제의 자리에 오르면서 형제를 죽인 현 황제.

그조차도 권력을 위해 친족을 베었다는 오명을 가졌기에, 진화는 어떤 대답도 하지 못했다.

황제는 비소를 머금은 채로 진화를 보았다.

"너는 내가 무슨 말을 할지 알고 있다. 황성을 꺼려 한 이유도 있지. 무심해 보이지만, 머리가 아둔한 것은 아니니까."

제 눈을 꿰뚫을 듯 정면으로 마주하는 황제의 시선에 답답함을 느낀 진화가 한숨을 쉬었다.

"……황태자나 황제가 되고 싶다 생각한 적은 한 번도 없습니다. 지금도 마찬가지입니다."

"허허, 이 자리가 가지고 싶다 해서 가질 수 있는 자리 같더냐?"

진화의 말에 황제가 웃음을 흘렸다.

진화를 비웃는 것이 아니라, 진화의 순진한 대답에서 과거의 기억이 떠올랐기 때문이다.

"외면하고 싶다면 그래도 된다. 짐은 아직 젊고 정정하니까. 하지만 명심하거라. 가지고 싶은 것이 많은 자가 권력을 탐하지만, 지킬 것이 많은 자도 권력을 탐하게 된다."

"……."

"귀천성이든 누구든 상관없다. 천하는 하나뿐이고, 가지고 싶은 자들은 모두 너의 것을 빼앗으러 올 테니까. 그게 재물이든, 권력이든, 자리든…… 네 사람이든."

황제의 단언에 진화의 눈이 커졌다.

황제는 그런 진화를 향해 단호하게 말했다.

"너는 권력이나 자리 따위 내줘도 상관없다 말하겠지만, 글쎄. 네가 선 자리를 빼앗기면, 그 자리에 있던 풀 한 포기도 지킬 수 없다. 지키고 싶은 것이 있다면 네 손안에 가지고 있어야 할 것이다."

황제의 말에 진화의 눈빛이 흔들렸다.

깊이를 알 수 없는 검은 눈이 일렁이는 것을 보며, 황제가 은은하게 미소를 지었다.

사랑하는 여인과 꼭 닮은, 제 피를 이은 아들의 눈.

"걱정 말거라. 말했듯 이 자리는 네가 가지고 싶다고 해서 가질 수 있는 자리도 아니니까. 다만 욕망을 가지거라! 지키고 싶은 모든 것을 움켜쥐고 있을 한진화의 욕망. 네가 욕망을 가질 때까지 짐은 오랫동안 이 자리를 지키고, 내 사람, 내 제국, 내 아들을 지키고 있을 것이다."

황제가 인자한 눈으로 진화를 보며 말했다.

냉엄한 얼굴 위로 애틋한 부정이 느껴졌다.

"명심하겠습니다."

진화가 순순히 고개를 숙여 답했다.

그 모습을 보며 황제가 흐뭇한 얼굴로 웃음을 터뜨렸다.

"허허, 차라리 잘되었구나. 짐과 너의 적이 하나가 되었으니, 당분간은 복수에 집중할 수 있겠어."

황제의 말에 진화가 눈을 크게 떴다.

황제와 진화의 적이 하나가 되었다. ……전혀 생각지 못했던 이점이었다.

황제는 혼현마제의 배신은 안중에도 없는 듯 말했다.

하지만 그럴 만도 했다.

제국을 가진 황제에게 교주의 끄트머리를 차지한 역도 무리는 그저 작은 도적에 불과했으니. 이제부터 한 제국과 무림은 귀천성이라는 공동의 적에 집중하고, 황제는 본격적으로 아들의 복수를 위해 움직일 수 있게 된 것이다.

황제의 눈빛 속에 그동안 깊게 쌓아 두고 있던 분노가 떠올랐다.

황제와의 독대는 진화에게 많은 생각을 남겼다.

'욕망을 가져라…….'

복수와 남궁세가의 안녕만이 유일한 삶의 목표였던 진화에게 황제의 말은 새로 주어진 숙제 같았다.

그리고 숙제와 함께 전해진 황제의 부정도, 진화의 마음속에 깊은 울림을 남겼다.

동 태감이 황제와 독대 이후 심각한 얼굴로 나오는 진화를 걱정스럽게 보았지만, 진화는 그것도 모른 채 생각에 잠겨 건희궁으로 돌아왔다.

그리고 건희궁으로 오자마자.

진화는 모든 상념에서 벗어났다.

차후에 도움이 될 것이라는 생각에 가볍게 연합을 맺었던 맹족에게서 전혀 생각지도 못한 정보가 전해졌기 때문이다.

맹족의 정보가 정의맹에 전해지고, 남궁진휘가 급하게 매응을 보내왔다.

"무슨 일이야?"

전서를 본 진화의 얼굴이 심각하게 굳자, 남궁구가 걱정스러운 듯 물었다.

"광마제와 광룡귀면대가 장안을 공격했다. 그리고…… 혼현마제가 진(眞)국을 선포하고 한 제국에 사신을 보냈다는군."

"뭐?"

"……!"

진화의 말에 남궁구가 놀라서 소리를 질렀다.

진화가 들려준 소식에 남궁구뿐 아니라 숙청단 모두가 경악을 금치 못했다.

교주 위림군 이화문.

혼현마제가 먹구름에 반쯤 가린 달을 향해 찻잔을 들었다.

"두 번째도 내 승리구나. 후후후후."

혼현마제의 웃음소리가 서늘한 바람을 타고 흩어졌다.

진압할 진鎭 시끄러울 화譁 : 욕망의 힘

"아아아아악————!"

비명이 끊이지 않았다.

온 사방에서 울리는 목소리가 마치 지옥의 노랫소리 같았
다.

"막아라! 절대 물러서선…… 커헉!"

푹.

종남 현청대 부대주 견위현이 단발의 비명도 뱉지 못하고
믿을 수 없다는 듯 눈을 아래로 내렸다.

그의 목에 검은 갈고리가 박혀 있었다.

촤르르르르——!

죽음의 소리가 들리고.

파-팟!

"크아아아악!"

현청대 부대주 견위현이 피를 뿌리며 쓰러졌다.

목에 있던 성대와 뼈, 신경다발이 모두 뽑혀 땅으로 떨어졌다.

그 잔인한 광경 앞에 현청대원들이 무너졌다.

그들의 눈이 공포로 물들고.

현청대는 비명을 지르며 도망치는 백성들과 다를 바 없는 약자로 전락했다.

촤르르르르르---!

검은 사슬이 펼쳐지는 소리가 사방에서 울려 퍼졌다.

"으으으······."

현청대원 중 누군가의 입에서 울음소리가 새어 나왔다.

어쩔 수 없었다.

마음이 꺾여 버린 무인은 그저 검을 들고 있을 뿐인 약자였고, 눈앞에서 다가오는 죽음의 소리에 의연할 수 없었다.

촤아아아아아---!

빨라졌다.

그리고 죽음이 날아들기 시작했다.

쉐에엑! 쉐--엑!

푹! 푹!

끔찍한 소리와 함께 갈고리에 박힌 동료들이 하나, 둘 쓰러져 그들에게 끌려갔다.

"으아아아악!"

공포에 질린 현청대원이 비명을 질렀다.

푹!

"……큭!"

결국 벌벌 떨며 버티고 있던 현청대원 하나마저 가슴에 갈고리를 박고 끌려 나갔다.

앞을 지키던 모든 현청대원들이 죽었다.

푹! 푹!

좌라라라라――!

"죽여라! 모두 죽어라――!"

사방에서 들리는 죽음의 소리는 사흘 밤낮 동안 한 번도 그치지 않았다.

검은 귀면을 쓴 지옥의 귀신들은 장안에 있는 군인과 무림인, 백성들, 남녀노소를 가리지 않고 닥치는 대로 죽여 나갔다.

장안 성벽 위에서 서서 그 모습을 보고 있는 병사들의 얼굴이 두려움으로 젖어 들었다.

장안 무림의 결사대마저 죽어 버렸으니 성 앞을 막아 줄 것은 아무것도 없었다.

드드드드, 드드드드…….

섬뜩한 소리, 불길한 흔들림.

"오, 온다……!"

성벽 위에 있던 한 병사가 급히 소리쳤다.

그와 함께.

크아아아아-!

거대한 흑룡이 입을 벌리고 날아와 성문을 집어삼켰다.

퍼————엉!

폭발음과 함께 성문이 터져 나가고, 그 앞을 지키고 있던 군사들도 함께 튕겨 나갔다.

"으아악!"

"마, 막아야 한다! 우리가 버텨 주어야 한다-!"

용감한 장수가 필사적으로 외쳤다.

성안에 있는 사람들은 그들의 부모, 형제, 자식이었다.

장수의 말에 군사들이 이를 악물고 창대를 들었다.

하지만 그것도 잠시.

장수를 바라보는 군사들의 눈이 찢어질 듯 커졌다.

턱.

"……!"

머리에 얹어진 둔탁한 무게감.

용감한 장수가 뒤를 보기 위해 고개를 돌리려 했지만 그럴 수 없었다.

얼굴이 붉어질 정도로 힘을 주어도 소용없었다.

거칠고 두꺼운 손이 그의 머리를 쥐고 놓아 주지 않았기 때문이다.

그때.

"허허허, 팔딱, 팔딱, 심장 뛰는 소리가 참으로 좋구나."

귓가에서 들리는 자애로운 목소리.

"집어삼키기 딱 좋겠어."

우두두둑.

"끄, 아아아아아아———!"

장수가 비명을 질렀다.

온몸이 어디론가 빨려 들어가는 느낌과 동시에 견딜 수 없는 공포와 고통이 찾아왔다.

실제로도 젊고 단단한 근육질의 그의 몸이 순식간에 고목 나무껍질처럼 바싹바싹 갈라지고 오그라들었다.

그리고.

우드득, 우드드득.

뼈가 부서지는 소리와 함께 온몸이 비틀렸다.

마른 지푸라기처럼 말라비틀어진 장수가 결국 바스러지듯 땅으로 떨어졌다.

번─뜩.

장수의 머리를 손에 쥐고 그의 모든 기운과 생명을 빨아들인 노인의 눈이 붉게 빛났다.

그의 눈이 검은 기운으로 넘실거리는 두 손을 보며 웃음을 터뜨렸다.

"하하! 크하하하하—!"

광마제는 온몸에 넘쳐흐르는 기운을 느끼며 참을 수 없는 희열을 토했다.

그리고 탐욕스럽게 번들거리는 시선을 군사들에게 향했다.

"으아아악!"

"괴, 괴물이다—!"

장수가 산 채로 노인에게 흡수되는 것을 본 군사들이 무기를 버리고 도망쳤다.

쏴아아아아———!

광마제의 손에서 뻗어 나온 검은 기운이 두려움에 물러선 군사들을 향했다.

검은 기운이 도망치는 군사들의 몸을 꿰뚫었다.

관통당한 군사들이 바닥에 쓰러졌다.

검은 기운은 죽어 가는 군사들에게서 그들의 기운과 생기를 물고 주인에게로 돌아갔다.

검은 기운들이 돌아오면 돌아올수록, 광마제의 검은 기운은 점점 더 커졌다.

"크하하하! 모조리 죽인다! 모조리—!"

카아아아악———!

광마제에게서 뿜어져 나온 검은 기운은, 난폭한 흑룡이 되어 장안의 모든 것을 집어삼켰다.

"하아……."

죽을힘을 다해 도망쳐서 포구에 닿은 현무단주가 산 너머에서 들리는 흑룡의 포효에 깊은 한숨을 쉬었다.

멀리서도 보일 정도로 검은 기운이 커졌다.

죽이는 기운도, 삼키는 기운도 모두.

"흡정과 흡혈이라니…… 무량수불."

막을 수 없었다.

지키기 위해서 함께 도망치는 것이 최선이라.

"어서 떠나시오."

"그게 어인 말씀이십니까! 함께 가야지요!"

"아니. 광룡귀면대가 곧 지척에 올 것이오. 배를 완전히 띄우고 물살을 탈 때까지 놈들을 막아야 하오."

"하지만 장문!"

"단주, 우리 종남은 오랫동안 장안 무림의 종주를 자부하며, 이곳에 많은 빚을 졌소. 부탁하오. 부디 저들을…… 장안 무림의 미래를 지켜 주시오."

종남파 장문 신수일검 견원이 각오를 마친 얼굴로 현무단주의 손을 꼭 잡았다.

종남파 장문의 옆에는 현청대주 견욱도 있었다.

"어차피 오래전에 죽었어야 할 목숨이었소. 그러니 우리는 장문인과 함께 못 다 한 빚을 갚을 것이오."

덤덤한 표정과 달리 현청대주의 눈빛에도 비장한 각오가

전해졌다.

그의 눈빛이 잠시 흔들린 것은 현무단 사이에서 눈물을 흘리며 그들을 보는 제자들과 눈이 마주쳤을 때뿐이었다.

"완전히 가르치진 못했으나 종남의 모든 무학을 전했소. 장가와 면가, 종가…… 그들의 유산도 모두 전했소. 장문인의 말씀처럼 장안 무림의 미래 그 자체요. 잘 부탁하오."

"……현무단 전원의 목숨 걸고 한 명도 빠짐없이 정의맹으로 데려가겠습니다."

종남파 장문과 현청대주의 각오에 답하며, 현무단주는 비장한 얼굴로 돌아섰다.

"장문인-!"

"사부님--! 흑흑흑!"

현무단원들에 밀려 배에 태워지는 종남파 제자들과 장안 무림의 후예들이 눈물을 뿌리며 피를 토하듯 그들의 이름을 불렀다.

"복수할 것입니다! 꼭 복수하겠습니다--!"

배가 출발했다.

배 위에서 종남파 제자들과 장안 무림의 후예들이 소리를 질렀다.

피눈물과 함께 쏟아지는 원통함…….

또 이렇게 전쟁이 돌아왔다.

"부디 끝까지 살아남거라."

종남파 장문인과 남은 현청대는 간절함 바람을 담고 비장하게 돌아섰다.

곧 광룡귀면대원들이 포구를 덮쳤다.

한 제국 황궁.

일련의 무리가 사례군의 감시 속에 황성으로 들어왔다.

그들은 황궁 안에서 황궁수호위의 감시인지 안내인지 확신할 수 없는 인도를 따라 대전으로 갔다.

"한 제국 황제 폐하를 뵙습니다."

대소 신료들의 경계 어린 눈초리 속에서 그들은 태연하게 황제에게 인사를 올렸다.

용좌에 앉은 황제는 고개를 숙인 그들을 내려다보며 아무런 대꾸를 하지 않았다.

황제의 허락 없이 허리를 들 수 없었던 이들이 한참 그 자세로 있었다.

황제는 그들에게 허리를 펼 수 있게 허하지 않음으로써 그들이 초대받지 않은 손님임을 알려 주었다.

"……."

대전 안에 침묵이 맴돌았다.

침묵 속에는 여전히 허리를 숙이고 있는 이들을 향한 비웃음이 섞여 있었다.

하지만 허리를 숙인 이들은 아무것도 하지 않았다.

굴욕적인 표정도 짓지 않았고, 그들을 비웃는 신료를 노려보지도 않았다.

그저 아무렇지 않은 얼굴로, 오히려 더 단단하게 허리를 숙인 자세를 유지해 보였다.

그 모습을 보던 황제가 재밌다는 듯 입꼬리를 올렸다.

"당장 너희의 사지를 찢어 죽여도 시원치가 않은데, 감히 짐을 찾아와 역도들의 나라를 인정해 달라? 허!"

황제가 코웃음을 쳤다.

대소 신료들의 얼굴에도 은은한 분노가 올라왔다.

그때, 허리를 숙이고 있던 무리 중 가장 앞서 있는 자가 공손하게 말했다.

"악독한 무리가 장안을 공격하고 있다 들었사옵니다. 그들과 달리 저희는 그저 조용하고 평화롭게 우리의 땅을 지키고 살아가고자 할 뿐입니다."

"짐의 땅이다."

"한의 천하는 너무 넓고, 우리의 땅에는 천자의 은총이 닿지 않았습니다. 하여 스스로의 힘으로 안위를 지키고자 할 뿐입니다."

"허허! 혓바닥은 제법 매끄러우나, 그래서…… 너희들의 안위가 짐의 땅만큼 중한가?"

"······!"

황제의 물음에 처음으로, 허리를 숙이고 있던 자의 눈매가 파르르 떨렸다.

황제는 그제야 만족스러운 듯 웃었다.

"분수를 모르는 자들의 얼굴이 궁금하구나. 허리를 들라."

황제의 허락이 떨어졌다.

허리를 숙이고 있던 자는 어느새 감정을 갈무리하고 공손한 자세로 섰다.

그의 뒤에 있던 자들 또한 황궁의 예를 배웠는지, 황제의 앞에 고개를 들지 않았다.

그들을 보는 황제의 입가에 비소가 맺혔다.

그때.

황궁수호위 중 하나가 내관에게 급히 말을 전하고, 내관이 태감에게, 태감이 황제의 귓가에 말을 전했다.

태감의 말을 전해 들은 황제의 눈빛이 서늘하게 가라앉았다.

그리고 대전 가운데서 공손히 서 있는 자들을 향해 말했다.

"뭐, 짐이 초대하지 않은 손님이나 아무것도 없이 죽을 자리를 찾아올 정도로 어리석은 자들 같지는 않으니. 짐이 네 놈들을 살려 줄 만한 거래를 가져와라. 그때까지 황궁에 여장을 풀 수 있게 해 주지."

"황공하옵니다, 폐하. 황제 폐하 만세 만세 만만세."

황제의 축객령과 함께 초대받지 않은 이들이 밖으로 나갔다.

그들의 그림자까지 대전에서 멀어지고 난 후.

황제가 싸늘하게 표정을 굳히고 대소 신료들에게 소식을 전했다.

"신 제국을 먹은 놈들이 짐의 장안을 함락시켰다는군."

"허!"

"그, 그런……!"

"놀라라고 한 말이 아니야. 묻고자 하는 것이다. 짐의 땅이 함락당했는데, 무림에서 연락을 주기 전에 어째서 짐의 군에서는 아무런 소식이 없었는가!"

타—앙.

황제가 용상을 내리쳤다.

그리고 분노가 현현한 눈길로 대소 신료들을 노려보았다.

"저놈들이 황궁에 오는 것도, 장안의 함락 소식도, 전부 무림보다 늦었다!"

"송구하옵니다, 폐하!"

"너희의 송구 따윈 필요치 않다! 대소 신료들은 짐이 그 누구보다 빨리 짐의 나라에서 일어난 일을 알 수 있도록 방안을 강구하라!"

"명을 받듭니다, 폐하."

"저 초대받지 않은 자들도 이걸 알고 노렸을 거다! 사례교위는 저놈들에 대해 빠짐없이 조사하여 가져오라!"

"신 사례교위 조정호, 폐하의 명을 받듭니다!"

"북회군은 장안을 수복할 방법을 찾고, 지금 당장 피풍군과 경조군으로 하여금 경계를 단단히 하도록 하라!"

"신 북회대장군 원수경, 폐하의 명을 받듭니다!"

"내일 조정에서 장안과 저놈들을 어찌할지 논의할 것이다! 쓸 만한 방도를 가져와라! 그렇지 않으면, 내일 당장 저놈들의 목을 치고 짐이 전장을 이끌 것이다!"

분노한 황제가 다시 전쟁을 시작한다는 말로 대소 신료들을 압박했다.

친정은 효과적인 협박이었다.

전쟁은 돈과 인명을 끝도 없이 잡아먹는 괴물이라, 그 피해는 고스란히 대호족이자 신료인 그들의 몫이 될 것이기 때문이다.

"오늘 조정은 파한다! 승상 조위례와 대사농 정조인, 중서령 사마윤, 대사마 원희는 창추궁으로 들라."

"명을 받듭니다, 폐하. 황제 폐하 만세 만세 만만세!"

대전이 일찌감치 문을 닫았다.

정보가 없고 생각이 없으면, 어떤 논의도 무의미했기 때문이다.

하지만 내일까지 방안을 가져오라는 황제의 명이 떨어졌

으니.

대전은 일찍 문을 닫았지만 신료들은 바쁜 걸음으로 흩어
졌다.

황궁에 초대받지 않은 손님이 들었을 때, 건희궁에도 의외
의 손님이 찾아왔다.

마침 남궁구를 비롯한 숙청단이 각자 볼일을 보러 나간 사
이였다.

"귀환 연회?"

진화가 눈살을 찌푸리며 되물었다.

그러자 전 황태자이자 현 폐헌왕이 된 한유강이 어깨를 으
쓱했다.

"아무것도 모를 줄 알았다. 동 태감도 동궁 출신이 아니니
몰랐을 것이고."

낭패한 얼굴로 안절부절못하는 동 태감을 힐끗 본 한유강
이 슬쩍 말끝을 흐렸다.

마치 동 태감의 편을 들어 주는 듯한 모습이, 황태자 위에
서 내려온 뒤부터 그가 궁인들에게 부쩍 친절해졌다는 소문
이 틀리지 않은 듯했다.

"본래 황태자가 열어 주는 것이지만, 나는 현재 아무것도

아니니까. 다만 귀환 연회도 열지 않는 건 건희궁의 위신이
상하는 일이니, 인사 겸 겸사겸사 알려 주러 왔다."

한유강의 말에 진화가 조용히 그의 표정을 살폈다.

한유강이 자신에게 친절을 베푸는 모습이 의심스러운 듯
의도를 캐내려 했지만, 그런 게 눈에 보일 리 없었다.

아니 보였다 한들, 진화가 이해할 수 있을 리 없었다.

심지어 저 고모라는 호양공주까지 함께 끌고 온 이유 따
위.

진화가 만사가 귀찮다는 듯 미간을 찌푸렸다.

"대체 왜 그딴 연회를 열어야 하는 거지?"

"황제 폐하의 총아로서 건재함을 과시해야 하니까."

"그러니까 그걸 왜?"

진화가 계속해서 되묻자 한유강이야말로 의심스러운 눈길
로 진화를 보았다.

"왜라니, 진짜 몰라?"

"……?"

"……하아, 다 끝났다고 생각하면 곤란해. 삼황자도 사황
자도, 누구도 진짜 황위를 포기하는 놈들은 없다고."

한유강이 진지한 얼굴로 진화에게 경고했다.

"긴장 늦추지 마. 경쟁은 끝난 게 아니야."

"……."

한유강의 말에 건희전 전체에 긴장감이 맴돌았다.

진화만 제외하고.

진화는 한유강의 말을 단 일 푼도 이해하지 못한 얼굴이었다.

'놈들이 황위를 포기하든 말든 나랑 무슨 상관⋯⋯.'

미간을 찌푸리며 한유강에게 뭔가 말을 하려 입을 열려던 진화가 갑자기 멈췄다.

그리고 눈빛을 달리하며 진지하게 물었다.

"그 연회라는 거. 그걸 열면 황궁에 온 사신도 초대할 수 있는 건가?"

"⋯⋯뭐?"

진화의 물음에 한유강이 황당하다는 듯 되물었다.

"본래 그런 걸 황태자궁에서 열었다면, 네가 익숙할 테니 빠른 시일 내로 준비해라."

"뭐? 내가 왜?"

전혀 관심 없는 얼굴을 하다가 멋대로 결정하고 떠드는 진화의 모습에, 한유강이 기가 막힌다는 반응을 보였다.

하지만 진화는 그가 기가 막히든 코가 막히든 아무 관심이 없었다.

"장남이 열어 주는 것으로 하지."

"아니, 내가 왜? 네가 뭐가 예뻐서?"

한유강이 펄쩍 뛰었다.

하지만 진화에게 변수는, 그에게도 변수였으니.

펄쩍 뛰는 한유강과 달리 호양공주는 반색하며 일어섰다.

"그래! 저 미모는 안 예뻐하기 힘들지! 좋아! 일황자궁에서 연회 준비를 해 주마!"

"고모님?"

"연회 주최라니! 잘됐다, 일황자! 황태자 위에서 내려오고 삼황자 놈이 콧대가 살았던데, 이참에 그거 좀 꺾어 주자꾸나."

"고모님!"

"호호호! 오랜만에 원미인 년의 얼굴이 구겨지는 걸 볼 수 있겠구나!"

호양공주가 진화의 말을 받아 주면서 결국 일황자궁에서 연회를 주최하기로 했다.

한유강은 당황스러운 기색이 역력했고, 건희궁 궁인들도 당황스럽기는 마찬가지였다.

진화는 그저 혼현마제가 보낸 사신들을 볼 생각만 가득했다.

교주 위림군 이화문.

혼현마제가 날아 들어온 전서구에서 전서를 꺼냈다.

소강.

장안에서 날아든 전서였다.

광폭한 행보를 보이던 광마제와 광룡귀면대가 장안성의 함락 후에 잠시 멈췄다는 소식이었다.

"역시……."

혼현마제가 예상했던 일이라는 듯 고개를 끄덕였다.

세상 모든 사람들이 광마제의 행보를 보며 그가 이전처럼 피에 미친 광룡이 되어 밀고 들어올 것이라 생각했다.

하지만 혼현마제의 생각은 달랐다.

"그자는 피에 미친 광룡이 아니라 흉심을 품은 교룡이지."

"광마제가 걸음을 멈추는 것까지, 모두 예상하신 겁니까?"

혼현마제의 말에 이화문주 사멸찬이 조심스럽게 물었다.

정파 무인들이 십이좌회에 가진 경외처럼 귀천성 출신 무인들에게도 팔마제에 대한 환상이나 경외가 있었다.

하지만 혼현마제는 이화문주의 물음에 식은 죽 먹기보다 쉬운 문제였다는 듯 코웃음을 쳤다.

"이전에도 그자는 역천마제의 그늘 아래에서 교활하게 몸을 숨기고 덩치를 키웠어. 이번에도 역천마제에게 회복 시간을 벌어 주는 척, 사실은 장안에서 실컷 제 배만 불린 게지. 지금의 휴식도 흡정흡기 한 기운을 온전히 제 것으로 만드는 데에 시간이 필요했던 것뿐일세."

혼현마제가 차갑게 식은 말투로 답했다.

하지만 그의 말은 이화문주에게 또 다른 걱정을 가지고 왔다.

"광마제가 더 강해질 수 있다는 것입니까?"

"……본래 힘을 찾는 거겠지. 역천마제의 명성과 잔인한 손 속으로 보이는 광기가 광마제의 명성을 부풀리긴 했지만, 어쨌든 그자가 검마제와 함께 이인자의 반열에 있다는 건 변치 않는 사실이니까."

"하면……."

이화문주가 말끝을 흐리며 혼현마제의 다음 말을 재촉했다.

혼현마제는 별것 아닌 것처럼 건조하게 답했지만, 그의 말처럼 광마제의 강함은 진짜였다.

귀천성을 배신한 입장에서는 그의 다음 행보가 신경이 쓰일 수밖에 없었다.

"걱정 마시게. 당장 장안에서 이쪽으로 고개를 돌리진 못할 테니까. 게다가 우리는 그것 때문에 한 제국으로 사신을 보내지 않았나. 장안의 함락은 우리보다 한 제국에 더 치명적일 것이네. 결코 우리의 제안을 거절하지 못할 것이야."

"아! 그럼 처음부터 이 모든 것을 예상하시고…… 역시, 역시이십니다!"

이화문주가 크게 감탄했다.

꾸며서 칭찬할 다른 말을 찾지 못한 솔직한 반응에 혼현마제가 피식 웃음을 흘렸다.

"문제는 광마제지. 조금 시간을 두고 기운을 다 삼키고 나면, 그 탐욕스러운 자는 분명 다른 집어삼킬 것을 찾아 눈길을 돌릴 것이네."

"이다음으로 생각해 두신 것이 있으십니까?"

"놈이 가진 지독한 탐욕과 집착. 그것이 놈을 파멸로 몰고 가겠지."

혼현마제는 자세한 계획 대신 의미심장한 말을 남겼다.

이화문주는 고개를 갸웃거렸지만, 혼현마제의 자신만만한 얼굴을 보고 그대로 수긍했다. 그가 혼현마제의 계획은 알지 못해도 혼현마제가 승산 없이 움직일 사람이 아니라는 건 알았기 때문이다.

실제로 혼현마제에게는 입 밖으로 뱉어 내진 못해도 내심 확신하고 있는 부분이 있었다.

'두 번의 수 싸움에선 내가 이겼고, 이제 진짜 싸움을 이길 차례지. 그때 그…….'

혼현마제의 눈매가 가늘게 떨렸다.

그저 잠깐 눈을 감는 것만으로도 혼현마제의 머릿속엔 역천마제의 등극식에서 있었던 싸움이 떠올랐다.

광마제의 흑룡이 남궁진화를 삼키려 날뛰고, 남궁진화의 번개가 흑룡을 갈가리 찢던 그 광경.

누군가 홀로, 역천마제나 광마제의 정면에서 그들과 맞서는 광경은 혼현마제조차 감히 상상하지 못했던 것이었다.

'남궁진화의 원한만큼 광마제의 집착도 깊으니, 이걸 이용한다면…… 정의맹 놈들이 어떤 일을 꾸미든, 그것을 광마제에게 돌릴 수 있을 것이다. 놈의 무공이 실로 예상 밖이었지만 차라리 잘되었다. 그야말로 양패구상이나 하라지!'

사사건건, 제 모든 계획의 변수가 되었던 남궁진화와 광마제를 떠올리며 혼현마제가 눈빛을 번뜩였다.

"밖으로 나가 소리마제에게 날 찾아오라 전해 주겠나?"

"예."

혼현마제가 나가는 이화문주의 편으로 소리마제 살각주 보곡성을 찾았다.

매응이 황궁으로 들어왔다.

황실에서 애완용으로 키우는 앵무들과 달리 날카로운 눈빛과 부리, 칼날 같은 발톱을 가진 거대한 매가 빠르게 날아들자, 건희전에 배정된 지 얼마 되지 않은 어린 궁녀가 깜짝 놀라 비명을 질렀다.

"엄마야!"

쨍그랑-!

궁녀가 겁을 먹고 쟁반을 떨어뜨리자, 함께 있던 정 나인이 혀를 차며 쟁반을 주웠다.

"쯧쯧, 칠칠치 못하게."

"하지만 정 나인님, 저렇게 큰 매라니……."

"우리 황자님이 어디 보통 분이시니? 무림에서도 손가락에 꼽는 고수신데, 당연히 키우는 새도 저렇게 강한 놈이어야지! 가서 매응 주게 고기나 좀 담아 와."

"예, 예."

정 나인의 태연함에 어린 궁녀가 존경의 눈길을 보내며 쟁반을 들고 사라졌다.

정 나인뿐 아니라 처음부터 진화를 모신 내관과 나인 들은 매응을 보며 놀란 어린 궁인들에게 잘난 척 중이었다.

그들도 처음 매응을 봤을 때는 깜짝 놀라 병사들을 부르기까지 했지만, 그 난리가 이제는 마치 아주 오래전 일처럼 느껴졌다.

건희전 응접실까지 걸어간 매응이 진화를 발견하고 진화의 팔을 향해 뛰어올랐다.

"영물이네, 영물이야."

남궁세가에서도 남궁구와 남궁교명을 헷갈리지 않고 오직 진화만 찾아내는 매응을 보며, 이천평이 감탄을 금치 못했다.

맹수나 동물을 좋아하는 이천평은 남궁세가가 거대한 매

를 훈련시킨 방법에 대해 관심이 많았지만, 그것은 남궁세가 내에서도 특급 기밀에 속하는 비법이라 진화도 알지 못했다.

"결국 장안이 함락당했다는군."

전서를 확인한 진화가 심각한 얼굴로 말했다.

느긋하게 있던 숙청단원들이 깜짝 놀라 몸을 일으켰다.

"뭐?"

"벌써? 그럼 거기의 종남파는? 현무단도 있지 않아?"

"현무단이 종남파와 장안 무림의 후계들을 데리고 탈출했다. 다만, 결사대로 남았던 현무단 절반과 장안 무림은⋯⋯ 전멸이다."

"⋯⋯!"

진화의 말에 숙청단원들이 말을 잃었다.

장안 무림은 사패천과는 크게 연관이 없는 곳이라 사패천 출신들은 좀 덜했지만, 정파 출신 숙청단원들은 크게 충격을 받은 듯했다.

특히 진화를 비롯한 일행은 적호단 소속으로 임무를 수행하며 현무단과 종남파와 인연이 있었기 때문이다.

잠깐의 시간이었지만, 서로 목숨을 맡기고 함께 싸운 인연이었다.

"혀, 현무단주님은?"

"옥화혜검 운해진인은 장안을 뚫고 나오는 중에 부상을 입긴 했지만 목숨에는 지장이 없다는군."

"아……."

다행이라고 말하려던 남궁구가 차마 입 밖에 내지 못하고 입을 닫았다.

그걸 다행이라 할 수 있을까.

동고동락하던 수하들을 절반이나 잃고.

아마도 현무단주 본인은 수하들과 같이 죽고 싶었을 것이다. 그들 또한 그런 심정이었으니 말이다.

남궁구는 물론 숙청단원들이 모두가 숙연해졌다.

그때, 진화가 차갑게 가라앉은 표정으로 다음 소식을 전했다.

"광마제와 광룡귀면대는 장안에 머물러 있다는군. 다만 광마제가 장안에서 흡정흡기를 하는 사술을 보였다. 생존자들 중 많은 이들이 직접 목격했고, 월하회 소속 정탐꾼이 자세한 광경을 목격했다는군."

"흡정흡기라니! 이 미친놈들이 진짜 끝까지 가자는 건가!"

"무림공적……이라고 할 것도 없지. 이미 세상의 공적이나 다름이 없으니."

진화가 전한 소식에 남궁교명과 강무련이 치를 떨며 말했다.

다른 이들의 눈빛에도 불신과 혐오가 가득했다.

흡정흡기는 그 옛날 마교에서나 다루던 사술, 아니 악술이라, 무림인들 사이에서는 식인(食人)을 하는 것이나 진배없었다.

하지만 강무련의 말처럼 귀천성에는 더 이상 비난할 말도
없었다.

"우리가 해야 할 일은?"

"이곳에서의 일은 월하회와 하오문이 움직이고 있을 거
다. 현학문에서도 나선다 했고."

진화의 말에 숙청단원들이 고개를 끄덕였다.

사실 현학문이라는 말에 잠시 멈칫한 정파 출신들이 몇몇
있었지만, 어쨌든 도박에 미친 그 학사도 제가 해야 할 일만
큼은 확실했으니. 설마 도박에 미친 학사가 현학문도 중에
또 있을까, 다른 이들은 그렇지 않으리라 의심을 떨구었다.

다만 군조의 시선이 남궁구를 향했다.

남궁구는 그의 시선을 모르는 듯했지만, 눈치 빠른 몇몇은
군조가 그를 보고 있다는 것 알았다.

남궁교명이 군조를 향해 날을 세우듯 날카롭게 쳐다보자,
초서비가 슬쩍 군조의 소매를 당겨 시선을 돌렸다.

그때.

"우리는 이곳에서 우리만이 할 수 있는 일을 한다."

진화가 눈빛을 마주하며 숙청단원들 하나하나를 집중시켰
다.

"혼현마제…… 그자라면 장안에서의 일을 알고 있을 거
다. 어쩌면 이 모든 걸 미리 예측하고, 사신을 통해 한 제국

이 거절할 수 없는 제안을 보내온 건지도 모르지. 하지만, 여기까진 정사연합의 군사부에서도 예상한 일이다."

진화의 입꼬리가 슬쩍 올라갔다.

천수현인 제갈길현과 제갈가주, 홍랑대부 초산하 그리고 혼현마제는 서로가 서로를 너무도 잘 알았다.

서로의 능력이 어느 정도인지, 어떻게 움직일 것인지, 앞으로의 계획은 어떤 식으로 세울 것인지, 전부.

하지만 정사연합의 군사부에는 혼현마제가 잘 알지 못하는 인물도 있었으니. 바로 남궁진휘였다.

혼현마제는 단 한 번도 남궁진휘와 직접적으로 부딪힌 적이 없었으니, 남궁진휘의 움직임이야말로 혼현마제에겐 미지의 영역이었다.

그가 진화를 '변수'라고 지칭한 것처럼 말이다.

진화는 이번 함정을 만든 것이 남궁진휘라는 사실에 자신감을 가졌다.

"연회장에 그자들을 부를 거다. 그자들의 일거수일투족을 감시하고, 우리에게 필요한 방향으로 움직이게 만든다! 헛짓거리를 할 듯하면 그냥 죽여 버려도 좋다."

"충ㅡ!"

진화의 명에 숙청단원들이 우렁차게 답했다.

정파 출신들은 죽은 현무단원들을 생각하며 울분을 담았고, 사패천 출신들은 그런 동료들의 마음을 이해하며 그들과 함께했다.

숙청단은 이제야 겨우 하나의 단체처럼 움직이는 듯했다.

⚜

일황자궁에서 모처럼 큰 황실 연회를 열었다.

일황자 한유강으로선 어거지로 떠맡은 연회였지만, 그의 마음과 달리 일황자궁의 준비는 일사천리였다.

호양공주가 오랜만에 원미인의 속을 뒤집을 생각에 신이 나서 연회 준비를 진두지휘하고, 일황자궁 궁인들은 모처럼 일황자가 장남으로서의 위엄을 보일 기회를 가졌다는 데에 기뻐하며 의욕을 보였기 때문이다.

"너무…… 과한 것 아닙니까?"

일황자궁 앞으로 마련된 연회장을 보며 일황자가 떨떠름한 표정을 했다.

"호호호, 황후마마께서 특별히 금족령도 풀어 주시고, 지원도 빵빵하게 해 주셨지. 오랜만에 돈을 물 쓰듯 쓰니 좋더구나."

호양공주는 귀하다는 수국으로 사방을 장식하고 만족스럽게 웃었다.

"멋……지군요. 감사합니다."

세상 화려한 연회장을 보며 숙청단원들의 눈이 휘둥그레

진 사이.

진화 역시 떨떠름한 표정으로 일황자와 호양공주에게 감사를 표했다.

잠시 후, 원미인과 그녀의 소생들, 열양공주와 무음공주, 삼황자와 오황자가 도착했다.

"……."

"……."

원미인과 호양공주가 눈을 마주치고도 서로에게 먼저 인사를 건네지 않았다.

원미인은 비록 강등되긴 했으나 여전히 염녕전을 차지한 황제의 후궁이었고, 호양공주는 무위종사정부인이 정식 위치였지만 어쨌든 황제의 유일한 친누이였다.

두 사람의 눈빛이 매섭게 마주쳤다.

이번만큼은 일황자 또한 호양공주를 말릴 생각이 없는지, 그녀의 옆에서 황자들을 차갑게 내려다보고 있었다.

'살얼음판이군.'

'황실은 원래 이런가?'

화려한 연회장에 한 번, 인사조차 쉽게 나누지 않는 황실 식구들 모습에 두 번.

살벌한 분위기에 놀란 사패천 출신 숙청단원들이 정파 출신들에게 눈짓을 보냈다.

그러자 이미 황실의 아귀다툼이 익숙한 남궁구와 남궁교

명은 느긋하게 고개를 끄덕여 보였다.

'여긴 웃으면서 꽃으로 뺨 때리는 곳이야.'

'금으로 똥칠을 하는 곳이지.'

'하지만 저래서야 어떻게 자리에 앉나?'

부지런히 눈짓들만 오갔지만, 무슨 말을 하는지는 서로 전부 다 알아들었다.

'우리 단주까지 저럴 줄이야…….'

황계수가 그들 사이에서 역시나 말없이 서 있는 진화를 믿을 수 없다는 듯 보았다.

진화와 황실 권력 다툼이라니…….

남궁교명과 남궁구가 황계수를 향해 황급히 고개를 저었다.

―우리 공자님은 그냥 아무 생각이 없으신 거다!

―애초에 인사를 나눌 생각 자체가 없으실걸. 도련님이 저 인간들 얼굴도 기억 못 한다에 내 전 재산과 손목을 걸지.

남궁교명과 남궁구의 변호 아닌 변호에, 숙청단원들이 그제야 고개를 끄덕였다.

결국 일황자와 호양공주 그리고 원미인과 그 소생들의 대치는 전 허미인의 소생인 사황자와 육황자, 관도공주가 도착하고서야 끝이 났다.

"고모님, 그간 강녕하셨습니까? 큰형님도 잘 지내셨습니까?"

어쨌든 이 자리에선 호양공주가 가장 큰 황실 어른이라.

사황자의 인사로 인해 애매했던 서열 정리가 끝이 났다.

원미인의 눈빛이 매섭게 사황자를 쏘아보았다.

하지만 그 사이로 육황자가 자연스럽게 끼어들었다.

"큰형님, 일전에 보내 주신 약재 감사합니다."

"아니, 뭐 별거라고……."

"아닙니다. 신경 써서 챙겨 주셔서 소제, 마음으로 탄복했습니다."

"크흠, 마음 쓰지 말고 몸조리 잘하시게."

육황자의 인사에 일황자가 쑥스러운 듯 헛기침을 했다.

그러자 이번에는 육황자의 시선이 진화에게 닿았다.

"둘째 형님, 정말 오랜만입니다. 그때 그렇게 헤어져서 어찌나 아쉬웠던지. 이번에는 궁에 오래 머무시는 겁니까?"

웃으며 사근사근 묻는 말에, 진화가 물끄러미 육황자를 보다가 사황자에게 시선을 돌렸다.

사황자는 동생의 모습을 흐뭇하게 지켜보면서도 크게 웃지 못하고 있었다.

진화와 눈을 마주치자 민망한 듯한 웃음을 보이기까지 했다.

"……너도 건강해 보이네, 의욕적이기도 하고."

진화의 말에 일황자가 슬쩍 진화에게 눈길을 주고, 사황자는 그대로 얼어 버렸다.

다만.

"아, 그렇습니까? 하하하, 건강을 찾고 보니 마음이 급해서 그런가 봅니다."

육황자가 진화에게 웃으면서 너스레를 떨었다.

그 모습을 남궁구가 재밌다는 듯 웃으며 지켜보고, 모두가 자리로 돌아가는 내내 남궁교명이 육황자의 뒷모습을 향해 날카로운 눈빛을 보냈다.

잠시 후.

"손님들께서 참석하셨습니다."

태감이 진화가 진짜 기다리던 손님들의 참석을 알려 왔다.

진화와 숙청단원들의 눈빛이 대번에 달라졌다.

입구에서 다양한 나이 대의 사내 다섯이 들어서더니, 곧 일황자와 진화의 앞으로 와서 공손하게 고개를 숙였다.

"이렇게 초대해 주셔서 감사합니다."

인사를 받는 진화의 눈매가 꿈틀거렸다.

"관복이 제법 그럴싸하군. 천천히 즐기다 가시게."

초대한 손님에게 하기엔 무척 무례한 말이었다.

주변에서 놀란 시선들이 진화에게 쏟아졌다.

"배려 감사합니다."

제일 앞에 있던 중년인은 그저 공손하게 웃어 보였으나, 뒤에 선 네 명의 사내들은 눈매가 파르르 떨렸다.

그리고 그들의 모습을 지켜보던 진화의 눈빛도 번뜩였다.

—구. 군조.

—암살자의 걸음걸이가 확실합니다.

—살각 출신들입니다.

남궁구와 군조가 확신했다.

'사신으로 온 암살자들이라……'

자리에 앉은 사신들을 향해 진화가 싱긋 웃어 보였다.

연회장.

일황자와 진화, 호양공주가 가운데 자리에 앉고, 원미인과
그 소생들이 왼쪽으로, 전 허미인의 소생들이 오른쪽에 서로
마주 보고 앉았다.

누가 이런 식의 자리 배치를 했는지는 물어보지 않아도 뻔
했다.

호양공주가 의기양양한 얼굴로 원미인과 그 소생들을 보
았기 때문이다.

원미인은 제 자리가 측면으로 밀려나 있다는 것에 불쾌감
을 숨기지 못했고, 삼황자와 그 소생들은 폐서인의 자식들과
마주하고 겸상한다는 데에 얼굴을 찌푸렸다.

사황자와 육황자, 관도공주 또한 자신들을 노골적으로 무

시하려 드는 이들에게 감정이 좋을 리 없었다.

하지만 결국은 양측이 마주 보는 자리였다.

원미인은 호양공주보다 낮은 위치에 앉아야 했고, 그 자식들 또한 똑같은 위치에서 서로 마주 보아야 했다.

그게 현재 그들의 위치였기 때문이다.

원미인 소생들과 전 허미인 소생들이 서로를 노려보는 가운데, 힐끔힐끔 일황자와 진화를 향한 곁눈질을 했다.

일황자와 진화는 당연한 듯 가운데 자리에 앉아 그들에게 신경도 쓰지 않았다.

같은 듯하면서도 가운데를 우러러보는 듯한 배치.

그것은 유일한 적통 황자이자 군공을 세운 황자로서 다음 황태자 위에 가장 유력한 진화의 위치를 보여 주는 듯했다.

아마도 건희전에서 연회를 주최했어도 이런 식으로 자리를 만들었을 것이다.

숙청단과 사신들을 비롯한 연회에 초대된 손님들이 황실 가족들의 뒷줄에 자리를 했다.

손님을 초대하고 무슨 푸대접이냐 할 수 있지만, 이것도 가벼운 환영연회였기에 이렇게 황족 가까이 자리를 할 수 있는 것이었다.

숙청단은 진화를 지키는 그의 뒤쪽으로 자리했는데, 팽가 형제와 이천평, 황계수가 뿜어내는 거대하고 험악한 인상에 진화를 노리던 이들이 눈길도 돌리지 못했다.

연회장 가운데에서 무희들의 공연이 이어졌다.

모두가 화려한 황실 공연을 지켜보며 눈호강을 하는 가운데, 원미인과 그 소생들은 내내 뻣뻣하게 굳은 표정을 한 번도 풀지 않았다.

오히려 무희들의 공연이 최고조로 올라가자, 이때다 싶은 삼황자가 불만을 터뜨렸다.

"젠장, 왜 우리가 죄인의 자식들과 겸상을 해야 하는 겁니까?"

"폐하의 자식들이야."

삼황자의 불평에 원미인의 장녀인 열양공주가 차갑게 얼굴을 굳히고 입술만 움직여 답을 했다.

일부러 눈길도 주지 않고 표정 관리를 하는 본보기를 보였건만, 삼황자의 불평은 가시질 않았다.

"그러면 일황자는 왜 저기에 앉습니까? 따지고 보면 일황자는 폐서인이 아닙니까?"

"쉿! 황제 폐하께서 그건 입 밖으로 내지 말라 하지 않았더냐."

결국 열양공주가 삼황자를 째려보며 미간을 구겼다.

"하지만 그래 봐야 폐서인의 자식이라는 게 달라집니까? 저 자리는 우리가 앉던지, 아니면 일황자가 내려와야지요!"

"들린다! 조용히 좀 해!"

"누님도 따지고 보면 왕후가 될 몸인데 관도 공주와 한자리에 앉는 게 말이 됩니까? 우리가 저 죄인들 자식과 함께 있어야 하느냔 말입니다!"

열양공주가 목소리를 낮추고 삼황자를 자중시키려 했지만, 어릴 때야 엄한 누님의 말이 통했지 지금 와서 그게 통할 리 없었다.

그때, 남매들의 옆에서 조용히 혀 차는 소리가 들렸다.

"주변에 눈이 많다. 소란스럽구나."

"하지만 어머니……!"

"한유창, 닥쳐."

"……."

생각지도 못한 거친 말에 삼황자가 놀란 눈을 떴다.

열양공주의 눈짓을 따라 아래를 보자, 원미인이 탁자 아래로 부들부들 떨리는 주먹을 겨우 감추고 있었다.

결국 이 자리가 가장 굴욕적인 사람은 어머니인 원미인이라. 그제서야 삼황자도 입을 꾹 다물고 굳은 얼굴로 정면만 바라보았다.

연회 내내 원미인과 그 소생들이 있는 자리가 살얼음판처럼 조용한 것과는 반대로.

사황자와 육황자, 관도공주가 있는 자리는 간간이 웃음소리가 나올 정도로 화기애애했다.

신료들이 사황자와 육황자에게 거리낌 없이 말을 걸고 황자들이 그것을 살갑게 받아 주면서 시종일관 대화가 끊이지 않았다.

관도공주 또한 신료들의 여식들과 내내 웃음꽃을 피웠다.

허미인이 죽고 난 뒤 관도공주는 참고 있던 자유를 얻은 양 무예를 배우기 시작했고, 무관들의 여식들과 허물없이 어울리면서 영애들 사이로 제법 큰 세력을 이루었다.

한결 대조적인 양쪽을 보며 일황자가 슬쩍 입꼬리를 말았다.

"요즘 사황자와 육황자가 살판이 났지. 허미인과 허임이 살아 있을 때보다 더 활개를 치고 다니니까."

일황자의 말투에서 냉소가 묻어났다.

"미친 허씨가 벌인 비극적인 사연과 육황자를 살리려 한 사황자의 우애가 고상한 유학자들의 입맛에 맞아떨어진 모양이야. 허임이 죽고 눈치만 보고 있던 황도 호족들도 다시 사황자에게 붙으려는 듯하고. 웃긴 건, 그 많은 사람들을 만나고 다니는 것이 저 육황자라는 거야. 은혜 갚기를 하려는 건지 제 형을 황태자 위에 올리려 꽤나 열심히라는군."

일황자가 슬쩍 진화의 얼굴을 살폈다.

자신의 말에 사황자와 육황자를 슬쩍 쳐다보기는 했지만, 표정이 전혀 달라지지 않아 무슨 생각을 하는지 알 수 없었다.

'아직 저놈들은 경쟁자로 생각하지 않는 건가?'

일황자의 생각은 반은 맞고 반은 틀렸다.

진화는 그들을 경쟁자로 생각하는 것이 아니라, 그들 자체에 아무 생각이 없었다.

진화가 그들, 아니 육황자를 본 것은 독부의 독에서 얼마나 회복했는지 확인하기 위해서였다.

'해독이 되었다곤 하지만 누워 있는 동안 장기와 혈맥이 많이 상했었어. 황실 태의들이 달라붙어 치료를 하는데도 여전히 혈색이 창백하고 빈맥이 있는 것을 보면, 역시 완전한 회복을 기대하는 건 무리였나 보군. 의선문이 곁에 있는 천수현인의 회복은 어찌 되어 가고 있을까. 다음에 볼 때 유심히 봐야겠어.'

진화는 육황자의 회복이나 천수현인의 회복에 은근히 신경을 쓰고 있었다.

이전 생에 남궁강과 남궁가주에게 있었던 독살 시도 때문이었다.

남궁세가에 숨어든 첩자나 수상한 의도를 가지고 제 욕심만 챙기던 장로까지 모조리 치워 버리긴 했지만, 중독 시점이 다가올수록 불안했다.

독이야 진화가 해독할 수 있었지만 회복은 다른 문제였으니. 진화는 천천히 태의와 의선문의 회복 능력을 비교 중이었다.

그리고 그것이 진화가 육황자를 쳐다본 유일한 이유였다.

진화가 사황자와 육황자에 더 이상 관심이 없어 보이자, 일황자의 화제는 반대편 원미인과 그 소생들에게 넘어갔다.

"그래, 사실 지금 같은 세상에 낙양의 호족이나 문신 들이 모여 봤자 큰 힘은 발휘하기 힘들지. 아직은 저쪽을 좀 더 경계하는 게 좋아. 북위대장군부와 서장왕은 무시할 수 없는 세력이니까."

일황자의 말처럼 원미인과 삼황자가 있는 자리 뒤쪽에는 여전히 많은 대소 신료들이 모여 있었다.

이런 자리까지 참석하기엔 체면을 차릴 수밖에 없는 고관들은 그 자식들이 자리를 대신했다.

젊은 무관과 장군부의 후계들 또한 삼황자와 가까웠다.

하지만 진화가 보는 눈은 좀 달랐다.

그들 모두 삼황자의 세력인가 하면, 그게 아니었기 때문이다.

"……"

삼황자의 바로 뒷자리에 북회대장군의 삼남이자 북회군 종사 원자균이 참석해 있었다.

북회대장군부에서는 위장군은 물론이고 장남인 원자기도 참석하지 않았기에, 원자균이 북회대장군부의 대표라 할 수 있었다.

실제로 젊은 장수들과 장군부의 자제들은 원자균을 중심

으로 모여 있었다.

그런 원자균이 오매불망 진화와 눈이 마주치길 기다렸다, 눈이 마주치자마자 눈인사를 해 왔다.

빳빳하게 군은 얼굴로 정면만 보고 있던 원미인이나 삼황자는 결코 알지 못했지만, 진화와 함께 그쪽으로 시선을 두고 있던 일황자는 그 모습을 똑똑히 보았다.

일황자가 의외라는 듯 진화를 보았다.

"지난번 삼황자가 반란을 토벌하러 갔을 때, 원자균이 너를 보필했다고 했던가? 상당히 우호적인 얼굴이군."

"⋯⋯."

슬쩍 떠보듯 말을 건넨 일황자는 이마저도 진화가 아무 반응이 없자, 결국 고개를 젓고 말았다.

약간 김이 샌 듯한 표정이었다.

'관심이 전혀 없는 건 아닌 거 같은데.'

일황자가 의아한 듯 진화를 보았다.

그때까지도 진화의 시선은 삼황자가 있는 곳에 닿아 있었다.

거의 반나절 정도 이어진 긴 연회였다.

눈길을 빼앗는 무희들의 공연부터 귀를 쉬지 않게 울리는 악사들의 음악, 쉴 새 없이 내놓는 황실의 오찬과 술.

날이 저물어 가기 시작하자, 대부분의 사람들이 기분 좋게 취해 있었다.

보통은 날이 저문 후에 본격적인 술과 향락의 연회가 시작되는 경우가 대부분이지만, 당금 황제의 치세에서는 어지간해서는 그런 연회가 자주 벌어지지 않았다.

무엇보다 주인공이 진화가 연회가 끝나기만 기다렸다는 듯 자리에서 일어섰다.

진화가 일어서자 숙청단이 뒤를 따랐고, 일황자와 호양공주도 자리를 지킬 이유가 없어졌다.

결국 자연스럽게 연회가 끝이 난 것이다.

원미인과 그 소생들이 지금 순간만을 기다렸다는 듯 일제히 일어섰다.

그런데 그때.

인사도 없이 연회장을 나가는 원미인과 그 소생들의 곁으로 혼현마제가 보낸 사신들이 따라붙었다.

계속해서 사신들을 지켜보고 있던 진화가 그 모습을 보고 눈을 빛냈다.

진화의 시선이 사신들과 대화를 나누는 삼황자에게 닿았다.

사신들의 말을 듣던 삼황자가 눈을 번쩍 떴다.

황급하게 주변을 살피는 모습이 우습기만 했다.

진화가 하고자 했다면 급하게 뛰고 있는 삼황자의 심장 소리마저 들을 수 있었을 것이었다.

"안으로 가서 긴히 이야기를 나누시지요. 그분께서 황자님을 위한 안배도 전해 주셨으니 말입니다."

은근하게 지껄이는 사신의 말에 진화의 눈매가 가늘어졌다.

'혼현마제의 안배라…….'

드디어 기다렸던 말이 나왔다.

"군조."

진화의 부름에 숙청단에서 군조가 슬쩍 모습을 감추었다.

손님을 배웅하듯 서 있는 진화에게 사황자와 육황자가 다가왔다.

그들은 붉게 달아오른 얼굴로 처음보다 밝은 표정으로 인사를 건넸다.

"형님, 다음에 또 찾아뵙겠습니다."

"곧 찾아뵙겠습니다."

"아."

진화가 별다른 답 없이 고개만 끄덕이자, 육황자의 입꼬리가 살짝 떨렸다.

그리고 진화를 향해 눈을 치켜뜨는 순간.

"조만간 꼭 보자고요. 하하하하!"

사황자가 웃으며 인사를 마무리하곤, 한쪽으로 육황자를 끌었다.

사황자의 만류에 육황자가 어쩔 수 없다는 듯 고개를 숙여 다시 인사를 하고 자리를 떴다.

진화의 시선이 그들의 뒷모습에 머물고, 일황자가 은근히 웃으며 진화에게 가까이 다가섰다.

"앞에서 이빨을 보이니까 이제 실감이 나나? 그러니까, 내가 긴장 풀지 말라고 했지 않나."

"……."

진화가 일황자를 돌아보자, 일황자가 이를 드러내며 씨익 웃었다.

"황좌 앞에서는 얼마든지 안면을 바꾸는 족속이 황족들이야. 은혜를 입은 놈들도, 패배하고 내려앉은 놈들도 황좌 앞에선 얼마든지 무치(無恥)할 수 있다. 끝날 때까지 결코 끝난 게 아니라는 거지. 관심 없다고 무신경하면 곤란해. 관심을 가져 보기도 전에 빼앗길 수도 있다고. 앞으로 정신 바짝 차려야 할 거야."

약을 올리는 건지, 협박을 하는 건지.

일황자가 싱글벙글 웃으면서 진화에게 앞날을 경고했다.

연회가 끝난 뒤.

삼황자는 기어코 제국의 초대받지 않는 손님들을 염녕전까지 데려왔다.

그곳에 보는 눈이 수십, 수백 개였다.

원미인은 삼황자의 경솔한 행동에 그를 노려보았다.

"아니, 그게 우리에겐 나쁠 것이 없는 말이라⋯⋯."

원미인의 눈초리에 삼황자가 눈치를 보는 듯하더니 입을 꾹 다물었다.

그러곤 이제 더 이상 어머니의 눈빛에 벌벌 떠는 아이가 아니라는 듯 반항적으로 원미인과 눈을 마주쳤다.

"어차피 폐하의 눈 밖에 났는데 뭘 더 두려워할 것이 있습니까?"

"황자!"

삼황자의 눈빛에서 원미인에 대한 원망이 드러났다.

삼황자는 원미인이 황태자를 건드려 귀빈 자리에서 강등되면서 저도 함께 황제의 눈 밖에 났다고 생각했다.

그리고 그런 생각이 삼황자의 반항심을 점점 키운 것이다.

모두 삼황자를 위해 한 일이었지만 오히려 저를 원망하는 삼황자를 보며, 원미인은 꽁꽁 싸매고 있던 맥이 풀리며 온몸의 힘이 빠져나가는 듯했다.

그것이 그녀의 마음에도 빈틈을 만들었다.

'그래. 언제나 품 안의 자식일 수는 없지⋯⋯ 게다가 틀린 말도 아니니까.'

원미인의 눈빛에 분노가 빠져나가는 것을 눈치 챈 삼황자가 목소리를 키웠다.

"어머니, 이게 기회입니다. 저들은 신 제국도 아니고 당장 폐하도 저들을 토벌하러 갈 수도 없으니, 결국은 폐하도 진(眞)국을 인정할 수밖에 없을 겁니다."

삼황자의 말이 점점 원미인의 마음을 움직였다.

그때, 잠자코 있던 사신단의 대표가 은근슬쩍 끼어들었다.

"삼황자 저하께서 상황을 바로 보고 계십니다. 신 제국에서 지금 장안을 함락했습니다."

"뭐라?"

사신의 말에 원미인이 눈을 크게 떴다.

장안 함락이라니!

조정이 뒤집어졌을 큰 사건이었다.

'그런데 어째서 그런 소식이 내 귀에 들어오지 않았단 말인가! 연회 내내 자균이 녀석이 자리를 지켜 놓고도, 왜!'

원미인은 이런 중차대한 일을 전하지 않은 북위장군부에 분노했다.

하지만 집안에 분노하기 전에 눈앞의 사신이 먼저였다.

"그래서 그대들이 하고자 하는 말은?"

"진국의 군주께서는 이 모든 일을 내다보고 계시지요. 폐하께서는 결국 진국을 인정하실 겁니다."

"허! 그래서, 그걸 자랑하려는 것이냐?"

"하하하, 아닙니다. 그럴 리가요. 진국은 그저 한 제국의 제후국으로 인정받고 싶은 마음뿐입니다. 제후국으로 인정받은 후에는, 다음 황제에 이르기까지 영원한 우방으로 남고

자 하는 것이고요."

"······허."

노골적인 사신의 말에 원미인이 코웃음을 쳤다.

제후국이 되어 삼황자의 우방이 될 테니, 제후국으로 인정받을 수 있게 도와 달라는 말을 하려는 것인가? 그렇다면 이쪽에서 손해 볼 것은 전혀 없는 거래였다.

원미인이 한쪽 입꼬리를 말아 올렸다.

하지만 그때, 사신이 조용히 고개를 들어 원미인과 눈을 마주했다.

"진국 군주께선 언제나 서로에게 이득이 되는 거래를 원하시지요. 폐하께서는 결국 진국을 인정하실 테니, 그것은 거래 대상이 될 수 없습니다."

"······그래서?"

정곡을 찌르는 사신의 말에 원미인이 사신을 노려보았다.

그러자 사신이야말로 자신만만하게 한쪽 입꼬리를 올려 보였다.

"서장왕의 장자가 열양공주님의 혼약자로 계신다 들었습니다."

"그런데?"

뜬금없는 말에 원미인이 눈썹을 꿈틀거렸다.

"황제 폐하의 장녀의 혼약자가 겨우 왕자일 뿐이라니, 섭섭한 일이지요. 황제는 거기에 대해 아직 관심도 없으시고······

저희 군주님께서 서장왕의 장자를 태자로 만들어 주겠다 하
셨습니다."

"뭐?"

사신의 말에 원미인이 흥분을 감추지 못하고 목소리를 높
이고 말았다.

사신의 미소가 짙어졌다.

"저희 진국의 수뇌부는 무림에 기반을 둔 이들이 많지요.
은밀하게 일을 처리하는 데에 재주가 있는 이들도 많고요.
경쟁자를 없애 준다면 장자가 태자 자리에 오르는 일은 자연
스러운 수순이 될 것입니다. 그리되면…… 삼황자 저하의 뒤
에는 북회대장군부 외에도 한 제국의 남북을 감싼 강대한 세
력이 둘이나 서게 되겠지요."

"……!"

사신의 말에 원미인의 눈이 커지고.

"어머니……!"

대충 흘러가는 대화의 결과를 눈치챈 삼황자가 흥분에 찬
목소리로 원미인을 불렀다.

물론, 창밖 풀숲에 숨어 있던 인영도 속으로 흥분을 감추
지 못했다.

창틀의 그림자에 교묘하게 숨긴 대롱으로 그들의 모든 대
화를 들은 군조는 대롱에서 귀를 뗐다.

'서장이라니……! 서장이 혼현마제와 손을 잡는다면, 장안까지 들어온 신 제국은 어떻게 되는 거지? 한 제국에는 좋은 일인가? 젠장, 알 수가 없군. 일단 단주님께, 아니 어머니께도 전해야겠어!'

군조는 최선을 다해 벌렁거리는 심장 소리를 다스렸다.

마음은 급했지만, 사신들의 정체가 살각 출신들이라면 숨소리조차 바람결에 감추어야 할 것이었다.

군조가 최대한 조심스럽게 몸을 움직였다.

소리를 엿듣던 대롱을 남겼지만, 재로 만든 그것은 새벽이슬에 젖어 없어질 테니 궁인들이 흔적을 발견한다 한들 그 정체는 알지 못할 것이었다.

풀숲 사이에 있던 군조의 그림자가 스르륵 빠져나갔다.

영수전.

폐서인 허양은 죽었지만, 그 소생들은 여전히 영수전에 머물고 있었다.

영수전은 엄연히 황제의 후궁에게 내려지는 궁이었기에 조정에서 말들이 많았지만, 이에 관해서는 특별히 황제의 윤허가 있었다.

그동안 남매가 당한 고통을 안타까워한 황제의 결정이라

알려졌지만, 사실 안타까워한 것은 황후였고 황제는 그저 새로운 궁을 준비할 시간과 예산을 아낀 것뿐이었다.

그 사실을 누구보다 잘 아는 사람이 사황자였다.

연회를 마치고 돌아온 사황자는 영수전에 들자마자 육황자를 꾸짖었다.

"너는 대체! 그 자리에서 내가 얼마나 난처했는지 아느냐?"

사황자의 호통에 육황자가 움찔했다.

하지만 겁을 먹고 움츠러든 것은 아니었다.

"하지만 형님……."

"내 누누이 이르지 않았더냐. 황궁에서 살아남으려거든, 속으로 품은 생각은 밖으로 드러내선 안 되고, 밖으로 드러내선 안 되는 생각이라면 속으로 품지도 말라고!"

육황자가 뭔가 말을 하기도 전에 사황자가 말을 끊고 목소리를 키웠다.

매섭게 다그치는 말투 속에는 동생에 대한 걱정이 반이었으니. 유감스럽게도 그런 꾸중이 먹혀들 리 없었다.

"저는 아무 말도 안 했는데요?"

"드러내지 말라고! 입으로든, 눈빛으로든 뭐든!"

"……하지만 소제는 왜 그래야 하는지 모르겠습니다."

걱정이라는 것은 알지만, 제 마음은 또 그렇지가 않은 것을.

육황자는 제 마음도 몰라주고 자꾸 저를 다그치는 사황자가 불만스러웠다.

"인아!"

동생의 반항 아닌 반항에 사황자가 놀라서 소리쳤다.

하지만 사황자의 목소리가 높아진 만큼 육황자의 반항심도 높아졌다.

"아까 전에도 그렇습니다! 그런 예의 없는 태도라니! 아무리 우리가 그분께 은혜를 입었다지만, 인사를 하는데 대꾸조차 않는 것은 우리를 무시하는 게 아니고 뭐란 말입니까! 연회 주최자로서 한 번도 우리 자리에 들르지 않는 것도 그렇고요!"

"인아!"

"예, 저도 압니다. 제가 그분께 목숨을 빚졌지요. 그런데 그건 그거고, 아무리 보아도 그분은 황태자 감이……!"

짜—악!

육황자의 고개가 매섭게 돌아갔다.

사황자가 손을 내리친 자세 그대로 굳어 있었다.

스스로도 놀랐던지 눈을 크게 뜨고 육황자를 보았다.

육황자 역시 많이 놀란 듯 얼굴이 돌아간 그대로 얼어붙었다.

"이, 인……."

육황자가 서서히 고개를 돌려 사황자를 보고.

육황자와 눈이 마주친 사황자의 손이 바르르 떨렸다.

화들짝 놀란 사황자가 급하게 손을 내렸다.

하지만 마음을 다잡고 뻣뻣하게 굳은 얼굴로 육황자를 보았다.

"네 방자함이 문밖으로 나갈까 무서울 정도구나."

"형님……."

"내 누누이 언감생심 못 오를 자리는 꿈도 꾸지 말라 했다. 또한 좁디좁은 네 식견으로 사람을, 특히 윗전을 평하지 말라 일렀다. 그런데도 너는 조심성이라곤 없구나!"

사황자가 엄한 목소리로 육황자를 꾸짖었다

"네가 부쩍 신료들의 자제들과 어울리는 것을 안다. 무슨 생각인지도 뻔하지만, 그저 그동안 말동무 하나 없이 지내 그런 것이라 애써 모른 척했다. 그런데, 나도 아는 것은 다른 사람들이라고 모를 것 같더냐? 너와 나를 무시한 태도라고? 차라리 무시해 주어서 다행이구나. 그분이 마음을 먹었다면 오늘 이 한마디로 너와 나는 물론 누이와 궁인들 모두가 죽었을 거다! 누누이 일렀지만, 또 말하마. 자중해라. 폐서인의 자식으로서 분수를 알고, 매사 언행을 조심하고 또 조심해야 한다! 그것이 너와 나, 우리 모두를 위한 길이다!"

사황자의 말에 담긴 진심과 무서운 현실이 느껴져서일까.

육황자의 얼굴이 창백하게 질렸다.

하지만 '죽음'에 대해서라면 누구보다 많이 생각해 보았던 그였다.

이제 와서 겁을 먹고 물러서고 싶지 않았다.

"그, 그것과 황좌는 다른 문제라 생각합니다."

"이 녀석이 그래도!"

"어머니가 지은 죄와 우리는 상관이 없다, 황제 폐하께서도 그리 말씀하셨습니다. 어머니의 죄로 형님께서 물러나실 이유는 없습니다. 황좌는 누구보다 강하면서도 동시에 자애로운 사람이 앉아야 하는 자리입니다. 형님이야말로 그 자리에 어울리는 분입니다. 현명하고, 강인하고, 자애로운……."

육황자가 주먹을 불끈 쥐고 사황자를 보았다.

신중하고 단호하게 저를 다그치면서도 눈빛에는 걱정이 가득했다.

그 모습을 보며 육황자는 '역시 형님이어야 한다'고 생각을 굳혔다.

"그건 이상일 뿐이다. 황좌는 그런 것과는 상관없는 이야기다!"

"아니요. 이상은 어렵지만, 어렵다고 피할 것은 아닙니다. 형님이야말로…… 어머니와 소제 때문에 이렇게 물러서선 안 된다고 생각합니다!"

사황자는 계속 설득하려 했지만, 육황자는 듣고 싶지 않았다.

전부 사황자가 후계 싸움에서 물러서기 위해 내뱉는 핑계라고 생각했기 때문이다.

육황자는 단단히 마음먹은 대로 말을 던지고 그대로 문밖으로 나가 버렸다

"인아!"

생각지도 못한 마지막 말 때문에 잠시 멈칫했다.

그래서 뒤늦게 사황자가 다급하게 육황자를 불렀지만 이미 늦어 버렸다.

육황자가 방을 나가고.

"하아."

사황자가 깊은 한숨과 함께 골치가 아프다는 듯 이마를 짚었다.

영수전을 담당하는 장 내관이 조용히 다가와 차를 내밀었다.

사황자는 흥분을 가라앉히고 차를 들이켰다.

"후우, 철이 없는 건지, 본래 그런 건지. 머릿속이 꽃밭이야! 저러다가 정말 큰 실수를 하는 것은 아닌지 걱정이군."

"이해하십시오. 아주 어릴 적에 잠이 드신 뒤로 일어나신 지 얼마 되지 않았사옵니다. 영특하신 덕에 지식은 금방 따라갈 수 있지만 세상에 대해 아는 것은 다르지 않습니까. 시간이 필요하실 겁니다."

걱정하는 사황자의 곁에서 장 내관이 위로를 건넸다.

하지만 사황자는 쉽게 걱정을 놓을 수 없었다.

"그것이 문제일세. 저 녀석이 천지도 모르고 날뛰다가, 험하게 세상을 배우게 될까 봐. 하룻강아지가 범 무서운 줄 모른다더니. 그 말을 이렇게 실감하게 될 줄은 몰랐군."

사황자는 제발 범이 강아지를 물지 않기만을 바랐다.

하지만 사황자가 간과한 것이 있었으니.

하룻강아지가 범 무서운 줄 모른다는 사실을 모두가 알게 된 데에는 계기가 있을 거란 사실이다.

가령 강아지가 제 발로 범을 찾아가는 것과 같은.

다음 날.

밤새 고민한 육황자는 결심을 굳혔다.

'나 때문이다. 내가 목숨을 구명받는 바람에 형님이 이황자님께 마음의 빚을 느끼는 것이 분명해! 내 빚은 내가 갚아야지, 그걸로 형님의 발목을 잡는 건 옳지 않아!'

육황자가 다부지게 주먹을 쥐고 건희전을 찾았다.

건희전.

진화의 눈이 문서에서 떨어질 줄 몰랐다.

"사신들의 추적은?"

"뭔가 눈치를 챈 건지 사방으로 흩어졌습니다. 당혜군과 초서비, 소천주가 각각 따라붙기는 했는데, 영 거시기 하죠."

남궁구의 말에 진화가 남궁구를 빤히 보았다.

"……왜요? 아, 소천주?"

"미행을, 소천주가 갔다고?"

"저와 군조를 제외하면 소천주의 은신술이 교명이나 제갈
상보다 낫습니다."

"대체 사패천 소천주가 은신술은 왜 배운 건지……."

남궁교명이 이해할 수 없다는 듯 투덜거렸다.

그런 남궁교명의 반응을 보자면 확실히 강무련의 은신술
이 뛰어나긴 한가 보다, 진화가 고개를 끄덕였다.

"너와 군조는?"

"조금 있다가 약조를 잡아 놨습니다. 뭐가 그렇게 바쁜지
월하회주님과 이제 겨우 약조를 잡아서요. 군조도 하오문으
로 간다고 하니, 같이 가려고요."

"……괜찮겠나?"

진화의 물음에 남궁구가 씨익 웃음을 보였다.

"흐흐, 걱정되십니까?"

"남궁의 무서운 고래가……."

"으아아악! 제발요! 뭘 아시든 아는 척만 마시라니까요!"

슬쩍 백경에 대해 흘리는 진화의 말에 남궁구가 질색을 하
며 펄쩍 뛰었다.

진화도 더 이상 말할 생각은 없었다.

그저 매번 여기까지 장난을 친다는 걸 알면서도 펄쩍 날뛰는 남궁구의 모습이 재밌었다.

그리고 동시에 안타까웠다.

"그냥. 고래 귀에만 들어가지 않으면 되지 않나 해서."

"그냥! 월하회에만 갔다가 올 겁니다."

진화의 말에 담긴 배려를 정말로 못 알아챈 사람처럼, 남궁구가 진화의 말을 단칼에 거절했다.

"월하회와 하오문에서 원래 하던 일에 차질이 없어야 한다. 서장의 문제는 이미 매응을 정의맹으로 보냈다. 그래도 월하회의 처리가 빠를 것 같아 알리는 것뿐이니까, 여력이 남을 것 같으면 나서라 전해."

"예. 예."

진화의 명에 군조와 남궁구가 답했다.

사실 숙청단의 일은 황궁에 한정되어 있어서 크게 움직일 수 있는 일이 없었다.

사패천 출신 고수들은 벌써부터 답답해하고 있었지만, 그렇다고 함부로 자리를 비울 수도 없었다. 황궁에서의 활동은 진화가 있는 숙청단이 아니면 어떤 곳도 할 수 없는 일이기 때문이다.

진화는 사패천 출신들의 답답함도 해소할 겸 월하회와 하오문의 일에 지장을 주지 않을 겸, 겸사겸사 사신들의 일을 숙청단에서 계속 맡아 할 요량이었다.

그렇게 진화의 명을 받은 남궁구와 군조가 밖으로 나가려는 때.

"저하, 육황자 저하께서 찾아오셨습니다."

"육황자가?"

진화가 의아한 듯 눈썹을 꿈틀거리고, 밖으로 나가려던 남궁구는 자연스럽게 걸음을 멈추고 진화의 뒤로 섰다. 머뭇거리던 군조도 남궁구를 따라 움직였다.

그러나 군조가 가려는 자리에는 이미 남궁교명이 굳은 얼굴로 서 있었다.

진화가 남궁구를 향해 어림없다는 듯 고개를 저었다.

"그냥 나가서 일 봐."

"에이, 재밌는 일이 있을 것 같은데요."

"그러니까. 너는 나가서 재미없는 일 하라고."

"쳇."

진화의 깔끔한 거절에 남궁구가 입술을 삐죽이며 자리를 비켰다.

남궁구가 마지못해 움직이자, 뻘쭘하게 있던 군조도 남궁구를 따라 움직였다.

그렇게 내쫓기듯 집무실을 나간 남궁구와 군조는 육황자와 마주쳤다.

"아, 진짜 손님들이 있었소?"

육황자가 짐짓 놀란 듯 남궁구와 군조를 보았다.

그가 무슨 생각을 했는지 훤히 보이는 표정 변화였다.

아마 손님도 없는데 저를 무시하는 것이라 생각하고 있었으리라. 남궁구가 눈매를 가늘게 접었다.

"이황자 전하께서는 딸린 수하들도 있고 약속된 일정도 가득해서 늘 바쁘시지요."

"아, 그렇소? 미리 연통을 보낼 걸 그랬군요."

남궁구가 입으로 돌려 말하며 눈빛으로 쏘아 보낸 의미가 딱 그거였다.

무식하고 예의 없는 것은 바로 육황자라고.

다행히 영 눈치가 없는 것은 아닌지 육화자가 남궁구의 말뜻을 잘 알아듣자, 남궁구가 육황자를 향해 씨익 웃어 보였다.

"저희는 이만 시키신 일을 하러 나가야 할 듯합니다."

"아, 가, 가 보시오."

"그럼, 편하게 담소 나누십시오, 저하."

남궁구가 떨떠름한 얼굴을 한 육황자를 지나쳐 집무실을 나왔다.

하지만 그냥 그대로 황궁 밖을 나갈 수는 없었다.

"안 가나?"

"갈 리가 없지. 어젯밤에 저 황자 놈이 우리 도련님을 어떻게 보는지 봤는데!"

남궁구가 단호하게 고개를 젓고는 지붕 위로 펄쩍 뛰어올랐다.

놀란 군조가 뒤따라 지붕 위로 올랐다.

"단주님이라면 이렇게까지 할 필요가 없는 거 아니야?"

"필요가 왜 없나? 겁 없는 강아지가 제 발로 왔는데, 이런 좋은 구경을 놓칠 수는 없잖아?"

"뭐?"

"쉿!"

"……허어."

싱글벙글 웃으며 조용히 하라는 남궁구의 모습에 군조가 기가 막힌 듯 헛웃음을 지었다.

하지만 그사이, 지붕에 바짝 귀를 댄 남궁구의 눈빛이 날카롭게 가라앉았다.

진화의 시선이 슬쩍 천장을 향했다.

하지만 곧 맞은편에 있는 육황자를 보았다.

"그래, 왜 왔지?"

다짜고짜 용건부터 묻는 말.

듣기에 따라서는 불청객에게 따지는 말 같기도 했다.

다부지게 집무실에 들어왔던 육황자의 눈빛이 흔들렸다.

하지만 곧, 눈에 힘을 주고 진화를 똑바로 보았다.

"소제, 긴히 형님께, 아니 이황자님께 하고 싶은 말이 있어 왔습니다."

"……"

진화가 육황자의 눈을 마주했다.

무저갱처럼 검은 눈이 제 속을 꿰뚫을 듯하자 금세 움찔대는 모습이 아직 많이 어설퍼 보였다.

'별로 쓸모 있는 내용은 아니겠군.'

호칭까지 바꿔 부르며 제 딴에는 진지하게 말했지만, 진화는 육황자가 저를 뭐라 부르든 개의치 않았다.

그저 소문이 빠른 황궁 안에서 뭔가 보고 들은 것이 있나 잠시 기대했을 뿐. 육황자의 어설픈 모습에 그것마저 식어 버렸다.

"하고 싶은 말이 뭐지?"

진화가 심드렁한 말투로 물었다.

그러자 긴장하고 있던 육황자가 결심을 굳힌 듯 진지한 얼굴로 말문을 열었다.

"소제, 부탁할 것이 있습니다."

"……."

"제 목숨을 구해 주신 은혜는 죽을 때까지 소제가 갚아 갈 것입니다. 하오니 부디 제 형님께서 나아갈 길을 막지 말아 주십시오. 가급적 정정당당한 경쟁 부탁드립니다."

"……."

진화는 여전히 말이 없었다.

대신 불쾌감을 드러내듯 눈썹이 꿈틀거렸다.

육황자의 말이 마치…….

"말씀이 심하시군요! 우리 공자님은 부러 다른 사람의 앞길을 막거나, 경쟁을 피하는 분이 아니십니다!"

남궁교명이 심한 모욕이라도 당한 듯 육황자를 노려보았다.

무인이 뿜어내는 기세를 약관도 넘지 않은 병약한 황자가 견딜 수 있을 리 만무하니. 내공을 담지 않은 눈빛만으로도 육황자의 얼굴이 창백하게 질렸다.

"하, 하지만…… 그렇지만……."

육황자가 완전히 주눅이 든 듯 말을 더듬거렸다.

"하아."

진화가 크게 한숨을 쉬었다.

저런 상대의 말에 살짝 분노할 뻔한 것이 민망할 정도였다.

하지만 그건 그거고, 이건 이거.

상대가 약하다고 해서 걸어온 시비를 받아 줄 이유는 없었다.

"내가 싫다면?"

"네?"

진화의 반문에 육황자가 당황한 듯 되물었다.

그런 육황자를 향해 진화가 싱긋이 웃어 보였다.

"네 부탁이 무슨 뜻인지 모르겠지만, 그게 뭐든 내가 들어주기 싫, 다, 면?"

진화가 또박또박, 한 자 한 자 정성껏 육황자의 부탁을 거절했다.

진화는 기분이 나빴다.

저는 가만히, 지금 당장 해야 할 일을 하고 싶을 뿐인데, 한 번도 황좌 따위에 욕심을 낸 적도 없는데.

황궁에 오고 난 이후 황제부터 일황자, 이제는 어린 육황자까지, 주변에서 저를 두고 이리저리 나불거리는 것이 마음에 들지 않았다.

속이 비틀리는 만큼, 진화의 미소가 짙어졌다.

"나는 네 부탁을 들어줄 이유가 없다."

"하지만 형님께서는 무림의 일 외에 제국에는 관심이 없으시다고……."

"관심이 있느냐 없느냐는 내가 정하는 것이다."

진화의 눈이 육황자를 보았다.

단지 내려다보는 것뿐이었는데, 육황자는 마치 거대한 산을 앞에 둔 듯 자신이 하염없이 작아지는 것을 느꼈다.

점점…… 거대한 무언가가 자신을 짓누르는 느낌.

육황자의 얼굴이 창백하게 질렸다.

그 모습을 보며 진화가 혀를 차며 싸늘하게 말했다.

"쯧, 그렇게 약한 주제에 주제를 모르니 네 형의 약점이 되는 것이다."

"이황자님!"

내내 육황자가 마음에 걸려 하던 것을 정확하게 찌르는 말에, 육황자가 저도 모르게 목소리를 키웠다.

육황자가 날카로운 눈빛으로 진화를 노려보았다.

내내 형님의 짐이 되었다는 사실이 마음에 걸려 나름 사교력도 발휘하고 형님에게 도움이 될 일을 찾았던 것인데, 육황자는 진화가 말 한마디로 자신의 모든 노력을 비웃는 듯했다.

하지만 진화에게는 육황자의 마음을 알아줄 이유도, 의무도 없었다.

"말이 심하십니다!"

"심해? 어디가? 네 일가가 몰살을 당한 것이 고작 엊그제 일이다. 그런데 너는 네 형은 또다시 죽을 자리로 밀어 넣는구나."

"그, 그런⋯⋯!"

"내가 하지 않아도 모두가 한다. 원미인과 삼황자 일파부터 허씨에 원한을 가진 이들이 지금도 벼르고 있다. 배경도 뭣도 없는 황자들 따위 꼬투리만 잡으면 모가지 날리는 거야 쉽지. 너희만 그럴까? 원미인과 삼황자가 내내 무시를 당하면서도 납작 엎드려 있는 이유가 뭘 것 같으냐? 그치들은 입이 없어서 내게 '부탁'을 못 하는 듯싶더냐? ⋯⋯내가 무관심하다 하여 모르고 있다고 생각하면 오산이다."

"아⋯⋯."

"기다려라."

진화는 제대로 답도 못 하고 어버버거리는 육황자를 향해 단호하게 말했다.

"본래 선택이라는 것은 강자의 몫이다. 내가 관심을 가질지, 말지. 경쟁을 할지, 말지. 욕심을 낼지, 말지…… 너희들이 할 일은 기다리는 것뿐이다. 선택은 나의 몫이니."

진화 자신이 강자라는 것이다.

오만한 답변이었지만 육황자는 감히 진화를 비난하지 못했다.

진화의 말처럼 그는 무관심한 것이지 제 처지를 모르고 있는 것은 아니었다.

무엇보다, 진화의 검은 눈에 새파란 번개가 내리치는데 육황자는 그것이 마치 자신에게 내리꽂히는 것 같았다.

육황자의 얼굴이 공포로 물들었다.

"저, 저는 송구합니다. 저, 저는 그저……."

육황자가 횡설수설 사과했다.

가뜩이나 병약한 얼굴이 새파랗게 질린 것을 보며, 진화는 제가 흥분했다는 것을 깨달았다.

그때, 집무실 밖에서 고 내관이 또 다른 방문객을 알려 왔다.

"저하, 사황자님께서 찾아오셨습니다."

"드시게 해라."

상황을 파악한 동 태감이 진화의 허락이 있기도 전에 문을 열었다.

그러자 사황자가 다급하게 안으로 들어왔다.

"인아—! 너……!"

소식을 듣고 급하게 왔는지 사황자의 이마에 땀방울이 맺혀 있었다.

하지만 창백하다 못해 파리하게 질린 육황자를 보자 차마 더 이상 다그치지 못하고 입을 다물었다.

대신 진화를 향해 고개를 숙였다.

"송구합니다. 육황자가 아직 철이 없어 실수를 한 듯합니다. 제가 따끔하게 혼내고 따로 사죄 올리도록 할 테니, 오늘은 이쯤에서 용서해 주십시오."

사황자의 사과에도 불구하고 진화의 시선은 육황자에게 닿아 있었다.

"용서를 할지 말지, 그 또한 생각해 보고 결정하겠다. 오늘은 이만 데려가도록."

사황자는 육황자가 뭔가 단단히 실수했구나 생각했지만, 진화가 한 말의 진의를 아는 육황자의 얼굴은 더욱더 창백하게 질렸다.

"다시 한번 송구합니다. 나중에 찾아뵙겠습니다."

사황자가 육황자를 잡아끌듯 부축하여 데리고 나갔다.

그들이 나간 후.

'너무 진지했나.'

부축까지 해서 나가는 모습을 보니, 진화는 이제야 약간의 민망함이 몰려드는 듯했다.

남궁세가를 지키는 것만으로도 벅찬데 자꾸만 저를 흔들어 대는 것들에 짜증 나서 그것을 육황자에게 풀어 버린 것 같았다.

"쯧. ……괜한 화풀이를 한 것 같군."

진화의 혼잣말에 남궁교명이 단호하게 고개를 저었다.

"괜찮습니다. 적어도 대가리는 안 깨뜨렸지 않습니까. 조마조마했습니다."

"……."

진화가 어이없다는 듯 그를 보았지만, 남궁교명의 표정은 진지하기만 했다.

사황자와 육황자가 돌아가는 것을 보고, 남궁구와 군조도 지붕 위에서 내려왔다.

"자, 이제 가 보자고."

남궁구가 싱글싱글 웃으며 말했다.

진화와 육황자의 결말이 남궁구의 마음에 든 듯했다.

그런 남궁구를 보며 군조도 싱긋이 웃어 보였다.

"하오문 먼저 들를까요?"

"……수작 부리지 마."

남궁구가 순식간에 정색하며 돌아섰다.

군조는 남궁구의 뒷모습을 보며 아쉽다는 듯 혀를 찼다.

황궁에는 비밀이 없었다.

특히 건희전은 황궁 내의 모든 사람들의 관심이 집중된 곳이었다.

이른 아침부터 육황자가 건희전을 찾은 일은 알음알음 많은 사람들의 입을 탔다.

입이 무거운 건희전 궁인들 덕에 자세한 내용은 퍼져 나가지 않았지만, 기세등등하게 건희전을 찾았던 육황자가 부축을 받아 나간 자체만으로도 많은 이야기가 만들어졌다.

물론 그 모든 소문에서 장추궁만은 예외였다.

"하하하, 녀석이 단단히 골이 났나 보오. 육황자가 호되게 혼이 났다는군."

궁 안에 있는 모든 것이 황제의 것이었다.

낮 새도, 밤 쥐도 모두.

황제는 건희전에 있었던 일을 모두 듣고도 유쾌하게 웃었다.

"이황자 저하께서 화가 났다면 좋지 않은 일이 아닙니까?"

황제의 앞으로 문서를 출납하며 중서령 사마윤이 걱정스

럽다는 듯 물었다.

그가 부지런하게 올려놓는 장계는 황제의 책상뿐 아니라 반대편 책상 위에도 쌓여 갔다.

이번에 다시 승상 자리에 오른 조위례의 책상이었다.

"허허허, 그게 그렇지가 않네."

"가르침을 청합니다."

"가르침은 무슨."

조위례가 은근하게 웃으며 사마윤을 보았다.

질문이 필요할 정도로 어리석은 자였다면 중서령의 자리에 앉지 못했을 것이다.

그저 필요한 질문을 던지는 것이 그의 일이었다.

다만 저렇듯 윗전의 귀에 거슬리지 않고 겸손하게 일을 잘하는 것도 재주라, 조위례가 흐뭇한 눈길로 사마윤을 보았다.

"그분께서는 애초에 황태자 자리에 대해 생각해 본 일이 없으시네. 생각해 본 일이 없으니 고민을 할 일도 없지. 그런 분이 골이 났다는 건, 그나마 생각은 해 봤다는 말이 아닌가."

"아! 그렇군요."

조위례의 말에 사마윤이 크게 깨달음을 얻은 듯 탄성을 뱉었다.

"그렇다면 이제 황태자 위에 황자님을……."

"그건 아직이고."

사마윤의 말을 끊고 황제가 고개를 저었다.

"그놈의 말마따나 이제 겨우 생각이나 해 본다는 것뿐이니까."

"하면 이제 어찌하실 것인지요?"

"글쎄."

황제가 슬쩍 조위례를 보자 조위례가 황제와 눈을 마주치고 고개를 끄덕였다.

"이제 권력의 존재를 알았으니, 그 필요성을 아실 차례지."

"욕망을 알았다면, 그게 얼마나 좋은지도 알아야 하니까."

조위례의 손에 들린 장계는 새로 군을 꾸리는 데에 필요한 예산에 관한 것이었다.

조위례와 황제가 서로 눈을 마주하고 씨—익 웃어 보이니.

사이에 끼인 중서령 사마윤은 슬쩍 몸을 떨며 은근슬쩍 두 사람의 앞으로 장계를 높이 쌓았다.

낙양 저자 한복판.

남궁구가 차갑게 굳은 얼굴로 군조와 조금 떨어져 길을 지나고 있었다.

다 함께 낙양으로 들어오면서 "오고 또 와도 좋은 게 황도!"라며 연신 밝게 웃던 것과는 사뭇 다른 표정이었다.

"결국은 같이 가게 되었잖아요?"

"닥쳐. 남궁세가의 전서를 하오문에 맡길 수 없어서 그런 것뿐이니까."

능글능글함의 대명사였던 남궁구가 차고 뾰족한 고드름처럼 굴고, 웃는 모습조차 얼음 같다던 군조가 능글능글 웃어대니.

두 사람을 아는 사람들이 보았다면 고개를 갸웃거릴 정도로 평소와 다른 모습이었다.

하지만 숙청단에서 두 사람은 항상 이러했다.

첫 만남 때와 다르게 군조는 남궁구에게 친근하게 다가가고, 남궁구는 매몰차다 싶을 정도로 냉정하게 군조를 밀어내었다.

두 사람의 사이가 좋지 않다는 것은 이제 숙청단 내에서 모르는 이가 없을 정도로 노골적이었다.

그런 남궁구와 군조 둘이 같이 하오문을 향하는 중이었다.

군조가 월하회에 가는 남궁구에게 억지로 따라붙은 것을 시작으로, 월하회에서 뜻하지 않게 남궁세가의 전서를 맡게 되면서 일이 틀어졌다.

남궁구는 하오문에, 그것도 군조와 함께 하오문을 찾는 건 내켜 하지 않았지만, 남궁세가의 전서를 군조에게 맡기는 더 싫었는지 함께 길을 나섰다.

"대체 왜 그렇게 싫어하는 겁니까?"

하오문으로 가는 내내 냉기를 풀풀 날리는 남궁구의 뒷모습을 보며, 군조가 답답함을 참지 못하고 말문을 열었다.

이제 곧 하오문주이자 어머니 채명화를 만날 것이라 마음이 급해진 면도 있었다.

"일부러 그런 것도 아니고 피치 못할 사정으로 남궁세가를 나온 후로 어머니께선 정말 그쪽을 많이 그리워했습니다. 내가 질투할 정도로."

"……."

실수였을까.

군조의 말에 길을 가던 남궁구가 우뚝 멈췄다.

그리고 가슴이 시릴 정도로 차가운 얼굴로 군조를 돌아보았다.

"주제넘게 지껄이지 마."

군조도 걸음을 멈추고 남궁구를 보았다.

정말로 놀랐다.

눈동자 속에 새파랗게 날이 선 것은, 분명 살기였다.

'너무 성급했나.'

"하아."

군조가 한숨을 쉬며 양손을 들었다.

남궁구의 눈빛에 쫀 것은 아니라고 하고 싶지만, 이번에는 정말 위험하다 싶었다.

살벌한 경고를 남긴 남궁구가 다시 말없이 앞서가고.

'남궁세가 창서각주의 아들로 곱게 컸다고 들었는데, 대체 저 눈빛은 뭐지……?'

군조는 앞서가는 남궁구의 뒷모습을 보며 고개를 갸웃거렸다.

낙양에서도 가장 번화한 저자의 한복판.

월하객잔이 저자의 뒷거리에 거대하게 자리했다면, 하오문은 번화가 한복판에 작게 자리를 잡았다.

여느 상점처럼 버젓이 '하오(好)'라는 이상한 이름의 간판까지 걸어 놓고.

남궁구는 상점의 정문이 아닌 상점 옆의 골목으로 들어갔다.

그리고 익숙한 듯 벽으로 위장한 문을 두드렸다.

뒤따라오던 군조의 눈이 휘둥그레 커졌다.

"어, 어머니가 알려 주신 겁니까?"

"……아니."

군조의 물음에 남궁구가 그를 째려보았다가, 무슨 생각을 했는지 짧게 답했다.

아니, 무슨 생각을 했는지는 뻔했다.

짧게 '아니'라고 답하며 서늘하게 말려 올라간 남궁구의 입꼬리에 모든 답이 있었다.

'어머니께서 알려 주신 게 아니라면, 대체 남궁세가에서

하오문의 비밀 접선은 어떻게 안 거지?'

이번에는 정말 심장이 철렁했다.

끼-익.

열리는 문으로 남궁구가 들어가고, 군조가 뒤따라 들어갔다.

곧바로 삼 층까지 이어진 계단을 성큼성큼 오르는 남궁구를 보며, 군조의 눈빛에도 긴장감이라는 것이 생겼다.

"남궁세가에서 전하는 전서를 가져왔소."

남궁구의 말에 하오문주의 방 앞을 지키던 문도가 문을 열어 주었다.

군조도 방문을 지키던 이와 눈인사를 하고 남궁구를 따라 들어갔다.

하오문주의 방으로 들어서자마자 코끝으로 들어오는 익숙한 향기.

주황색의 아름다운 능소화가 하오문주의 방 안에 가득했다.

"어서 오세요."

여전히 단아한 아름다움을 가진 여인, 하오문주 채명지가 남궁구와 군조를 맞았다.

"군조도 왔니?"

"문주님을 뵙습니다."

군조의 인사에 채명지가 놀란 눈을 떴다.

그리고 군조의 옆에 냉랭한 표정으로 앉아 있는 남궁구를 보자마자 무슨 일인지 대번에 알아차렸다.

"후후, 쓸데없는 눈치를 보는구나."

"……."

하오문주가 사랑스럽다는 듯 군조를 보자, 군조가 슬쩍 턱을 긁었다.

남궁구는 여전히 무표정한 얼굴로 앞만 보고 있었다.

"그래, 숙청단에서 전하는 말은?"

"역천비지가 준비되는 대로 사신들에게 말을 흘릴 것이라 했습니다."

"사신들에게? ……오, 호호호, 남궁의 소가주가 재밌는 생각을 했구나."

군조의 말 한마디로 하오문주는 일이 어찌 흘러가는지 금방 알아차렸다.

하오문주가 중년의 여인이라고는 믿기지 않을 정도로 맑은 목소리로 웃음을 터뜨렸다.

영문을 눈치채지 못한 군조는 의아한 얼굴로 그녀를 보았다.

"무슨 생각인지 아시겠습니까?"

"호호, 글쎄. 네 옆의 남궁 공자도 아시는 눈치인데?"

"……."

군조가 남궁구를 보았지만, 남궁구가 답을 해 줄 리 없었다.

그는 하오문주와 군조의 화기애애한 분위기 속에서도 눈 하나 깜짝하지 않고 냉정한 얼굴로 일관하고 있었다.

군조가 슬쩍 하오문주의 얼굴을 살폈다.

그리고 평소와 다를 바 없는 하오문주의 모습에 살짝 안도의 한숨을 쉬었다.

안도가 너무 일렀을까.

"그리고 단주님께서 역천비지에 대해 가장 잘 아는 것은 숙청단이니, 사전에 확인을 하겠다 전하십니다."

멈칫.

자애롭게 웃던 하오문주가 한순간에 정색했다.

"……하오문의 일을 확인하겠다고? 너는 그걸 받아들였고?"

"그게, 저……."

하오문주의 추궁에 군조가 곤란한 듯 말끝을 흐렸다.

그때, 조용히 자리를 지키던 남궁구가 끼어들었다.

"지금까지 역천비지를 가장 많이 경험한 건 우리 숙청단, 아니 적호단 십 조 출신의 무인들입니다. 문자로 전달되는 정보로는 알 수 없는 세심한 부분을 확인하겠다는 것이니, 받아들이십시오."

"받아들이라? 하오문이 왜 그래야 하지?"

하오문주가 날카로운 눈빛으로 남궁구를 쏘아보았다.

남궁구는 그런 하오문주에게 보란 듯이 입꼬리를 올려 보였다.

"받아들일 이유와 안 받아들일 이유가 함께 있는데, 하오문이 단주님의 제안을 안 받아들여서 일이 실패했을 때 찾아올 대가가 훨씬 클 테니까요."

남궁구의 눈빛이 지지 않고 하오문주의 눈빛을 받아쳤다.

잠시, 두 사람 사이에 날 선 눈빛이 오갔다.

하지만 결국 명분과 힘에서 남궁구가 앞섰으니, 하오문주가 물러섰다.

"남궁세가에서 전해 온 전서는 무엇이죠?"

하오문주의 물음에 남궁구가 조용히 품에 있던 전서를 건넸다.

남궁세가에서 청해상단도 아니고 월하회 상인을 통해서 보낸 전서였다.

전서를 읽던 하오문주의 얼굴이 창백하게 질리고, 눈매가 파르르 떨렸다.

"이건……."

하오문주가 처음과 달리 남궁구를 보는 눈빛이 흔들렸다.

하지만 끝내 하려던 말을 삼키고 입술을 질끈 깨물었다.

"쓸데없는 경고로군요. 이전의 하오문이 아닌데 말이죠."

"남궁세가도 이전의 남궁이 아닙니다."

한마디도 지지 않고 받아치는 남궁구의 모습에 하오문주

의 눈 끝이 붉게 달아올랐다.

"……네 뜻도 아버지와 같은 거니?"

하오문주가 내색하지 않고 꾹꾹 눌러 왔던 말을 결국 뱉고 말았다.

예상 못 한 질문이었는지 남궁구의 눈이 커졌다.

하지만 곧 남궁구의 눈빛이 단단하게 굳었다.

"이참에 말해 두죠. 저 녀석은 자꾸 날 엮어서 형제 놀이라도 해 보고 싶은 모양인데, 꿈 깨요. 그때 당신은 하오문을 선택했고, 그건 변하지 않는 사실이야. 이해는 해. 나나 아버지도 남궁을 선택했을 테니까."

남궁구의 말에 결국 하오문주의 눈이 하염없이 흔들렸다.

하지만 그럴수록 남궁구의 눈빛은 독해졌다.

"그러니까 용서까지 바라진 마요. 전서에 쓰인 대로 입조심 하시고요. 모처럼 정사연합이 단단한데, 구태여 원수질 필욘 없잖아요?"

서늘한 비소를 흘리며 남궁구가 하오문주에게 경고했다.

하오문주는 그의 모습에서 어떤 그리운 모습을 찾았다.

"아버지를 닮았구나."

하오문주가 애틋함을 담아 한 말에 남궁구의 눈이 매섭게 돌변했다.

"하하, 입, 조심하라고 했잖아, 방금."

오싹할 정도로 살기를 품은 말에, 군조가 놀란 눈으로 남궁구를 보았다.

하오문주는 살기 따윈 아무렇지 않은 듯 이전보다 더 애틋한 눈빛으로 남궁구를 보았다.

"그때의 일…… 전부 아는 거니?"

하오문주가 떨리는 목소리로 물었다.

하지만 차게 식은 남궁구의 말투에는 변화가 없었다.

"알아서. 달라질 것이 있나?"

비소가 섞인 되물음에 하오문주가 입을 다물고, 남궁구는 볼일을 다 봤다는 듯 자리에서 일어섰다.

깍듯하게 고개까지 숙이고 나가는 길.

"능소화라니 웃기지도 않는군."

남궁구가 기어코 한마디를 던지고 나갔다.

하지만 남궁구의 말을 들은 하오문주가 눈을 번쩍 떴다.

'능소화를 잊지 않았구나!'

남궁세가를 떠나며 아들의 머리맡에 두고 나온 꽃.

일부러 던진 말일까?

하오문주의 심장이 두근거렸다.

아주 작은 희망.

그것만으로도 하오문주 채명지의 눈빛에 단단한 각오가 섰다.

콰―직.

하오문주가 남궁세가에서 보내온 전서를 손에 쥐고 구겼

다.

지금이 아니면 앞으로는 기회조차 없을 것이다.

무려 남궁세가의 고혼암풍단주의 경고였으니 말이다.

남궁가주밖에 알지 못한다는 고혼암풍단의 정체를 알았으니, 그녀에게 그의 경고가 닿는 것도 이해는 갔다.

하지만 그녀 또한 아들에게 용서받을 마지막 기회를 놓치고 싶지 않았다.

건희전.

남궁구와 군조가 돌아오고, 사신들을 미행했던 단원들도 돌아왔다.

월하회와 하오문에서 역천비지의 준비를 마쳤다는 연통을 보내왔기 때문이다.

"유인은 어떻게 하지?"

적을 유인하는 것이 숙청단의 일이라, 강무련이 단주인 진화에게 방법을 물었다.

그러자 진화가 여유롭게 고개를 저었다.

"유인을 하는 건 우리가 할 일이 아니야. 그게 함정(檻穽)이라는 확신이 들면, 혼현마제가 알아서 해 줄 테니까."

진화의 눈빛이 서늘하게 가라앉았다.

"마침 사신들이 와 있으니, 그들에게 역천비지에 대해 흘리도록 하지."

"어떻게? 살각 출신들이라 어지간해선 쉽게 속지 않을 거다."

"걱정 마. 마침 딱 좋은 쥐새끼가 있으니까."

진화가 여유롭게 만두를 집어 들었다.

만두를 든 진화의 시선이 건희전을 넘어 염녕전을 향했다.

"……보통 이럴 때는 고상하게 찻잔을 들지 않나?"

"술잔만 되었어도……."

"모르는 소리, 물배 따위 채워 뭐 하나! 만두가 알차지."

이천평과 황계수가 수군거리는 말에 현오가 진화의 편을 들었다.

다 죽일 진盡 칼날 번뜩일 화鋙 : 그 어느 때보다 철저하게

황궁은 바다와 닮았다.

평소의 황궁은 대체로 조용했다.

궁인들은 숨소리, 발소리를 죽여 가며 일하고, 신료들은 함부로 목소리를 높이지 못했으니.

깊고 넓은 물속에서 어떤 일이 일어나든 수면 위는 언제나 잔잔하고 평온하기만 했다.

하지만 잔잔한 수면 위에는 사실 끊임없이 크고 작은 물결이 치고 있듯, 황궁의 조용함 속에는 시작을 알 수 없는 크고 작은 소문들이 끊이지 않았고.

언젠가 시작을 알 수 없는 작은 파랑이 거대한 파도가 되어 천지를 휩쓸듯, 시작을 알 수 없는 작은 소문은 황궁의 모

든 것을 집어삼키고 천하로 번져 나가기도 했다.

바다가 만드는 재앙처럼 황궁의 결정 또한 수천, 수만 아니 수십만의 목숨을 집어삼킬 수 있었다.

말 그대로 인간이 만들어 내는 재앙.

사람들은 바다의 재앙을 두려워하듯 황궁의 결정을 두려워하면서도, 수면 위의 파랑처럼 끊임없이 소문을 만들어 내고 전했다.

넓은 황궁에서도 인적이 드문 곳.

진화가 신기한 듯 주변을 돌아보았다.

언제나 사람들로 가득한 이곳에 적막강산처럼 조용한 곳이 있을 줄 몰랐던 얼굴이었다.

"예전 그 여자가 자주 찾던 곳입니다. 사람을 죽인 곳이라 소문이 와전되어, 궁인들도 관리가 필요할 때가 아니면 발걸음을 하지 않는다고 합니다."

옆에 있던 사내가 공손한 말투로 사정을 설명했다.

그의 말에 진화가 순순히 고개를 끄덕였다.

황궁에서 그리 오래 지낸 것은 아니지만, 이곳만큼 온갖 미신이 횡횡하는 곳이 없다는 걸 알았기 때문이다.

특히 궁녀들은 아침부터 향을 태우는 것은 예사고 어떤 날에는 손목에 붉은 줄을 감고 있거나 어떤 날엔 너 나 할 것 없이 이상한 냄새를 풍기며 돌아다닐 때도 있었으니.

'한을 품고 죽은 처녀귀신이 되지 않으려고 하는 짓이니, 품어 주실 것이 아니라면 모르는 척하시라.'는 둥 태감의 조언에, 진화는 그들의 행동에 어떤 의문도 품지 않기로 했던 적이 있었다.

진화가 잠깐 그때의 일을 기억하며 정원 구석에 눈길을 줄 때, 곁에 있던 사내가 조심스레 말을 꺼냈다.

"지금……?"

슬쩍 흘리듯 묻는 말에 진화가 고개를 끄덕였다.

그러자 사내가 헛기침을 하며 이야기를 꺼냈다.

"흠, 지금 또 황궁을 나가신다고요?"

"아아, 무림의 일이 바빠서."

"무림의 일이라니, 위험한 일인가요? 폐하와 황후마마의 걱정이 크십니다."

"아니, 별로 위험한 것은 아니다. 귀천성, 아니 지금은 신제국을 차지한 놈들이 힘을 얻는 특별한 땅이 있는데, 그것을 없애러 다니고 있다."

"아! 그러면 이번에 황도에 오신 것도……?"

"놈들이 힘을 얻는 땅, 역천비지가 황도 어딘가에 있다고 해서 그것을 없애러 온 것이다."

진화의 말에 사내가 진지하게 고개를 끄덕였다.

그도 그럴 것이 사내는 정말로 처음 드는 내용이었다.

"황도 어딘가라니…… 찾을 수는 있는 것입니까?"

사내가 걱정스럽다는 듯 물었다.

그러자 진화가 피식 웃으며 말했다.

"벌써 찾았다. 역천비록의 해석이 모두 끝나가고 있거든."

"아, 그렇군요. 하하하!"

진화의 말에 사내가 어색하게 웃으며 고개를 끄덕였다.

역천비록이 뭔지 몰랐기 때문이다.

하지만 진화는 웃고 있는 사내를 빤히 보며 그를 압박했고, 사내는 눈동자를 굴리며 답을 찾았다.

"어…… 그, 역천비지를 없애기만 하면 됩니까?"

"아니."

진화가 기다렸다는 말했다.

"혼현마제가 무슨 꿍꿍이로 사신들을 보냈는지 알아보려고."

"예? 어, 어떻게요?"

"역천비지. 앞서 말했지만, 마제들이 좌활백설옥을 두고 수련을 하면 몸의 회복은 물론이고 큰 힘을 얻을 수 있는 곳이다. 그곳에 대해 말을 흘려서 함정을 만들 것이다. 그리고 놈들이 걸려들면, 잡아다가 무슨 꿍꿍이인지 알아내야지."

"잡아다…… 예? 사신을 잡는다고요?"

이번에는 정말 놀란 듯 사내의 목소리가 커졌다.

진화는 그런 사내의 반응이 만족스러운 듯 씨익 웃어 보였다.

"아직 사신은 아니지. 폐하의 윤허를 얻지 못했으니까."

진화의 말에 사내는 어찌 반응해야 할지 할 말을 잃어버렸다.

하지만 상관없었다.

풀숲에 웅크리고 있던 쥐새끼가 움직였으니까.

푸스럭, 샤샤샤-샤샷!

진화가 정원 한쪽을 지긋이 쳐다보며 한쪽 입꼬리를 올리자, 사내가 한숨을 푹 쉬었다.

잠깐 침묵이 흐르고.

"……이제 된 것입니까?"

사내, 사황자가 조심스럽게 물었다.

그러자 돌아오는 것은 작은 웃음소리였다.

"우습지도 않지. 이 황궁은 아직도 무림에 대해 전혀 모르는구나. 한낱 궁녀 따위가 무림 고수의 기감을 속일 수 있을 거라 생각하다니."

비웃은 것이 아니었다.

진화는 정말로 저 어리석은 부주의함이 우스웠다.

처녀귀신이 될 것을 걱정해서 인분 가루까지 품고 다니던 저 궁녀는, 오늘 진화가 마음만 먹었다면 뼛가루도 남기지 않고 저를 태울 수 있었다는 걸 알기나 할까.

그때, 이제 볼일은 전부 끝났다고 생각했던 사황자가 조심스레 질문을 해 왔다.

"삼황자는 속을지 몰라도 사신들은 무림 출신이라고 하지 않았습니까?"

질문이 생각지도 않게 정곡을 찔러 왔다.

"속지 않을 수도 있습니다. 괜찮겠습니까?"

"……."

진화가 살짝 놀란 눈으로 사황자를 보았다.

사황자의 질문 때문이 아니었다.

무저갱처럼 검고 깊은 눈이 저를 빤히 보자 살짝 흔들리긴 했으나, 역시 사황자의 눈빛에 있는 감정은 오로지 '걱정'뿐이었다.

"그것까지는 네가 신경 쓸 일이 아니다."

선을 긋는 듯한 진화의 말에 사황자의 표정이 흐려졌다.

신기한 일이었다.

흔히들 사람은 뒷간에 들어갈 때와 나올 때가 다르다고 말한다.

그 순간을 벗어나고 나면 은혜는 잊히기 쉽고, 사람의 감정은 변하기 마련이기 때문이다.

그런데 사황자는 진화가 '거래'라고 말했던 일을 끝까지 '은혜'라고 말하더니, 여전히 진화에게 호의적이었다.

진심으로 진화를 걱정하고, 진화의 냉정한 태도에 서운해했다.

심지어 바로 엊그제 진화가 그의 동생을 위협했음에도 말이다.

"……이것으로 네 동생의 실수는 없던 것으로 해 주마."

진화 딴에는 사황자의 표정이 나아질 수 있는 말을 던졌다.

하지만 진화의 말에 사황자는 더욱 미안한 얼굴을 했다.

"그 일은 정말 송구합니다. 녀석이 아직 철이 없어서…….학문이나 지식은 금방 따라가는데, 생각하는 것은 아직 어릴 적 그대로입니다. 단단히 주의를 주었으니, 곧 사죄드리러 갈 것입니다."

"아니, 그럴 것까지 없다."

진화는 사황자의 말을 단호하게 거절했다.

죽일 수 없는 철딱서니를 상대하는 것은 귀찮은 일이었다.

하지만 사황자는 진화의 말을 조금 달리 받아들인 듯했다.

"압니다, 이렇게 일부러 용서받을 수 있는 기회를 내주신 거. 하지만 사죄드릴 것은 제대로 사죄드리도록 해야지요."

전혀 아니었다.

"진짜 괜찮다고."

진화가 눈살을 찌푸리며 다시 한번 사황자의 말을 거절했다.

그러나 사황자는 진화의 거절을 진지하게 받아들이는 표정이 아니었다.

오히려 걱정스럽다는 듯 진화가 보았던 정원 구성을 보았다.

"조금 전에는 생각을 못 했는데, 일부러 영수전까지 찾아와서 이런 대화를 나눈다니. 삼황자도 안 믿으면 어쩌죠?"

사황자는 진화가 육황자의 실수를 만회할 기회를 준 것이라 철석같이 믿는 모습이었다.

하지만 진화는 정말로 그에게 기회를 준 적이 없었다.

"오히려 영수전이라서 믿을 거다. 건희전엔 쥐새끼들이 파고들 구멍이 없거든."

"네?"

"없던 구멍이 이제 와서 생기는 것도 이상하잖아. 심지어 지금은 무서운 고양이들까지 있는데."

건희전에는 진화에 대한 독살 시도 사건 이후로 첩자에 대한 경계가 철저했다.

다른 궁의 나인들이 건희전에 알짱대다가 그대로 황후전에 끌려가 영영 사라진 경우가 몇 번 있은 후로는, 건희전 소속이 아니고서야 건희전 근처에는 얼씬도 하지 않았다.

게다가 지금은 진화와 숙청단이 건희전에 들어와 있었다.

"군조."

진화의 부름에 검은 인영이 진화와 사황자의 앞에 불쑥 나타났다.

사황자의 눈이 휘둥그레졌다.

이제까지 이런 사내가 근처에 숨어 있었다는 사실을 몰랐던 게 이상할 정도로 붉은색 머리칼과 큰 키가 눈에 띄는 사내였다.

"방금 궁인. 따라가라. 염녕전으로 갈 것이다."

"충."

진화의 말에 또다시 군조가 순식간에 사라졌다.

흔적도 없이 사라지는 군조의 모습에 사황자가 다시 한번 놀랐다.

'고양이라더니……'

군조가 사라진 곳을 바라보는 사황자의 눈동자가 하염없이 떨렸다.

'무림인들은 실로 신출귀몰하군. 그래, 이러니까 기회가 아니라 하신 거지. 형님께서 함부로 황좌를 논한 인아를 살려 두신 것부터가 이미 인아를 용서하신 거였어!'

진화는 저를 보는 사황자의 눈빛이 이전보다 촉촉해진 것을 보며, 왠지 모르지만 그의 오해가 더 깊어졌다는 걸 느꼈다.

건희전 뒤편, 숲이라고 말할 수 있는 커다란 정원 깊숙이 임시로 지어진 창고.

소리가 퍼져 나가지 않게 하려고 일부러 큰 나무들 한복판에 지은 창고였지만, 이제 창고 안에는 피비린내 말고는 아무것도 없었다.

"……죽었나?"

여린 목소리가 잔뜩 움츠러든 채 물었다.

"입에 새빨간 피거품을 물고, 귀와 코, 눈에서 피를 흘리며 꼼짝도 하지 않는 사람을 '살아 있다'고 하긴 힘들지 않냐?"

남궁구가 한심하다는 표정으로 되물었다.

그러자 당혜군이 발끈했다.

"아, 씨, 그냥 기절한 걸 수도 있잖아!"

"말이 되냐? 어떻게 기절한 자가 제 사지를 저렇게 이상한 방향으로 꺾어서 기절을 하냐? 그렇게 내가 독의 강도 좀 조절하라고 했잖아."

"암살자들은 기본적으로 독에 내성이 있단 말이야!"

"내성도 어느 정도지!"

당혜군의 말을 남궁구가 하나하나 받아쳤다.

당혜군의 우김을 적당히 넘기는 것도 서로 불편한 관계에 있을 때나 가능한 일이었지, 미모에서 밀려 함께 노예로 팔려 갈 뻔했던 사이에선 있을 수 없는 일이었다.

"칫, 그것도 못 견디다니, 약해 빠진 놈!"

당혜군이 신경질적으로 죽은 시체를 걷어찼다.

그러자 남궁구가 '저놈의 성질머리하곤.' 하며 고개를 저었다.

"제발, 네 오라버니에게 써먹을 독을 내가 잡은 포로에게 실험하지 말라고!"

"흥, 그 바퀴벌레 같은 당혜평이 겨우 이 정도에 죽을 거 같아?"

"그런 섬뜩한 가문의 비사도 제발 혼자 있을 때 말할래?"

"싫어. 만약 내가 당혜평을 독살하고 그 사실이 퍼져 나가면, 범인은 무조건 너희들이야."

당혜군이 남궁구를 향해 씨익 웃어 보였다.

남궁구가 몸서리를 치며 질색을 했지만 그게 또 진짜 겁을 먹은 것처럼 보이진 않았다.

오히려 둘의 모습에 진짜 겁을 먹은 건, 황계수였다.

"너희 덕분에 정파에 대한 환상이 깨지는군."

황계수가 완전히 질렸다는 듯 당혜군과 남궁구를 향해 고개를 저었다.

그러자 당혜군과 남궁구가 어깨를 으쓱이며 씨-익 웃었다.

"어차피 알아낼 건 다 알아냈으니까 괜찮잖아."

"쉿, 비밀이야. 지켜 줄 거지?"

남궁구가 한쪽 눈을 찡긋하자, 황계수가 질겁을 하며 떨어졌다.

그러면서 남궁구가 은근슬쩍 뒤처리를 황계수에게 떠맡겼다.

사실 황계수가 그들을 따라온 이유도 그만큼 숲에서의 뒤처리에 능한 사람이 없었기 때문이다.

"어쨌든 사신으로 온 자의 시체가 발견되면 곤란하니까."

"벌레가 끓지 않게, 개나 돼지로도 시체를 찾을 수 없도록, 흔적 없이 처리하지."

말은 그렇게 했지만, 황계수 또한 아무렇지 않은 얼굴로 시체를 어깨에 들쳐 멨다.

"안은 너희가 더럽혔으니까 너희들이 청소해 놔."

"정확히는 당혜군 짓이지."

"치사하게 이럴 거야?"

황계수가 던진 불덩어리가 다시 남궁구와 당혜군 사이에 떨어졌다.

그들이 다시 투덕거리기 시작하고, 황계수는 그 소리를 노동요 삼아서 밖으로 나갔다.

"이것으로 놈들이 건희전에 오는 일은 없겠네."

"위협을 느끼면 판단이 급해질 것이고, 결국 삼황자에게서 얻는 정보에 매달릴 수밖에 없겠지."

건희전에 숨어든 사신 일행 중 하나를 잡아다 죽인 것은, 꼭 알아낼 정보가 있었기 때문이 아니었다.

물론 몇 시진의 수고로 살각 출신인 그들의 정보나 소리마제에 대해 알아내긴 했지만 그것은 부수적인 이득일 뿐이었다.

"어쨌든, 우리가 놈들에게 되게 관심이 많아 보이긴 했을 거야."

남궁구의 시선이 나무 위를 향했다.

남궁구의 시선에 놀란 사내가 황급히 숲에서 자리를 떴다.

사신들이 묵고 있는 숙소로 돌아간 사내는 습관적으로 쓰고 있던 복면을 벗었다.

혼현마제가 보낸 사신단에서 가장 젊어 보이던 사내는 창백하게 질린 얼굴을 하고 안으로 들었다.

"장로님, 정호당주님께서 돌아가셨습니다!"

"뭐?"

사내의 말에, 사신단의 대표로 있던 중년인, 살각의 장로 조엽이 눈살을 찌푸리고 고개를 들었다.

"자세히 말해 봐라. 확인된 것이냐?"

"제 눈으로 직접 확인한 것입니다. 은밀하게 움직이는 이들이 있어서 제법 깊은 안가까지 쫓아 들어갔는데, 그곳에서 고문을 당한 듯 엉망이 된 정호당주님의 시체가 나왔습니다."

"흐음……."

젊은 사내의 말에 조엽이 심각한 표정으로 생각에 잠겼다.

'형명은 소명의 뒤를 이어 살각의 후계가 될 인재다. 하지만 남궁진화는 물론이고 정호당주를 잡아낸 이들의 눈을 속일 정도의 실력은 아니야. 혹시…… 일부러 보내 준 것인가?'

조엽이 젊은 사내, 형명을 향해 의심 어린 눈길을 보냈다.

그리고 그의 의심이 깊어질 때.

사신들의 접대를 맡은 궁인이 문을 두드렸다.

"대인, 삼황자 저하께서 긴히 뵙기를 청해 오셨습니다."

"……!"

궁인의 말에 조엽이 굳은 얼굴로 일어섰다.

심각해 보이는 조엽을 형명이 의아한 눈으로 보았다.

"일단 다녀와서 이야기하자꾸나."

"네."

조엽의 말에 따라, 그가 앞장서고 형명이 조용히 뒤를 따랐다.

동료의 죽음을 목격한 형명의 얼굴은 밝을 수 없었다.

하지만 조엽의 표정은 그것과 조금 달랐다.

'역시…… 유인책일 수도 있겠어.'

적의 의도를 의심하는 순간 들어오는 삼황자의 부름.

조엽의 눈빛이 차갑게 가라앉았다.

염녕전.

원귀비전에서 원미인전이 된 이후 꾸준히 가라앉았던 염념전의 분위기는, 최근 이황자가 환궁한 후로 더욱 바닥으로 치달았다.

하지만 그것이 오로지 이황자 때문만은 아니었다.

탕―!

"괘―씸한!"

원미인이 탁자를 내리치며 분노를 참지 못했다.

그녀는 시시때때로 연회에서 호양공주에게 무시당한 일을 곱씹으며 분노를 토했다.

원귀빈이 미인으로 강등된 후로 호양공주와의 관계는 최악이었다.

원미인은 자신이 한 행동은 생각하지도 않고 호양공주를 원망하였으며, 호양공주는 그런 원미인의 약을 바짝 올리며 매번 그녀와 부딪히기를 마다하지 않았다.

오죽하면 황제마저도 그런 호양공주의 모습을 보며 사내로 태어났다면 전쟁터에 장수로 보냈을 것이라 말했을까.

다만 오늘 원미인의 분노는 호양공주뿐 아니라, 그녀에게 무시를 당하게 한 원인들에게 향했다.

"폐서인의 자식들 주제에 감히……!"

원미인이 저를 본척만척하며 이황자와 호양공주에게 달려가 아부를 떨던 사황자를 떠올리며 이를 갈았다.

물론 사황자의 언행에 대한 평가는 지극히 주관적이었다.

원미인은 사황자는 물론 육황자 또한 눈엣가시처럼 거슬려 했다.

"흥, 어디서 급도 안 되는 신료들과 시종일관 시시덕거리는 꼴이라니."

혹자는 육황자의 성품이 호방하고 학문에 관심이 많아 신료들이 칭송하고 따른다고 평가했지만, 원미인에게는 씨알도 먹히지 않을 말이었다.

하지만 사황자와 육황자가 원미인의 눈에 거슬리는 만큼 그들의 행보가 위협적이라는 의미였으니. 그들이 허씨 가문이 몰락한 후에도 여전히 황도 호족들의 구심점이 되고 있는 것은 삼황자에게 결코 좋지 않은 일이었다.

그러나 삼황자의 생각은 원미인과 달랐다.

"지금은 그놈들이 문제가 아닙니다, 어머니!"

삼황자가 미간을 찌푸리며 심각한 얼굴로 말했다.

"대체 외숙과 그 아들들은 뭘 하는 자들이란 말입니까? 장안이 함락되었다니! 그 중요한 소식마저 어머니께 알리지 않다니 말입니다! 혹, 외숙이 다른 생각을 품은 게 아닙니까?"

뭐니 뭐니 해도 삼황자의 가장 큰 배경은 북위대장군부였다.

북위대장군부가 이전처럼 어머니와 자신을 따르지 않는 것은 삼황자에게 그 무엇보다 심각한 일이었다.

삼황자의 말에 원미인의 표정이 돌변했다.

짜증스럽게 찌푸리고 있던 얼굴이 한순간에 무표정하게 변한 것이다.

마치 싸—악 하고 모든 감정의 불길이 일소된 것 같았다.

"……그 말이 무슨 뜻이냐?"

원미인의 차가운 물음에 삼황자가 당황한 듯 그녀의 눈을 피했다.

"아, 아니, 그렇지 않습니까. 어머니께서 강등된 이후로 발길도 뜸하고, 중요한 정보도 전혀 알려 주지 않고……."

삼황자가 자신 없는 말투로 말끝을 흐렸다.

그런 삼황자를 보며 원미인이 코웃음을 쳤다.

"아직 어리구나! 천륜이라는 것이 일순간의 감정으로 좌지우지되는 것이더냐? 그랬다면 허씨 가문의 삼대가 모조리 죽임을 당할 일도 없었을 것이다!"

원미인이 차디찬 말투로 단호하게 말했다.

"거센 바람과 파도는 잠시 피해 가는 것이 좋다. 일황자가 황태자 위에서 내려온 뒤 폐하께서 그를 애틋하게 여기고 계시다. 그로 인한 분노가 지금 이 어미에게 닿아 있고."

놀랍게도 원미인은 제 상황에 대해 냉정하고 정확하게 파악하고 있었다.

그래서 당시에는 불같이 화가 났지만 따로 북위대장군부에 전갈을 보내지 않았다.

"황태자에게 약을 쓴 것만으로 내 목이 달아나고 원씨 삼족이 멸해져도 할 말이 없었을 일이었다. 그런데 폐하께서 나를 강등하는 선에서 물러서신 이유가 무엇이겠느냐?"

"그야, 모후께선 폐하의 아들을 셋이나 낳으신……."

삼황자의 대답에는 자신감이 없었다.

역시나, 원미인은 삼황자의 대답에 단호하게 고개를 저었다.

"오로지 대장군부 때문이다. 아직 북위대장군부의 효용이 남아 있기 때문에 나와 너희를 살려 두신 것이다."

"어마마마!"

"냉정하게 봐라! 황후의 적통황자가 돌아와 있고, 일황자 또한 황태자 위에서 물러난 뒤 오히려 세간의 평가가 나아지고 있다. 이런 상황에서 폐하께 너와 네 형제들이 여느 아버지의 자식들만큼 소중할까? 군황의 비정함을 떠올려라. 어릴 적부터 함께 자라 대업까지 이뤄 낸 형제의 목도 손수 치신 분이 폐하시다. 황위에 앉지 못하는 너희들은 폐하의 후계자의 장애물에 불과한 것을."

"……."

원미인의 말에 삼황자는 결국 입을 다물었다.

그녀의 말에 하나도 틀린 것이 없기 때문도 있었지만, 그전에 이미 기가 죽어 버린 탓이었다.

그런 삼황자를 보며 원미인이 작게 한숨을 뱉었다.

"후우."

요즘 들어 머리가 커졌다고 어미 앞에서 목소리를 키우는 일이 늘었지만, 이렇게 보고 있자니 아직 한참 멀었다.

표서량의 일을 딛고 스스로 살길을 찾은 일황자나, 폐서인 허씨가 죽고 형제가 힘을 합쳐 일어서고 있는 사황자와 육황자에 비하자니 오히려 모자라 보일 정도였다.

어미인 제 눈에도 이렇게 비교가 되는데 다른 이들의 눈엔 어떻겠는가.

하지만 그렇다고 북위대장군부가 삼황자가 아닌 다른 황자의 뒤에 서는 것은 상상도 할 수 없는 일이었다.

"가문과 혈연이란, 결국 그 명운을 함께하고 있는 관계다. 지금은 단지 거센 비바람을 피해 몸을 낮추고 거리를 둔 것뿐이니, 괜한 생각일랑 접어 두어라. 원 사마나 군위에게 불뚝 성질을 풀어 모자라단 말 듣지 말고!"

원미인의 날카로운 당부에 삼황자가 어깨를 움찔했다.

그때였다.

"마마!"

기 상궁이 급하게 들어와 원미인의 귀에 무언가를 전했다.

기 상궁은 원미인이 사가에서부터 데려와 궁 안의 정보를 모으는 데에 눈과 귀로 쓰는 여인이었으니, 이번에도 필시 뭔가 중요한 정보를 가져왔을 것이라 삼황자도 기대에 찬 눈으로 그녀를 보았다.

아니나 다를까.

기 상궁의 말을 들은 원미인의 입이 매끄러운 호선을 그렸
다.

"사신들에게 사람을 보내 잠시 들라 하라."

"어머니, 무슨 일입니까?"

"저들과 거래할 것이 생겼구나."

삼황자의 물음에 원미인이 눈빛을 반짝이며 답했다.

원미인과 삼황자가 자리한 곳에 진국의 사신이라는 자들
이 왔다.

이미 황제의 눈 밖에 나서 돌이킬 방법이 없다고 생각한
것일까.

원미인은 그들을 불러들이는 데에 전혀 거리낌이 없었다.

"삼황자 저하와 미인 마마를 뵙습니다."

인사는 각각 따로 해야 하는 것이었다.

원미인보다는 동평왕 봉작을 받은 삼황자의 직위가 높았지
만, 원미인이 삼황자의 생모였으니 순서를 반대로 해야 한다.

지금까지 황실의 기본적인 예법조차 익히지 못한 사신은
없었다.

원미인이 슬쩍 비웃음을 흘렸다.

'국격도, 국책도 모르는 무부들이 나라라니…… 뭐, 상관

없다. 지금은 이들을 이용해서 유창을 황태자 위에 올리고, 이후에 저들을 집어삼켜도 늦지 않을 것이니.'

원미인이 사신들의 대표인 조엽을 향해 가식적으로 웃어 보였다.

하지만 원미인 또한 모르는 것이 있었으니.

그녀의 눈앞에 있는 이가 바로 악명 높은 암살자 집단인 살각의 장로였다.

황실의 예법은 몰라도, 그녀의 눈빛과 표정, 얼굴 주름 하나하나가 어찌 움직이는지 암살자들은 모두 알고 있었다.

'속내가 훤히 들여다보이는구나. 거슬리지만 어쩔 수 없지. 지금은 서로가 서로를 이용해야 하니까.'

조엽도 사신의 직분을 다하여 입매를 매끄럽게 끌어 올렸다.

서로가 서로를 이용할 생각으로 가득하니, 이 이상 친분을 나누기 위한 사교적 대화는 의미가 없었다.

원미인이 먼저 손님을 청한 이유를 밝혔다.

"일전에 사신께서 좋은 말씀을 해 주셨지요. 서로가 서로에게 좋은 거래를 원한다고."

"물론입니다. 저희는 이미 이쪽에서 해 드릴 수 있는 것을 말씀드렸지요."

"그래요. 그랬지요. 그땐 마땅히 거래할 것이 없어 그냥 넘겼는데, 마침 좋은 것이 생겼지 뭡니까."

"좋은 것이라…… 허허허, 그것이 무엇일까요?"

원미인과 조엽의 눈이 마주쳤다.

서로 웃고 있는 얼굴인데 전혀 친근해 보이진 않았다.

눈빛을 마주치고 뜸을 들이긴 했지만 결국 원미인이 먼저 자신의 패를 드러내야 했다.

보통 패를 먼저 보이는 쪽이 진다고 하지만, 이번엔 경우가 좀 달랐다.

조엽은 이미 자신의 패를 보였고 그건 원미인이 결코 무시하지 못할 만큼 대단히 치명적인 것이었기 때문이다.

하지만 원미인도 자신감이 있었다.

"그대의 군주가 마제라 했던가요?"

"역도의 무리와는 다른 분이십니다."

"뭐, 어쨌든."

원미인의 무례한 태도에 조엽의 눈매가 꿈틀거렸다.

그들을 거래 상대로 받아들였다면 상대의 위치도 인정해야 하는 법이다. 그렇다면 원미인이 혼현마제를 일컬어 마제라 해서는 안 되었던 것이다.

'허허, 네년은 반드시 내가 죽여 주마.'

조엽이 서늘한 눈빛으로 웃어 보였다.

"내놓으실 패가 저희 군주님과 관련이 있습니까?"

"그래요, 이황자가 마제들에게 힘을 주는 무언가를 찾아, 그것을 부수기 위해 황도에 왔다는군요. 역천비지라고 하는······?”

역천비지!

조엽의 눈빛이 번뜩였다.

정의맹 놈들이 역천비지를 부수고 다니는 건 이미 들었던 이야기였다.

하지만 역천비지의 중요성이 조엽을 반응하게 했고, 그걸 본 원미인은 제가 제대로 된 패를 쥐었다고 확신했다.

“어떤가요, 쓸 만한 패가 아닌가요?”

원미인이 자신만만하게 물었다.

아니나 다를까.

조엽이 화통하게 웃어 보였다.

“허허허, 이제야 거래를 시작할 수 있겠군요.”

“그런가요? 호호호호.”

조엽의 말에 원미인도 기쁜 듯 웃었다.

‘역시. 힘에 환장하는 무부들이 이런 이야기를 그냥 넘길 리가 없지!’

원미인은 이 정보를 쓸 만한 패라고 판단한 자신이 옳았다고 생각했다.

하지만 그것은 원미인의 착각이었다.

조엽에게 이 거래는 ‘어차피 해야 하는’ 거래였다.

혼현마제의 계획에 진국을 인정받는 것과 동시에 한 황실에 정사연합과 적대적인 끈 하나쯤 만드는 것은 필수적이었기 때문이다.

그렇기에 원미인이 가져온 정보는 조엽에게 오히려 혼란스러움만 주었다.

'이제 와서 역천비지라니. 이황자의 본래 임무가 그것이었으니, 역천비지가 황도에 있다 해도 이상할 것은 없지만……놈들을 감시하던 정호당주가 죽었는데, 그와 동시에 원미인과 삼황자에게서 정보가 흘러나오다니. 시기가 참 공교롭지 않은가!'

조엽은 복잡한 속내를 숨기고 원미인에게 웃어 보였다.

"자, 그럼 거래 이야기를 해 볼까요?"

"오, 이런. 급하시군요. 그런데…… 좋은 정보를 주신 것은 사실이나, 글쎄요. 중요한 일이니만큼 모든 것을 확실히 하고 넘어갈 필요가 있지 않겠습니까?"

"……무슨 뜻이지?"

"정보가 진짜인지 가짜인지 확인이 필요하다는 말입니다."

"감히! 날 의심하는 것인가!"

조엽의 말에 원미인이 탁자를 내리치며 분노했다.

원미인의 하대에 조엽의 얼굴이 대번에 굳었다.

일개 여인이 노려본다고 조엽이 겁을 먹을까 싶지만, 얼마 전까지 한 제국 최고의 무가 출신으로 후궁 중 최고의 위치까지 올랐던 원미인의 기세는 만만치 않았다.

하지만 기세로는 사람을 죽일 수 없었다.

"의심이라니요. 단지 서로가 확신을 가지는 편이 좋지 않겠습니까? 저희 쪽은 무려, 서장왕으로 만들어 주는 일인데요."

"⋯⋯."

느긋하게 묻는 조엽의 태도에 원미인이 눈매를 파르르 떨었다.

하지만 그의 말대로 이 거래는 원미인에게 절대적으로 유리한 거래라 그녀의 입장에선 절대 놓쳐서는 안 되는 것이었다.

"언제까지 시간이 필요하지?"

"글쎄요. 며칠 걸리지 않을 것입니다."

"⋯⋯좋소."

결국 원미인이 조엽의 말을 받아들였다.

"그럼 일찍 일어서 보겠습니다. 확인 시간을 일찍 단축시키려면 말입니다."

조엽이 웃으면서 자리를 떴다.

그들의 거래는 결국 물꼬가 트였고 그건 원미인과 삼황자에게 절대적으로 좋은 일이었지만, 조엽의 뒷모습을 노려보는 원미인의 눈빛은 결코 그렇지 못했다.

염녕전을 나오는 길.

"원미인의 기분이 많이 상한 것 같은데, 괜찮겠습니까?"

형명이 걱정스럽게 물었다.

그러자 조엽이 별것 아니라는 듯 고개를 저었다.

"거래에는 늘 밀고 당기기가 필요하지. 저렇게 주제를 모르는 이들에게는 이따금 이쪽의 우위를 확인시킬 필요도 있다."

"하지만 우리는 어차피 이 거래를 꼭 해야 하지 않습니까."

"저들은 그걸 모르지."

"아! 그렇군요."

조엽은 형명이 금방 알아들을 수 있도록 암살자치곤 친절하게 그에게 설명해 주었다.

형명은 곧 살각의 후계가 될 것이기 때문이다.

아직 정식으로 확정된 것은 아니지만, 살각의 후계가 되려면 이런 거래술에 대한 것도 슬슬 알아야 할 때였다. 살각의 후계로서 원미인이나 한 황실 사람들을 두려워할 필요가 없다는 것 또한.

조엽은 이 거래에 매달리는 주제에 끝까지 자신의 뒤를 노려보던 원미인을 떠올리며 싸늘한 비소를 흘렸다.

"정사연합 놈들이 저런 자들에게 정보를 흘렸다? 말도 안 되는 소리!"

조엽이 싸늘하게 코웃음을 쳤다.

주제도 모르고 자존심을 세우는 여자나 그 옆에서 시종일관 탐욕을 감추지 못하는 자식이나.

아니, 저 나이가 되도록 어미의 치마폭에 휘둘려 말 한마디 못 하고 있는 쪽이 더 문제긴 했다.

앞날이 뻔히 보인달까.

하지만 그들의 어리석음을 확인함으로써 조엽은 원미인의 정보에 점점 더 확신이 섰다.

"함정이다. 함정이 확실해……."

조엽이 단호하게 말을 하다가 말끝을 흐렸다.

"원미인의 정보가 함정이라면 무엇을 더 고민하시는 겁니까? 아, 거래가 파투 날 수 있기 때문입니까?"

"아니. 함정이든 아니든 거래는 이어 간다. 다만…… 내 생각이 틀렸고 역천비지가 정말로 황도에 있다면?"

"아…….."

역천비지에 대해서는 형명도 들은 적이 있었다.

역천비지에서 좌활백설옥을 두고 운기를 한다면 심한 상처도 회복할 수 있고 내력도 크게 증진시킬 수 있다는.

형명은 조엽이 왜 고민을 하는지 깨달았다.

만약 정말로 역천비지가 황도에 있다면, 그것이 뒤늦게 마제가 된 살각주 보곡성에게 큰 도움이 될 것이었다.

결국 고민을 하던 조엽이 결론을 내렸다.

"혼현마제 님과 각주님께 전서를 보내야겠다. 하지만 그 전에, 놈들의 뒤를 밟는다. 원미인의 정보대로 진짜 역천비지가 있는지, 아니면 내 생각대로 함정인지 확인해야겠어."

"외부로 다니는 숙청단 놈들의 뒤를 밟겠습니다."

"놈들의 면면이 소명의 수준이거나 그 이상이다. 벌써 정호당주가 당했으니 놈들도 우리의 행적을 알고 있을 것이다. 최대한 떨어져서 미행하고, 필요하다면 흔적만 추적해도 좋다."

"충!"

조엽의 명에 사신들이 흩어졌다.

그리고.

조엽과 사신 일행을 감시하던 남궁구가 일어섰다.

숲에서 형명의 뒤를 쫓지 않고 곧바로 염녕전으로 온 보람이 있었다.

"암살자라는 놈들이 입 밖으로 생각을 내뱉다니, 어설프기도 하지."

그들의 기감이 걸리지 않을 정도로 먼 거리에서도 남궁구는 그들의 대화를 모두 엿들었다.

"도련님 생각대로 미끼가 팔딱대는구먼. 그럼 낚시꾼들에게 미끼를 끼우라고 전해 볼까?"

남궁구가 건희전에서 오매불망 저만 기다리고 있을 숙청단원들을 생각하며 웃음을 흘렸다.

동 태감의 등쌀에 모두, 특히 사패천 출신들이 황궁을 나가지 못해 안달 중인 것이 생각났기 때문이다.

"그나저나 우리 도련님의 어설픈 연기에도 속았단 말이지? 저 아줌마 그렇게 안 봤는데 바보 아냐? 삼황자가 누굴

닮았는지 알겠네."

한 제국의 황도, 낙양.

흔히 중원이라 일컫는 천하의 중심지는 장안과 낙양, 양청현 너머로 이어지는 제국의 중심지를 말한다.

힘차게 흐르는 황하의 거대한 물줄기와 그 주변으로 황금이 요동치는 듯한 평야 지대는 바라보는 것만으로 가슴을 웅장하게 만드니. 세상의 중심을 논하며 자부심을 느끼는 사람들의 심정도 이해가 갈 만하다.

그 중심에서 이어진 숭산 자락은 천하가 인정하는 명산 중의 명산이었다.

하지만 그 숭산 이전에 낙양 사람들에게 명산은 낙양 북쪽에 자리 잡은 북망산(北邙山)을 일컬음이었다.

바다처럼 거대한 강물이 서에서 동으로 흐르고 태양이 찬란하게 강의 남쪽에서 떠오르면, 강의 북쪽은 용의 비늘처럼 눈부시게 빛이 난다.

그 반짝이는 빛을 받아 환하게 빛나는 곳이 바로 북망산이었으니. 수려한 풍광과 빼어난 위치로 인해 황도의 고관대작들이 너 나 할 것 없이 못자리를 쓰지 못해 안달 난 곳이기도 했다.

다만, 가파른 산세로 인해 적벽이 있는 곳에는 사람의 인적이 드물었다.

바로 그 적벽으로 일련의 사람들이 빠르게 움직였다.

-저곳이다.

앞서가던 형명이 신호를 하자, 사신들이 빠르게 몸을 숨겼다.

붉은 흙으로 된 적벽 사이로 저런 곳이 있었나 싶을 정도로 좁은 길이 보였다.

그 안에서 형명과 사신들이 쫓고 있던 숙청단원들이 하오문도들과 조심스럽게 빠져나오고 있었다.

"말씀하신 대로 적벽의 위쪽만 부수면 전부 무너뜨릴 수 있겠습니다."

"그렇습니다. 현학문 학사의 말에 따르면 아래쪽을 건드리면 자칫 산 아래로 흙더미가 쏟아질 수 있다니 주의하셔야 합니다."

"예. 그럼 황자님께 그렇게 말씀드리고 준비하도록 하겠습니다. 구체적인 시일은 따로 연통을 보내겠습니다."

"저희도 문주님께 그렇게 전하겠습니다."

강무련의 말에 하오문도가 고개를 끄덕였다.

그리고 하오문도들이 먼저 산을 내려갔다.

잠시 후.

그들이 완전히 시야에서 사라진 것을 확인한 강무련과 초서비가 서로 마주 보고 살짝 고개를 끄덕였다.

그것을 시작으로 강무련이 말문을 열었다.

"이 정도면 놈들도 착각하겠지?"

"예. 이렇게 완벽하게 입구까지 똑같이 만들었잖아요. 속지 않고는 못 배길 거예요."

-좋아.

초서비가 말을 하자마자 강무련이 눈을 깜박이며 그녀를 칭찬했다.

하지만 초서비는 여전히 불안했다.

-알아들었을까요? 우리 대화를 들었다면 함정인 걸 알겠죠?

-그 정도로 머리가 나쁘진 않을 거다.

-그래도 혹시 이천평 같은 놈들이면…….

초서비의 구체적인 예시에 강무련의 눈빛이 흔들렸다.

"이…… 함정이라면 놈들을 순식간에 흙더미 속에 매장시킬 수 있을 거다."

"그래요. 현학문 학사까지 주의만 한다면 성공을 보장한다고 했으니까요."

"좋아. 그렇다면 우리도 황자님께 함정은 준비가 끝났다고 알리러 가지."

"조, 좋아요."

강무련과 초서비가 적벽에 있는 좁은 길을 풀숲으로 가리는 척했다.

그러면서 초서비는 그녀가 한 말과 전혀 다른 전음을 강무련에게 하고 있었다.

―너무 노골적이잖아요!

―그럼 어쩌라고? 아, 됐어. 이미 기척이 사라졌다고.

―벌써요?

살각 미행자들의 기척이 완전히 사라졌다는 강무련의 말에 초서비가 당황했다.

하지만 강무련의 말처럼 이미 엎질러진 물이었다.

―속았을까요?

―모르지! 나는 이런 거에 약하단 말이야.

확실히, 강무련은 음모와 술수보다는 정면 대결을 선호하는 사내였다.

사패천 후계 싸움조차 목숨을 건 사랑탑대전으로 선택한 남자였으니 말이다.

―어쨌든 이거 실패하면 전부 소천주님 연기가 구린 탓이에요!

―누가 들으면 초 낭자는 되게 자연스러웠는 줄 알겠군!

누가 들을 일은 없었다.

사신들의 기척이 사라진 후에도 그들은 여전히 전음으로

대화를 나누고 있었기 때문이다.

-대체 그 실력으로 왜 나섰어요?

-황궁에서 나오려고!

초서비가 한심하다는 듯 강무련에게 눈을 흘겼다.

그런 초서비의 시선에 강무련이 발끈했다.

언제부터인가 사패천 무인들이 자신을 대하는 방식이 편해도 너무 편해진 듯했다.

남궁진휘에게 밀려서 같이 노예로 팔려 갔을 때부터였나, 아니면 남궁진화의 뇌전에 다 함께 지져졌을 때부터였나.

강무련과 초서비가 투덕거리면서 산을 내려왔다.

조심스럽지 못한 강무련, 초서비와 달리, 당혜군과 남궁교명은 은밀하고 빠르게 산을 이동했다.

북망산 곳곳에 있는 붉은 흙으로 된 절벽.

강무련과 초서비가 있던 곳과 달리 당혜군과 남궁교명은 협곡을 따라 산속 깊이 들어갔다.

-기척은?

-없어.

산으로 들어오는 동안, 그들은 몇 번이고 뒤를 확인하고 그것도 모자라 길을 일부러 돌아 들어오기까지 했다.

누가 보아도 비밀스러운 움직임이었다.

그들이 협곡 깊숙이, 적벽이 거의 끝나 가는 부분에 도착했을 때.

당혜군이 적벽 사이에 난 작은 동굴 안으로 들어가고, 남궁교명이 그 앞을 지켰다.

잠시 후, 당혜군이 동굴을 나오고 남궁교명과 함께 왔던 길이 아닌 다른 쪽으로 사라졌다.

그리고 그날 밤.

당혜군과 남궁교명이 왔던 동굴 앞으로 검은 옷을 입은 인영들이 도착했다.

"흔적이 여기에서 끊겼군."

"장로님이 아니었다면 흔적을 발견하기 힘들었을 겁니다."

형명과 사신들이 살각 장로 조엽의 추적술에 감탄을 금치 못했다.

조엽은 흙바닥에 있는 짐승의 발자국과 무인의 경공 흔적을 귀신같이 구분했다.

계곡 주변에서 더 이상 흔적을 찾지 못하는 일행에게 계곡 주변 바윗돌 위에 자국이 일정하게 이어지는 것만으로 경공의 흔적을 찾은 것도 조엽이었다.

"이곳인가?"

"예?"

"흙이······."

아무것도 없는 적벽을 보며 형명과 사신들이 두리번거릴

때도, 조엽은 바람 소리의 이질감을 그냥 지나치지 않았다.

툭. 툭툭. 툭.

조엽이 휘파람처럼 새어 나오는 바람 소리를 따라 적벽을 건드리자.

투둑. 후두두두둑.

"엇!"

순식간에 흙벽이 무너지는 모습에 사신 중 하나가 저도 모르게 소리를 내었다.

오랜 세월 단단하게 굳어진 적벽과 달리 사람이 어설프게 쌓아서 연결해 놓은 흙더미는 조엽의 손에 금방 무너졌다.

흙벽이 무너진 사이로 작은 동굴이 모습을 드러내었다.

"앞을 지키거라."

"충."

조엽은 수하 둘을 앞에 세워 두고 형명만을 데리고 안으로 들어갔다.

조엽과 형명은 깊어 이어질 듯하던 작은 동굴이 사실 유독 어두운 통로였음을 알게 되었다.

동굴로 들어간 지 얼마 지나지 않아, 반대편에 환하고 너른 공터를 만났기 때문이다.

깎아지르는 듯한 적벽의 한복판.

곳곳에 소용돌이를 이루는 기묘한 바람의 흐름.

조엽은 이곳을 어디인지 한눈에 알 것 같았다.

"이곳이 진짜 역천비지로구나! 진짜가 따로 있었어!"

사방을 둘러보는 조엽의 얼굴이 희열로 가득 차올랐다.

어두운 북망산 적벽 위.

진화와 남궁구, 제갈상이 협곡 아래로 빠르게 움직이는 사신들을 보고 있었다.

그들은 조심스럽게 산을 오르던 것과 달리 내려갈 때는 암살자들의 날쌘 몸놀림으로 계곡을 미끄러지는 듯 달려 순식간에 나무를 타고 사라졌다.

스윽.

진화와 남궁구, 제갈상의 뒤로 바위의 그림자가 스윽 일어섰다.

"저렇게 나뭇가지를 잡아채면, 암살자가 다녀간 것을 금방 알아볼 수 있는데 말이죠."

"헉!"

"왜 놀라?"

황계수가 저를 보고 놀라서 신음을 삼킨 제갈상에게 눈살을 찌푸렸다.

가뜩이나 큰 덩치로 인해 주변 나무와 풀숲에 몸을 숨길 수 없어 볼품없이 웅크리고 바위로 위장하고 있던 것이 기분 나쁘던 차였다.

"나무 위로 다닌 걸 알아본다고?"

"산채에 있으면 나무밖에 볼 게 없으니까. 나뭇가지의 생긴 모양이나 나뭇잎 색을 보면, 나무가 어느 쪽으로 해를 받으려고 가지를 뻗었는지 알 수 있지. 저렇게 가지를 잡아당기면 자기들끼리 엉켜서 나무가 만들어 놓은 위치에서 벗어난다고."

황계수가 어느새 조용해진 숲을 보며 말했다.

평소 황계수를 녹림 출신의 힘센 산적이라고만 생각했던 남궁구와 제갈상이 새삼스러운 얼굴로 그를 보았다.

"흐음."

진화도 새삼스러운 눈길로 황계수를 보았지만 남궁구와 제갈상의 눈빛과는 달랐다.

"저놈들, 저렇게 빨리 내려가는 걸 보면 진짜라고 확신한 거 같은데?"

"확신할 수밖에. 역천비지와 가장 닮은 지형에 제갈세가의 모든 진법을 집결하여 바람의 온도를 바꾸고 기운의 흐름을 달리했으니! 기운에 예민한 사람이라면 첫발을 들이자마자 역천비지라고 느끼게끔 만들었다고."

남궁구의 말에 제갈상이 의기양양하게 말했다.

그러자 황계수가 입을 삐죽거렸다.

"진법의 집결은 무슨, 정파 사기단도 아니고. 게다가 흙더미 만들고 흙벽 세우고 나무 옮겨 심고. 생고생은 나랑 이천평, 나하연이 다했는데 왜 네가 뻐기냐?"

"그걸 다 설계한 사람이 이 몸이니까."

"제갈세가 사람 맞아? 무슨 제갈세가 사람이 이렇게 뻔뻔해?"

"편견을 버려. 첫 임무부터 노예로 팔릴 뻔했는데, 아직도 정파에 대한 환상이 남았나?"

제갈상과 황계수가 금방 티격태격했다.

사실 첫인상에서의 제갈상은 계산이 빠르고 행동이 신중한 것이 딱 제갈 사람 같았는데, 정의무학관에 들어 관서겸이나 진화 일행과 함께하면서 많은 것을 내려놓은 듯했다.

제갈상과 황계수의 모습을 재밌게 지켜보던 남궁구가 진화에게 물었다.

"미끼는 바늘에 끼워졌고, 혼현마제가 물까?"

"……글쎄."

"무슨 대답이 그래? 고기를 잡으려고 만든 함정 아니야?"

진화의 대답에 남궁구가 미간을 찌푸리며 물었다.

그러자 진화의 입가에 차디찬 비웃음이 걸렸다.

"혼현마제는 겁쟁이야. 싸우는 걸 피하는 자지. 그자가 의심스러운 미끼를 덥석 물까?"

진화의 물음에 남궁구도 선뜻 답을 하지 못했다.

정사연합 군사부에서는 가짜와 진짜를 모두 던지면 상대

적으로 힘이 약한 혼현마제가 진짜 역천비지를 지나치지 못할 것이라 기대했지만, 진화의 생각은 달랐다.

혼현마제는 제갈무진으로 아무런 위화감 없이 위장하고 수십 년을 살았을 정도로 문무 모두에 뛰어난 자였다.

하지만 이제까지 그자의 행적을 보자면, 일을 몰래 진행하거나 압도적인 수적 우위를 확보하지 않고서야 먼저 움직이는 일이 없었고 경지를 넘어선 고수와는 직접적인 부딪힘을 피했다.

이전 생부터 지금까지, 평생을 전쟁에 몰두한 진화는 알 수 있었다.

그자는 신중하고 치밀한 동시에 겁쟁이였다.

뒤에서는 수백, 수천을 아무렇지 않게 죽이면서, 제 스스로는 어떤 대가도 바치지 않으려는 자.

그런 자가 벌써 진화에게 한쪽 눈과 팔을 잃었으니, 진화는 혼현마제가 결코 그냥은 제 앞에 나타나지 않으리라 확신했다.

"의심스러운 미끼는 다른 곳에 던질 거야. 그리고 물러서서 미끼를 문 고기가 죽는지 사는지 확인하려 하겠지."

"던진다면, 어디로?"

"장안, 광마제. 광마제는 참고 기다리는 자가 아니니까."

진화의 말에 남궁구는 물론 제갈상과 황계수가 크게 놀랐다.

특히 남궁구는 진화의 생각이 정사연합의 것과 다르다는 것을 처음 알았기 때문도 있지만, 진화가 광마제를 입에 담았다는 것 자체에 더 놀라고 있었다.

'도련님…… 뭐야, 자신감이 넘치잖아? 하하.'

놀란 눈으로 진화를 보던 남궁구는 저도 모르게 웃고 말았다.

진화의 표정이 한 점 그늘 없이 반짝이고 있었기 때문이다.

'이전엔 꽤 할 만했었지? 흡정 흡기라니, 광마 당신도 꽤 급했나 보군. 얼마나 달라졌을지는 만나 보면 알겠지.'

더 이상 두렵지 않았다.

지난번 격돌에서 분명 열세를 느끼긴 했지만 극복하지 못할 정도는 아니었다.

게다가 진화가 광마제에게 말했듯 '정체되었거나 계속 죽어 가고 있는' 상태로는 시간은 계속 진화의 편일 것이었다.

어쩌면 이번엔 두 마리 고기를 한 번에 낚을 수도 있을 것이라, 진화의 눈이 기대감으로 번득였다.

실제 진화의 생각은 혼현마제의 움직임을 정확하게 꿰뚫고 있었다.

"둘 다 함정이군."

황도에서 날아든 급보를 받아 든 혼현마제가 확신에 찬 어조로 말했다.

"하지만 진짜 역천비지도 있다고 하지 않습니까."

수오가 의아한 듯 물었다.

그러자 혼현마제가 웃으며 고개를 끄덕였다.

"하하, 진짜일 수도 있지. 그런데 수오야, 내가 가르치지 않았더냐. 가장 훌륭한 거짓말은 진실 속에 거짓을 숨기는 것이라고."

"하면 역천비지는 진짜라는 말…… 아닙니까?"

"그렇지. 그러니 우리 대신 함정에 당해 줄 사람을 보내야겠지."

혼현마제가 수오를 향해 여유롭게 웃어 보였다.

늘 상대를 꿰뚫어 보던 그는 진화가 자신을 꿰뚫고 있을 거라 전혀 상상하지 못했다.

"남궁진화에게 광마제를 던지겠다."

혼현마제의 말이었다.

수오는 겁을 먹었다.

혼현마제의 눈빛이 마치 '너를 던지겠다.'라고 말하는 것 같았기 때문이다.

아니나 다를까.

"허허허, 서로가 서로에게 집착하는 사이라, 재밌지 않느냐. 남궁진화가 괴물같이 광마제의 예상을 훨씬 벗어나 성장하긴 했으나, 그래서 더 가지고 싶을 것이다. 광마제는 이 미끼를 놓치지 못할 터. 네가 가거라!"

혼현마제가 저를 던졌다.

인자하게 저를 보는 눈빛에 수오는 심장이 내려앉았다.

수오의 머릿속에는 온통 광마제의 얼굴과 그의 말이 떠올랐다.

"그놈이 너를 곁에 두는 이유가 무엇인 것 같으냐?"

마치 어둠 속에 거대한 몸을 숨기고 새빨간 혀로 저를 흔드는 검은 뱀처럼.

광마제가 속삭인 말은 수오로 하여금 평생 아버지처럼 섬기던 스승을 의심하게 만들었다.

딱 한 번이었지만 수오는 스승을 배신했다.

그게 또 낙인처럼 남아서 수오를 계속해서 불안하게 만들었다.

의심과 배신, 불안의 굴레.

하지만 그뿐만 아니라 광마제의 말은 마치 독니가 박힌 듯 수오의 마음 깊숙이 의심을 심어 놓았다.

'광마제를 만나라고? 그 괴물 같은 영감탱이를? 이제는 완전히 미쳐서 흡정 흡기까지 한다는데, 나더러 거길 가라고?'

수오의 눈동자가 쉬지 않고 흔들렸다.

수오의 속에서 그동안 꾹꾹 누르고 있던 의심의 불길이 다시 솟아올랐다.

'아, 아니야. 스승님께서 설마 죽을 자리로 나를 보낼까. 광마제의 말처럼 내 몸뚱어리를 가지려면 내가 살아 있어야 하는데, 그럴 리 없을 거다. 아니면 혹시…… 저번에 내가 배신한 걸 눈치챘나? 아니, 그럴 리 없어!'

수십 번도 더 구르고 또 구르는 굴레 속에서 수오는 힘없이 장안으로 출발했다.

장안, 제국 최고의 도시.

황도 낙양과 함께 한 제국에서 가장 큰 도시 중 하나였다.

앞선 황제들이 신 제국에 밀려 낙양으로 천도하기 전까진 오랫동안 제국의 수도였던 곳이기도 했다.

황도는 낙양으로 바뀌었지만 장안의 명성은 오래도록 중원인들에게 남아 있었는데…….

"이게……."

수오는 믿을 수 없다는 얼굴로 눈앞의 광경을 보았다.

아직도 다 태우지 못한 시체에서 피어오르는 까만 연기가 장안 전체를 가득 메우고.

시체와 물건, 건물 할 것 없이 모든 것이 잿더미 속에 있었다.

정체를 알 수 없는 고약한 냄새와 매운 연기, 검은 재가 숨도 쉬기 힘들 정도였다.

한때는 거대하고 화려했을 장안성은 검게 그을린 흉물스러운 벽만 남기고 있었고.

온 천하와 교역하며 활개를 쳤을 사람들은…… 어디에도 없었다.

장안에는 죽지 못해 사는 얼굴을 하고 시체들을 모아 불을 지피는 몇몇 사람들이 있을 뿐이었다.

스윽—!

"……!"

수오는 순간 제 목에서 느껴지는 섬뜩함에 화들짝 놀라 검을 휘둘렀다.

채—앵!

날끼리 부딪히는 날카로운 소리와 함께 수오가 본능적으로 한 걸음 물러섰다.

고개를 든 수오는 심장이 내려앉는 느낌과 함께, 말 그대로 눈앞이 깜깜해졌다.

흉악한 귀면에 검은 옷을 입은 광룡귀면대가 까맣게 그를 둘러싸고 있었기 때문이다.

"위, 위림군 혼현마제 님께서 보내서 온 수오다! 광마제

님께 전할 말이 있어서 왔다!"

"……."

수오가 다급하게 외쳤지만, 광룡귀면대에서는 아무런 반응이 없었다.

그들은 온기라곤 느껴지지 않는 눈빛으로 처음처럼 수오를 경계하고 있을 뿐이었다.

"광마제 님께 꼭 필요한 말이다. 그분의 제물에 대한 소식이니까 광마제 님께 말을 전해 허락을 구해다오!"

수오가 잔뜩 긴장한 얼굴로 사방을 둘러보며 말했다.

'내가 저들을 뚫고 도망칠 수 있을까?'

수오가 불안한 듯 눈을 굴리고 있을 때.

차르르르르—.

광룡귀면대가 양쪽으로 갈라졌다.

그리고 그 사이로, 어깨에 꽂힌 송곳이 눈에 띄는 검은 갑주와 검은 피풍의를 걸친 사내가 나타났다.

다른 광룡귀면대원의 험악한 귀면이 아닌 검은색 무면.

수오는 한눈에 그가 마지막 광룡귀면대의 대주, 무맥임을 알아보았다.

구 척은 될 듯 거대한 키와 덩치, 온몸에서 위험한 기운이 뿜어져 나오는 것과 함께, 광마제의 신병 중 마룡아와 마룡미, 마룡창에 이은 세 번째 마룡검(魔龍劍)을 등에 메고 있었다.

"따라와라."

무맥의 말에 수오는 한시름 놓았다는 듯 크게 한숨을 쉬었다.

하지만 곧 주체할 수 없이 심장이 뛰기 시작했다.

광마제와 대면할 시간이 돌아왔기 때문이다.

한때는 어느 황제가 있었을 법한 거대한 장안성 본관 안.

소문에는 낙양의 황성보다 더 화려한 색체와 금은보화로 장식되어 있다고 했던 그곳은 현재 장안의 여느 곳과 전혀 다르지 않았다.

검은 그을음과 정체를 알 수 없는 온갖 것들이 타는 냄새, 깊은 어둠 속에 침잠한 분위기.

다만 그 안에 단상에 마련된 화려한 의자 위에 광마제가 앉아 있었다.

"수오, 오랜만에 보는구나."

다정하고 자애로운 인사.

하지만 그걸 들은 수오는 모골이 송연할 정도로 섬뜩한 느낌을 받았다.

어둠 속에서도 반들반들 윤기가 흐르는 비단 혈포가 광마제가 자세를 바꿀 때마다 차르르 바닥으로 떨어졌는데, 그 안에 검게 새겨진 흑룡이 있었다.

어둠 속에 피를 감고 똬리를 튼 거대한 뱀처럼, 수오는 그 흑룡이 광기 어린 눈빛으로 저를 노려보는 듯했다.

"과, 광마제를 뵙습니다."

"허허, 그래. 혼현마제는 안녕하고?"

"예, 예. 잘 계십니다."

역천마제의 등극식에서 귀천성과 제국을 한 번에 반으로 쪼개는 배신을 하고 나갔음에도, 혼현마제의 안부를 묻는 광마제의 말투는 여상하기만 했다

역천마제와 광마제의 관계가 평범한 주종 관계와 다르다는 말이 사실인 듯했다.

"그래, 혼현마제가 내게 전하라는 말이 무엇일까?"

"그, 그것이 남궁진화에 대한 소식입니다."

"호오."

수오의 말에 광마제가 흥미롭다는 듯 탄성을 뱉었다.

하지만 곧, 수오가 저도 모르게 주춤 물러설 정도로 날카로운 눈빛으로 수오를 노려보았다.

입가에는 비릿한 비소가 걸려 있었다.

"혼현, 그놈이 남궁진화를 내게 던지라 했구나."

"......!"

광마제의 말에 수오가 차마 표정을 숨길 새도 없이 크게 놀랐다.

앞뒤는 달랐지만 어쨌든 광마제는 남궁진화와 광마제를 서로 만나게 하려는 혼현마제의 의도를 정확하게 꿰뚫고 있었다.

"나, 남궁진화가 황도에 있습니다."

"황도? 황도라면 어디의 황도를 말하지?"

"……!"

광마제의 물음에 수오가 눈을 크게 떴다.

중원 사람들에게 황도는 오랫동안 한 제국의 황도였다.

신 제국 사람이든, 진국에 속한 이들이든, 누구에게든 오랫동안 황도는 한 제국의 것이었다.

그런데 광마제는 흥미로운 눈길로 수오를 보는 동시에 진심으로 묻고 있었다.

하나의 물음이었지만, 수오는 광마제가 어떤 사람인지 그 일면을 본 듯했다.

그는 오랫동안 사람들이 인정하고 받아들인 관습, 법, 인식까지 모든 것을 당연한 듯 거부한 사람이었다.

어쩌면 역천마제조차 가능성으로만 보고 있을 귀천성의 천하 정복을 광마제만이 곧이곧대로 받아들이고 있는 건지도 몰랐다.

그는 질서를 인정하지 않는 사람이었다.

"낙양요. 한 제국의 황도. 남궁진화와 정사연합이 역천비지를 파괴하고 다니는데, 최근 역천비지 중 하나를 황도에서 발견했습니다. 확인 결과 역천비지는 진짜였습니다."

"호오. 역천비지라……."

혼현마제를 신뢰하고 안 하고를 떠나서, 마제들에게 제물과 역천비지는 쉽게 지나칠 수 없는 말이었다.

광마제 또한 제물과 역천비지가 함께 있다는 말에 흥분한 기색을 숨기지 않았다.

'후우.'

수오가 속으로 안도의 한숨을 쉬었다.

그게 너무 일렀을까?

사아아아———.

분명 아무것도 없었을 테지만, 수오는 뭔가가 제 숨통을 내리 누르는 섬뜩한 느낌을 받았다.

고개를 들고 광마제와 눈을 마주친 수오는 살기를 뿜지 않고도 목숨을 위협할 수 있다는 걸 처음 알았다.

웃고 있는 얼굴 위로 번들거리는 광기(狂氣).

"크흐흐흐, 그래, 우리 혼현마제는 그걸 왜 내게 알려 주지? 역천비지라면, 약해 빠진 그놈에게 가장 필요한 것일 텐데?"

광마제의 질문이 정곡을 찔렀다.

하지만 수오에게는 혼현마제가 미리 알려 준 답이 있었다.

"그, 그것이, 현재 혼현마제 님께서는 진국을 인정받기 위해 한 제국 조정에 사신을 보내 놓은 상태입니다. 한 제국이 수세에 몰린다면 진국을 인정받는 데에 도움이 될 것이며……."

"내가 죽든, 남궁진화가 죽든, 약해진 틈을 노려 역천비지를 차지하고 싶은 거겠지."

"……."

광마제가 코웃음을 치며 하는 말에 수오가 입을 다물었다.

광마제 같은 사람에게는 진국이든, 신 제국이든, 심지어 한 제국마저 그다지 중요하지 않았다.

그에게 질서란 그저 존재하고 있을 뿐인 귀찮은 것이기 때문이다.

그래서 광마제는 자신의 욕망과 혼현마제의 탐욕을 믿었다.

"혼현 놈은 내가 거절하지 않을 것을 알았을 것이다. 흡정흡기로 내공도 올렸겠다, 이제 더는 두려울 것이 없으니! 귀찮은 날파리들이 붙겠지만 상관없다! 내 제물과 역천비지가 있는데! 광룡의 부활을 한 번에 이룰 기회를 놓칠 리 없으니까─! 으하하하하!"

광마제는 스스로를 이야기하는 건지, 다른 사람의 이야기를 하는 건지 알 수 없는 말투로 점점 목소리를 키웠다.

흥분을 감출 수 없을 정도로 그에게 남궁진화와 역천비지는 유혹적인 이야기였다.

"혼현마제의 뜻대로 갈 것이다! 슬슬, 기운의 정제를 마쳐 가니 곧 출발할 것이다. 그런데…… 과연 모든 것이 혼현마제의 뜻대로 될까?"

이거다.

탐욕을 위해 불길도 마다하지 않는 광인 같으면서도, 꼭 이렇게 모든 걸 꿰뚫어 보는 사람처럼 의미심장한 한마디를 남기는 것.

광마제의 말에 수오의 눈이 흔들렸다.

"흐흐흐, 불안하구나. 그래, 너도 느끼는 거겠지. 내가 남궁진화와 역천비지를 한 번에 차지하려는 것처럼, 혼현 놈이 역천비지와 너를 두고 무슨 생각을 할 성싶으냐?"

"……."

"너를 왜, 나와 함께 그곳에 보내는 것 같으냐?"

"……!"

수오의 눈이 커졌다.

'내가 광마제와 함께 움직인다고?'

수오는 그런 말을 들어 본 적이 없었다.

겁쟁이처럼 움츠러들다가 고개를 번쩍 든 수오를 보며 광마제가 웃음을 터뜨렸다.

"크하하하하, 그럼 내가 너를 그냥 보낼 것 같으냐? 혼현 그놈은 내가 너를 순순히 보낼 거라고 생각했을 성싶으냐?"

"……."

수오의 눈동자가 급격하게 흔들렸다.

생각지도 못한 위험한 상황, 감당하지 못할 정도로 느껴지는 불안감에 뇌까지 멈춰 버린 듯했다.

광마제가 웃음을 멈추고 자애로운 표정으로 수오를 보았다.

"걱정 말거라. 너를 죽이지 않을 터이니. 그 황도에서 너를 기다리는 것이 무엇인지, 그것을 확인한 네 얼굴이 어떻게 변할지 퍽 기대되는구나."

광마제의 말과 함께, 고민에 잠긴 듯 혹은 넋이 나간 듯 멍한 얼굴을 한 수오가 물러났다.

그런 수오를 보며 광마제가 다시 나지막한 웃음소리를 흘렸다.

"흐흐흐, 멍청한 놈. 내가 말하지 않았더냐. 약한 놈의 편을 드는 자는 아무도 없다고. 너는 계속 겁쟁이처럼 그리 숨어 있거라."

광마제의 비웃음이 멀리 혼현마제를 향했다.

그리고 곧.

"이틀 뒤, 낙양으로 갈 것이다. 능구렁이 같은 혼현의 말은 어떤 것도 믿지 말고, 귀면을 보내 상황을 알아봐라."

광마제의 말에 무맥이 고개를 숙이고, 새로운 지옥을 향해 광룡귀면대의 움직임이 빨라졌다.

낙양 포구.

청해상단의 배에서 우르르 일련의 무리가 내렸다.

척. 척. 척. 척.

군대처럼 질서 정연한 모습은 아니었지만, 적색 무복에 검을 든 사람들 면면이 심상치 않아 보였으니. 그들의 어깨에 적호가 새겨진 띠가 눈에 띄었다.

사람들 사이에서 '적호단'이라 말하는 소리들이 들렸다.

특히 적호단주 팽치가 위협적인 덩치를 드러내었을 때에는 포구가 순간 조용해졌을 정도였다.

"우에에에엑—!"

척. 척 척. 척.

"우에에에엑!"

척. 척. 척. 척.

침묵 때문일까.

무인들의 발소리에 묻혀 들리지 않았을 소리가 들려왔다.

위압감 넘치는 적호단과는 전혀 어울리지 않는 소리라 사람들이 의아한 듯 고개를 갸웃거렸다.

"어떤 미친놈이 벌써부터 술 처먹고 토하고 있는 거야? 목숨을 내놨나?"

"으! 방금 적호단주가 인상을 썼어!"

"아, 아니, 그래도 정의맹 소속인데 설마 토 좀 한다고 사람을 죽이기야 하겠어?"

사람들 사이로 불안한 듯 수군거리는 소리가 들렸다.

적호단주 팽치가 옆에 있던 서장원에게 조용히 말했다.

"사람들이 보기 전에 바다에 처넣어 버려."

"하하, 전 싸우다가 장수하고 싶습니다."

"휴우, 부단주라는 새끼가 적호단 위신은 다 까고 지랄이야. 대충 안 들키게 챙겨 와."

"흐흐, 예엡."

적호단주의 말에 서장원이 의미심장하게 웃었다.

적호단주가 서장원을 슬쩍 노려보긴 했지만, 다른 사람들도 웃음을 참는 얼굴이었다.

이미 적호단원들이 익숙한 듯 남궁진혜가 있는 곳을 몸으로 가리고 있었다.

잠시 후.

적호단을 태웠던 배가 빠져나가자 그 뒤에 들어온 거대한 배……도 청해상단의 것이었다.

심지어 이번 배에는 남궁이라는 푸른 깃발이 배 전체에 걸려 있었다.

척. 척. 척. 척.

푸르른 남궁세가의 무복을 입은 창궁무애단이 배에서 내렸다.

창궁무애단보다 조금 더 짙은, 새파란 쪽빛에 가까운 무복을 입은, 제왕무적단도 배에서 내렸다.

척. 척. 척. 척.

그들은 적호단과 달리 제국의 정예군처럼 질서 정연한 모습으로 걸어 나왔다.

"제왕무적단이다!"

"이황자님의 남궁세가야!"

사람들이 너 나 할 것 없이 남궁세가를 알아보았다.

황도 백성들에게 남궁세가는 그 어떤 무림 문파나 세가보다 유명한 곳이었다.

"그런데 은인지황, 양주대부는 어디 있지?"

"이황자님의 양부이자 폐하께서 의동생 삼은 그분 말인가?"

은인지황의 가문.

남궁세가에 대한 소문이 황도를 한번 휩쓴 뒤라, 몇몇 사람들 사이에서 남궁경을 찾는 목소리가 나왔다.

"우에에에엑!"

척. 척. 척. 척.

"오오오오옥—!"

척. 척. 척. 척.

"쓰불우우우엑—!"

창궁무애단과 제왕무적단 무인들의 입꼬리가 움찔거렸다.

그들의 앞에 선 창궁무애단주와 부단주, 제왕무적단 부단주의 얼굴이 부들부들 떨렸다.

"누가 알아보기 전에 치워!"

"제왕무적단주님을요? 어, 어떻게요?"

"……안 되면 가려. 아니, 바다로 밀어 버려!"

창궁무애단주 단애구검 호방련과 부단주 한령신검 남궁위가 모르는 척 먼저 가 버리고, 남은 제왕무적단 부단주 소격패검 남궁해가 짜증 가득한 얼굴로 수하에게 말했다.

하지만 멀미라는 것이 본래 배 위에서나 불치병이지 두 발이 땅에 닿으면 금방 사그라들기 마련이라. 곧 제왕무적단주 남궁경이 아무렇지도 않은 얼굴로 제왕무적단의 앞에 섰다.

그렇게, 그들의 속사정이야 어떠하든, 정의맹 적호단과 남궁세가 창궁무애단, 제왕무적단이라는 무림에서도 열 손가락 안에 드는 유명한 무단이 황도에 모여들었다.

대체 무슨 일로 하나하나가 제국 정예군에 버금간다는 무단이 셋이나 몰려들었는지.

사람들은 갑작스러운 그들의 등장이 신기하면서도 의아한, 무림을 아는 사람들은 불안감마저 느꼈다.

그때.

"아버지─! 누님!"

"오, 내 아들."

"진화야──!"

세상이 환해지는 듯 아름다운 미모에 천하절색이라는 말이 절로 떠오른다 했던가.

황도 백성들은 환하게 웃으며 남궁경과 남궁진혜를 찾는 진화를 보며 방금까지 의문스러웠던 것들을 모두 잊어버렸다.

이틀 뒤.

북망산에서 불길한 귀곡성이 울렸다.

쉐에에에엑————!

어둠 속에서 한순간 번뜩인 빛이 자욱한 피 안개를 뿜었다.

파지지지직———!

뇌전이 번뜩이는 순간.

황도를 빛내던 아름다운 얼굴이 소름 끼치도록 서늘한 눈빛으로 그들을 노려보고 있었다.

"네놈들이 이곳으로 올 줄 알았지. 네놈들의 사냥법은 너무 익숙하거든. 이번엔 눈 코 입 귀, 팔다리까지 모조리 떼어주마, 그 어느 때보다 철저하게!"

파지짓.

서늘한 눈빛 속에서 푸른 번개가 뿜어져 나왔다.

다음 권으로 이어집니다

꿈의 도약, 로크에서 하십시오
(주)로크미디어에서 신인 작가를 모십니다

즐거운 세상, (주)로크미디어는 꿈을 사랑하고 도전을 두려워하지 않는 작가분들의 참신한 작품을 기다리고 있습니다. 21세기 장르 문학계를 이끌어 갈 차세대 선두 주자 (주)로크미디어에서 여러분의 나래를 활짝 펴 보시길 바랍니다.

모집 분야 판타지와 무협을 포함한 장르 문학
모집 대상 아마추어 작가, 인터넷 작가
모집 기한 수시 모집

작품 접수 시 유의 사항

1. 파일명은 작가명_작품명.hwp 형식을 갖춰 주십시오.
1. 파일에 들어갈 내용은 다음과 같습니다.
   － 성명(필명인 경우 실명을 밝혀 주세요), 연락처, 이메일 주소.
   － 제목, 기획 의도.
   － A4용지 1장 분량의 등장인물 소개.
   － A4용지 2장 분량의 전체 줄거리.
   － 본문.
1. 작품이 인터넷에 연재되고 있다면, 게시판명과 사이트의 구체적이고 정확한 주소를 기재해 주십시오.

선택된 작품은 정식 계약 후 출판물로 간행되어 전국 서점에 유통됩니다.
작가분은 (주)로크미디어의 전폭적인 지원하에 전속 작가로 활동하시게 됩니다.
※ 자세한 내용은 로크미디어 홈페이지(rokmedia.com)를 참조하세요.

(04167)서울시 마포구 마포대로 45 일진빌딩 6층
(주)로크미디어 편집부 신간 기획 담당자 앞
전화 : 02)3273-5135
www.rokmedia.com   이메일 : rokmedia@empas.com